윤순례 소설

윤순례 소설

민음사

# 차례

# 붉은 도마뱀

트레일러의 경적이 밤하늘을 가를 듯 요란하다.

"죽고 싶어 환장을 하네."

운전석의 불사신이 차창을 열며 침을 뱉는다. 초여름밤의 습기가 어둠을 헤집으며 떼로 몰려든다.

"중앙선 침범인가요?"

그는 찰거머리처럼 눌어붙는 잠을 밀쳐 내며 가까스로 묻는다.

"뒈지게 팔자 좋은 시발놈이야. 옆에 여자 앉혀 놓고 주물럭거리며 시시덕대잖아. 한 방에 날릴 수도 있었는데 봐줬다."

끈적한 졸음기를 날리며 불사신이 또 한 번 침을 뱉는다.

"예쁜가요?"

그는 여자 따위는 없다는 것을 모르는 사람처럼 묻는다. 경적만으로 쫓을 수 없는 잠도 있는 법이다.

“예쁜 년들은 지금 다 제 서방 품속에서 쌔근거리며 자고 있어. 팔자 센 년들이나 트럭 모는 놈 옆에서 가랑이 벌려 주고 있지. 팔자 세기로 치자면 우리만 한 놈들도 없지만.”

“노래 들을까요?”

한바탕 늘어지게 자고 싶지만 불사신의 졸음을 쫓는 것도 보조 기사인 그의 임무다. 트레일러 운전 면허증을 딸 때까지는 최선을 다해야 하는.

“요상한 날이야. 미친년 머리 풀어헤치고 널을 뛰어도 이렇게 정신없지는 않을 거야. 어째 꿈이 수상하더니만.”

춘천에서 트레일러 전복 사고 현장을 목격했을 때부터 불사신은 그 타령이었다. 간밤에 여자의 알몸에 짓눌리는 꿈을 꾸었다고 했다. 그런 날은 별일이 있어도 일을 나가지 않겠다고 마음 먹지만 오늘 공치면 70만 원이 날아간다고 했다. 사고 차량이 공사장 진입로를 막고 있어서 한나절을 오도 가도 못 하는 신세였다.

“꿈땜으로 충분한 사고였어요.”

높이 70미터인 구불구불한 길에서 트레일러 기사가 다치지 않은 것만도 다행이었다. 구난 작업에는 대형 견인차와 지게차까지 투입되었다. 5톤 차 몇 대가 철근 두 개씩을 실어 나르며 대충이나마 정리가 된 건 해가 꼴딱 떨어져서였다. 사고 차량을 끌어내고 가까스로 길이 뚫려, 컨테이너를 부려 놓고 나니 밤 10시였다.

"지금 이 차 타이어에 볼트가 박혀 있어."

"네……?"

"저녁 먹고 달리는데, 앞 타이어에서 쉭쉭 바람 세는 소리가 들리더라고. 내려가서 확인해 봤어. 주먹만 한 볼트야."

"괜찮을까요?"

"노쥬브라 공업사까지 무사히 갈 수 있어. 겁나나?"

"조금요."

"괜찮아. 나도 감이라는 게 있으니까."

그는 불사신이 괜찮다면 괜찮다고 생각했다. 이메일 닉네임이 '불사신'인 만큼 차를 다루는 일에 있어 능숙한 사람이었다. 겨자를 물에 혼합해 가속페달 옆 공기흡입구와 송풍구에 천천히 뿌리고 송풍기를 3~4단으로 틀면서 퀴퀴한 냄새를 제거하는 불사신에게서 신단에 올릴 제물을 손보는 제사장 같은 엄숙함이 느껴졌다. 불사신은 밥은 굶어도, 차 바닥 매트를 걷어 내어 곰팡이 냄새와 습기를 없애는 일은 게을리 하지 않았다. 그것이 때로는 총중량 42톤의 짐을 싣고 서해대교 내리막을 기어 중립 상태로 내려가는 모습보다 멋져 보였다.

흰옷을 입은 사바나 여인
열대 소나기 속에 서 있네
진과 토닉을 잔뜩 들이켜

그녀의 외로운 영토를 저주해
브라질의 바람은 리오에서 따듯이 불어
흰색 땅을 그들은 '라 나다'라고 불러
그녀의 영혼에 중요했어 그래서 그녀는 말해
눈빛으로 만들어진 그녀의 깨진 진을 숨겨

아무도 모르지만 나는 알아
그녀가 어떻게 나를 떠나 숨었는지

운전대를 잡을 때면 사바나 초원을 달리는 기분으로 무장을 한다는 불사신은 낡은 카세트에서 흘러나오는 「사바나 여인」에 취해, 긴 밤 고속도로 위에서의 시름을 달래고 있다. 그는 조수석에서 테이프가 나달나달해질 때까지 들어 자면서도 가사를 외울 수 있다.

"노우 원 노우즈 버트 미 하우 시 레프트 미……."

어느 한곳 구멍난 채로 달릴 수도 있는 게 인생이라고, 그는 노래를 따라 부르며 몸을 흔들어 보지만 자꾸만 내려앉는 눈꺼풀을 말릴 재간은 없어 터져라 목청을 높인다. 세상에서 제일 무거운 게 눈꺼풀이다.

## 붕따우 해변

그가 들어서자 어머니가 이불 속에서 무겁게 몸을 일으킨다.

"어디 아파요?"

그의 마음과는 달리 불퉁스러운 말이 튀어 나간다. 늘 입이 말을 듣지 않는다.

"별일 아니야. 땀 푹 내면 괜찮아지겠지."

"저녁은요?"

"먹었다. 욕실에 있는 것들 먹이도 잔뜩 해 놨고."

어머니가 턱짓으로 화장실을 가리킨다. 그는 우당탕 걸어가 화장실 문을 연다. 세탁기 옆의 양은 대야 속에서 지렁이들이 우글거린다.

"저것들을 어디에서 잡았는데요?"

물으나 마나였다. 비 온 뒤끝이라 집 뒤의 산에 가면 입구에서부터 지렁이가 넘칠 것이었다.

"한 놈이 귀뚜라미를 먹지 않기에……."

"하루 종일 그놈들만 보고 있었단 말이에요?"

관절염으로 몇 해 고생하다 하반신을 못 쓴 지 1년이 넘은 어머니를 찾아오는 사람은 없었다. 형 내외마저 죽을 상을 써 가며 어쩌다 얼굴 도장을 찍으러 오는 정도였다.

"기어서 밖에 나갔다 온 거야?"

의혹이 확신으로 변하면서 붉으락푸르락해지는 그의 얼굴

을 어머니가 황급히 피한다. 어머니가 덮고 있는 이불을 확 들어 올렸더니, 멍 자국으로 양쪽 허벅지와 장딴지가 푸르뎅뎅하다. 재개발 바람이 불어 주인이 이제나저제나 헐리기만 기다리는 연립주택 반지하, 밖으로 나가는 통로의 계단이 유난히 가팔랐다. 너무 어이없으면 노력하지 않아도 입이 다물어진다. 어머니도 그걸 알고 있다는 듯 스스럼없이 "이깟 멍쯤이야 시간 지나면 다 풀리지 않겠냐?" 한다.

어머니가 온종일 도마뱀만 살피고 있었다고 해도 이상한 일이 아니었다. 온갖 검사로도 의사들이 병명을 짚어 내지 못하자 어머니는 "늙어 죽을 때가 되어서 그런다. 이렇게 늙고도 안 아프면 그게 비정상이야. 병원 좋은 일만 시킬 것 없어. 이제 병원은 죽어도 안 간다."로 명쾌한 결론을 내렸다. 그에게 병원비가 없다는 것을 아는 사람다웠다. 시간이 지날수록 어머니의 몸이 나빠져 가는 게 보였지만 그 역시 공모라도 하듯 어머니의 병을 노환으로 못 박고 있었다.

"너 어릴 때는 산에 도마뱀이 숱했다. 성묘 다녀오다 보면, 햇볕 내리쬐는 무덤 위에서 팔딱팔딱 뛰어다니며 놀았지. 산에서 풀벌레를 잡아먹으며 살았겠지?"

어머니도 도마뱀이 무엇을 먹으며 살았는지는 모르는 것이다. 그러나 어머니는 베트남에 들고 갔다 온 그의 가방 속에서 놈이 나왔다고 확신했다. 여행 가방에서 꺼낸 빨랫감들을 화장실에 몰아 놓고 이틀을 지냈는데, 도마뱀 한 마리가 화장실

천장에서 괴상한 울음소리로 신고식을 했다는 것이다.

어머니의 눈에 띈 지 일주일이 지나지 않아 도마뱀은 다섯 마리로 늘어났다. 어머니는 망설임 없이 새끼를 밴 도마뱀이 그를 따라왔던 것이라고 단정 지었다.

그는 5박 6일간의 일정에 맞추어 양복과 갖가지 옷들을 챙겨갔었다. "가방 속에 들어가 있다가 비행기까지 타게 됐겠지." 어머니는 맨발로 새똥을 밟아 버린 아이처럼 연신 헛웃음을 쏟아 냈다. 집 안에 소리를 내며 사는 놈들이 들어와 좋다는 것인지, 심란하다는 것인지 알 수가 없었다. 그는 어머니와 하루 종일 함께 있어도 몇 마디 말밖에 하지 않았다. 식구라서 닮은 것인지 어린 조카까지 입에 자물통을 채우고 살았다.

"지렁이도 안 먹으면 풀벌레라도 잡아 와라."

어머니의 눈빛은 영락없이 '너를 따라온 것이니, 네가 책임져야 한다.'였다. 아내가 떠날 때도 어머니는 그랬다. 생활비를 못 갖다주는 날들이 계속되면서 아내가 벌인 모반에 대해서는 일언반구가 없던 어머니는 시종일관 그런 눈으로 그만 바라보았다.

놈이 정말로 먼 이국에서 따라왔다면 붕따우 해변의 술집에서부터였을 거라고, 그는 확신 없이 생각했다.

베트남 현지 결혼상담소 사장의 인솔하에 간 해수욕장에서 남자들은 조금씩 취하고 흐트러졌다. 자신의 짝을 찾기 위해 수많은 여자들과 맞선을 봤고, 생면부지인 처갓집 식구들과 대면했고, 합동 결혼식을 치렀고, 피로를 납덩이처럼 달고 신혼여행을 온 것이었다. 그는 바락바락 소리를 지르며 놀다가 신부를 두고 혼자 터덜터덜 걸어 밖에 파라솔을 내놓은 술집을 찾았다. 물이 뚝뚝 떨어져 내리는 반바지와 러닝셔츠 차림으로 손짓 발짓해 가며 맥주를 시켜 마시는데, 현지 결혼상담소 사장이 신부의 손을 잡고 다가와 옆에 앉혔다. 한국 남자와 결혼해서 한국말을 제법 할 줄 아는 그녀가 "신부를 두고 멀리 가면 신부가 운답니다."를 똑똑하게 발음했다.

술집 처마 밑에 손가락만 한 도마뱀들이 다닥다닥 붙어 있었다. 간밤에 첫날밤을 치른 열아홉 살의 신부는 그의 손짓에 따라 맥주를 들이켜기도 하고, 무안해지면 생긋 웃기도 했다. 까무잡잡한 피부에 눈동자가 맑은 신부가 그의 눈에는 꼭 마법에 걸려 괴물의 성안에 잡혀 온 공주처럼 보였다. 간밤에 그토록 탐했던 그녀의 도톰한 입술을 외면하며 그는 연거푸 맥주만 들이켰다.

## 선인장 꽃

여자가 최고조에 오르려고 용을 써 대면 그의 몸은 어김없이 거대한 폭풍 한복판에서 둥실 뒤집히며 떠올랐다. 그 순간은 한 마리 피라미로 변신한 듯 몸뚱어리가 무게도, 부피도 없다. 묵직한 그의 물건이 스러지면서 여자가 헤실바실 풀어져 내린다.

"목욕탕 안에서 할 때가 좋아, 침대에서 할 때가 좋아?"

그는 여자의 배 위에 납작 엎어지며 묻는다.

"다 좋아. 남자 좋아하는 년이 이것저것 가리는 것 봤어?"

마음 같아서는 여자를 떨쳐 내고 일어나 냉수라도 벌컥벌컥 마시고 싶다. 냉기가 목을 타고 흘러 온몸을 마비시키고 내장까지 굳게 만들었으면. 그래서 때때로 여자의 몸을 그립게 하는 말초신경세포들을 깡그리 냉각시켜 놓았으면…….

"만약에 내가 이혼하고 당신과 살겠다고 하면 어떻게 할 거야?"

그가 여자의 몸에서 떨어져 나와 담배 한 대를 빼물었을 때 여자가 묻는다. 이름도 나이도 숨기고, 부담도 진심도 없이 몸을 거래하는 사이에서 가끔씩 만나게 되는 농담이다. 여자가 농담을 통해 받는 위안이 무엇인지 모를 뿐이다.

"우리 마누라는 나랑 2년 살고 도망갔어. 빨리 돈 벌어서 집 먼저 사자고 애새끼도 안 낳고 살다 그랬지."

"진짜? 채팅으로 만나 모텔까지 들어오는 남자들 거의 다 거짓말해. 마누라를 무척 사랑하는데 마누라가 건강이 나빠서 성생활 못 하고 산 지 몇 년째다. 그래도 업소 여자들과 하고 싶지는 않다. 다들 뻥이야. 업소 가는 것보다 돈이 덜 들어서 모텔비만 내고 나 같은 여자 만나는 거야. 당신도 그러잖아?

서른다섯 살이라고 한 것 거짓말이지? 내가 남자를 좀 아는데, 적어도 마흔 살은 넘었을 것 같은데? 맞지?"

"마누라 도망갔다고 한 건 뻥 아냐."

남편 죽고 아들 둘을 키우며 산다는 여자의 말도 진실과 다를 것이라고 여기며, 그는 심드렁히 내뱉는다.

"마누라 예뻤어?"

"그런대로……."

수년이나 지난 일인데도, 선인장 가시에 손을 찔렸을 때처럼 가슴속이 아려 온다.

파인애플을 작게 축소해 놓은 듯한 모양의 선인장은 몇 년간 그의 책상에 놓여 있었다. 스물일곱에 총무부 주임 딱지를 달고, 대리를 달고, 과장을 달 때까지 그와 함께한 것이었다. 누구에겐가 입사 선물로 받았던 선인장을 눈으로만 본 것은 고슴도치 털처럼 가시가 돋아 있어서였다. 세 번의 부도를 막지 못해 운수회사가 문을 닫고 직원들이 뿔뿔이 흩어지는 시점에서야 그는 선인장 가시 위에 새 눈동자만 한 꽃이 피어 있다는 것을 알았다. 오묘하게 수술까지 갖춘 새빨간 그것이 조화라는 것을 안 것은 얼마 안 되는 짐들을 챙기면서였다.

몇 년간 물 한 모금 주지 않은 꽃이 그토록 화려하고 생기발랄하다는 것에 그는 의심을 품어야 했다. 그는 무심을 인정하는 대신 외면을 택했다.

밤 12시가 넘어도 아내가 돌아오지 않았던 날, 으슥한 골목이 염려되어 점퍼를 걸치고 나갔다. 다른 남자의 차에 앉아 있는 아내를 발견한 건 집 근처의 사거리에서였다. 좌회전 신호가 영원히 이어질 것처럼 길었다. 전봇대에 몸을 숨기고 아내를 태운 차가 어서 사라지기를 기다리면서도 그의 눈은 반사적으로 운전대를 잡고 있는 남자에게 쏠렸다.

외간 남자의 차에서 내린 아내가 안방 침대 위에서 자는 것을 지켜보다가 그는 바싹 말라 생생했던 초록빛이 사그라든 선인장을 쑥 뽑아 올렸다. 금박까지 입힌 대리석 화분은 고성의 벽에나 어울리는 문양을 지니고 있었다. 죽은 선인장을 품었던 것치고는 지나치게 멋스러웠다. 갈색 가시에 손을 찔린 건 딱딱하게 굳어 잘 나오지 않는 흙 때문이었다. 선인장 가시는 맹렬히 살을 파고들며 다섯 손가락에서 피를 뽑아내었다. 가시들 속에 몸을 도사리고 있던 앙증맞은 조화처럼 새빨간 핏물이 뚝뚝 떨어져 내리는 것을 그는 망연히 바라보았다. 급한 대로 화장지를 뽑아 지혈을 했던 상처 부위가 얼얼해졌다가 퉁퉁 부어올랐다. 그는 나무젓가락을 뾰족하게 잘라 화분 안의 굳은 흙을 파내었다. 몸 빛깔이 완전히 변할 때까지 끔찍한 흉기로 남아 있었던 원인이 질긴 뿌리에 있었다.

휴대폰이 울린 건 여자가 또다시 그의 몸뚱어리에 달라붙고 있을 때였다. 전화번호를 확인하지도 않고 폴더를 연 게 실수였다.

"정 선생, 언제까지 내 전화 따돌릴 거야? 나도 긴말하고 싶지 않으니, 일주일 안으로 당장 500만 원 입금해. 일주일 안에 입금이 안 되면 내가 무슨 짓을 저지를지 나도 몰라."

'나비'의 한 사장이었다.

"여보세요, 말씀하세요."

그는 여자에게까지 들릴까 봐, 정말로 들리지 않는다는 듯 소리를 질렀다. 훗날을 기약하며 만나는 사이는 아니지만, 모텔 방에서 함께 밥을 시켜 먹을 만큼은 친숙해진 여자 앞에서 체면을 구기고 싶지는 않았다.

"베트남에서 내가 대신 내준 결혼식 비용, 결혼식 마치고 돌아와서 셈하기로 했던 후사금 합해서 정확하게 503만 원이야. 내가 쓴 돈 영수증까지 보내 줘? 일주일이야. 일만 잘되면 한턱 단단히 내겠다고 해 놓고 사람을 이렇게 골탕 먹여? 일주일이야."

한 사장은 단단히 쐐기를 박고, 탁 소리가 나게 전화를 끊었다.

그는 이미 엉켜 버린 말의 타래 속에서 한 사장에게 후사를 단단히 하겠다고 한 적이 있었는지를 기억해 내려고 미간을 찌푸렸다. 계약금을 건네면서 "좋은 여자를 만나 행복한 가정을 꾸리고 싶습니다. 그렇게만 된다면 더 이상 바랄 게 없어요." 했던 것은 번개처럼 뇌리를 쳤다.

베트남 국제결혼 사이트 '나비'를 열었을 때, 그는 배경 화면에 금방 매료되고 말았다. 조개껍데기와 모래알들이 잔잔한

파도에 알알이 밀려갔다 밀려오는 지중해 빛 바다, 하늘과 바다 위를 팔랑팔랑 날아다니던 흰나비 한 마리, 짙푸른 향기로 퍼져 나오던 클라리넷 소리…… 그도 그렇게 경계를 잊고 날고 싶었다. 밖에서는 천둥이 치고, 번개가 치고, 폭포 같은 비가 쏟아져도 집안에 든든한 돛대처럼 아내만 있어 준다면 못할 일이 없을 것 같았다. 비행기를 타고 다섯 시간을 가야 하는 나라에 사는 여자와의 결혼, 그 먼 거리에 그동안의 설움과 눈물을 모두 실어 보낼 수도 있을 것 같았다. 꽃샘추위가 물러가면서 봄이 사방에서 움을 트며 몽글몽글 올라오고 있었다. 결혼 비용으로 들어간다는 1000만 원이 그 순간에는 조금도 아깝지 않았다.

1000만 원에 신부의 옷이나 구두, 예물 등의 비용이 포함되지 않았다는 것을 안 것은 1차 계약금으로 100만 원을 지불하고 나서였다.

내가 하는 일이 다 그렇지 뭐. 속창아리 빠진 놈. 그는 얼결에 당한 일을 수습하는 길은 그것밖에 없다는 듯 휴대폰 폴더를 소리내어 닫았다.

"어깨 근육이 뭉쳤네. 가까이 좀 와 봐. 한 번 더 할까?"

뭉친 어깨를 풀어 주겠다며 덤비는 여자의 목소리가 은밀해진다. 그는 귓불로 훅 옮아 온 뜨거움에 몸을 맡기는 것으로 서서히 고여 오는 불안을 슬쩍 밀어내었다. 500만 원을 당장 무슨 수로 만든단 말인가?

따지고 들자면 그도 할 말이 없는 게 아니었다. 사이트에 들어가 회원들만 볼 수 있었던 신부 후보자들을 막상 베트남에 가서 만나 보았을 때, 실물과 너무 달라 사기당한 기분마저 들었다.

—언제 만나서 제 사정을 자세히 말씀드리겠습니다.

그가 변기에 앉아 몇 차례의 수정을 거듭해 가며 한 사장에게 메시지를 보내고 나왔을 때, 한바탕 굿판이 벌어져 있었다. 도마뱀 한 마리가 테이블에 놓인 김치찌개 냄비 속에서 풍덩풍덩 헤엄을 치는 중이었다. 놈이 콩나물 접시 위에서 불안스럽게 눈알을 굴리다가 점프해서 천장에 오르더니, 실수인 듯 김치찌개 냄비 속으로 굴러 떨어졌다고 여자가 증언했다. 놈이 애초에 어디에서 나왔는지에 대해서는 여자도 설왕설래하고 있었다. 그가 화장실에 들어가고 나서 침대 밑에서 기어 나온 것 같다고도 했지만, 난데없는 도마뱀의 출현에 얼이 빠져 헛소리를 하는 것처럼 들렸다.

김치찌개 냄비 속에서 나온 놈이 상 위에서 팔딱팔딱 뛰더니, 꼬리를 자르고 천장 위로 날아오른 건 순식간이었다. 여자는 테이블 위에서 팔딱거리는 도마뱀 꼬리에 넋이 나가 놈이 어디로 도망을 쳤는지에 대해서는 관심도 못 가졌다. 천장으로 갔다가 벽 모서리로 번개처럼 이동한 놈이 살살살 기어 커튼 자락 속에 감쪽같이 몸을 숨기는 것을 그는 놓치지 않았다.

"지금 나 꿈꾸고 있는 것 아니지?"

여자는 밥을 먹기 위해 두른 가운이 풀어헤쳐진 것은 아랑곳도 않고 벌게진 얼굴로 난리 법석이었다.

또 새끼를 내질렀는지 한눈에도 수가 불어난 도마뱀들이 마루까지 기어 나와 기승을 부렸다. 오늘 아침에도 세수를 하는데, 차가운 것이 목에 툭 떨어져 내렸다. 엉겁결에 손으로 잡아 보니 손가락 두 마디밖에 안 되는 어린 놈이었다. 놈은 비눗물이 묻어 있는 그의 손바닥에서 자지러지게 놀라다가 화장실 바닥으로 떨어졌다. 무엇보다 그를 경악시킨 건, 도마뱀 한 마리가 그가 쓰고 나갈 모자 속에서 튀어나와 바짓단 안으로 슬슬 기어 들어오는 것을 보면서도 태연히 밥을 먹는 어머니와 은석이었다. 그의 다리에 닿자마자 놀라 콩 튀듯 달아나는 도마뱀을 보면서야 두 사람은 재미있다는 듯 깔깔거렸다.

"제일 큰 도마뱀이 하루 종일 안 보인다. 은석이도 낮에 눈이 벌게져서 찾다가 나갔다. 어딜 갔는지 아직까지 안 들어온다."

어머니는 그 말을 하기 위해 온종일 그를 기다린 듯하다.

"키워서 약이라도 해 먹으려고요?"

그는 어머니가 못마땅해 한 방에 쏴붙인다. 베트남에 가서 결혼식까지 올리고 왔다는 사실을 끊임없이 각인시키는 놈들에게 그의 감정이 좋을 리 없다는 것을 모른단 말인가?

그를 몇 번씩이나 혼비백산하게 만들었던 놈은 지금 쇼핑백 속에 들어 있다. 잠에 곯아떨어졌는지도 모를 일이다. 꼬리까지 끊고 살아났으니, 충격을 삭이려면 놈도 휴식이 필요할 것이다.

"은석이도 안 들어왔는데, 그깟 걱정이나 하세요?"

은석이는 지금쯤 마음 착한 친구 집에 가서 저녁을 얻어먹고 있을 것이다. 며칠 전에는 "내 친구 엄마가 할머니 드리래." 하면서 삶은 감자를 들고 왔다. 친구 어머니가 종종 와서 저녁을 먹고 가라고 했다는 말을 녀석은 심드렁하게 전했다.

어머니는 은석에게 학교에 들어가면 돈 벌러 간 아버지와 어머니가 돌아온다고 거짓말을 했다. 오로지 그것 때문에 학교 가기를 기다렸던 녀석은 4학년이 되었는데도 돌아오지 않는 부모에 대해서 이제 더 묻지 않았다.

"아랫마을 아파트 사는 친구 집에 갔을 거야. 도마뱀 자랑하고 온다더니 아직도 안 오는 것을 보면, 또 저녁 먹고 오려나 보다."

그가 화장실에 들어가 쇼핑백을 열어 보니, 도마뱀은 곧 죽기라도 할 것처럼 시들시들했다. 놈을 화장실 바닥에 내려놓고 나왔을 때, 어머니가 턱짓으로 텔레비전 위를 가리켰다.

"중요한 편지인가 보더라. 도장 찍으라고 해서 손도장 찍어 줬다. 꼬부랑 글씨라 어디서 왔는지는 모르겠고."

베트남에서 온 편지라는 것을 어머니가 몰랐을 리가 없었다.

"어디서 온 것이냐?"

어머니는 도마뱀 따위는 까맣게 잊은 얼굴로 묻는다. 어머니는 가끔 그렇게 시치미를 뗀 얼굴을 아무렇지도 않게 들이댄다.

'제발 능청 좀 떨지 마세요.'

그는 평소라면 성질대로 푹 내질렀을 말을 꾸욱 삼키고 방으로 들어왔다. 편지를 읽어 주기를 바라는 어머니의 간절한 눈빛을 외면한 것만으로도 충분했다.

서방님!

보고 싶습니다.

홍호아는 한국말 공부를 열심히 하고 있습니다. 이곳에서 함께 결혼식을 올렸던 다른 네 명의 친구들은 지금 다 한국으로 가서 행복한 결혼 생활을 하고 있다고 들었습니다. 홍호아도 하루 빨리 서방님의 나라에 가고 싶습니다. 서방님이 빨리 저를 데려가기를 바랍니다.

몸 건강하세요. 서방님이 많이 많이 보고 싶습니다.

2006년 6월 11일, 홍호아 드림.

글씨는 또박또박 다듬어져 있다. 9학년을 다녔을 뿐인 홍호아가 한글을 썼단 말인가? 평생 농사짓는 것밖에 한 적이 없다는 그녀의 부모와 오빠들의 도움을 받았을 리도 없다. 베트남 결혼상담소 사장이 대신 쓴 것일까? 집안에 일이 생겨 혼인신고를 못 하고 있다는 핑계는 이제 더 이상 들이댈 수 없을 만큼 시간이 많이 흘렀다는 것을 그도 모르지 않았다. 결혼을 주선한 베트남 현지 결혼상담소 사장도 '나비'의 한 사장에게 끊임없이 압박을 해 오고 있다고 했다.

홍호아가 노래라도 부르듯 맑고 경쾌하게 자기소개를 했을 때, 사이트 '나비'의 배경 화면을 보았을 때처럼 머릿속 어딘가에서 마비 증상이 왔던 것일까? 몇백 명의 여자들 중 누구도 남자에게 넉넉한 가슴을 내주기 위해 맞선 장소에 나오지 않았다는 것을 알았을 때, 그는 바위에 머리라도 박는 심정으로 홍호아를 지목해 버렸다. 무덤처럼 탐스러운 가슴을 풀어 태고적 어머니처럼 원 없이 내줄 여성은 어디에도 없다는 절망감 때문에라도 섣부른 선택을 후회하지는 않을 것 같았다.

그는 밖으로 나가 목까지 차게 술이라도 마시고 싶었다. 홍호아에게, 모래사장에 찍혔다가 세찬 파도에 쓸려 가는 발자국처럼 자신을 지워 달라는 답장을 맨정신으로 쓸 수는 없었다.

베트남에 가서 넘쳐 나는 신부감과 맞선을 보게 되었을 때, 그의 두 귀와 두 눈과 입이 마음대로 작동하지 않았다. 한국에 시집오기 위해 결혼 중매 업소에 등록한 여자들을 200명쯤 보고 난 후에는 한 사장의 눈빛에서조차 자유로울 수 없었다. 움직일 때마다 땀이 퐁퐁 솟아 나오면 주위 사람 모두가 어서 신부를 선택하라고 종용하는 듯 느껴졌다. 빚쟁이처럼 주눅이 들어, 마음에 드는 여자가 없으면 미련 없이 귀국한다는 애초의 계획은 비행기를 타는 순간 물거품이 되었음을 아는 데 오랜 시간이 걸리지 않았다.

SEP, 23, 1997. 11:56:24, AM.

막 날라 온 잡채 접시에, 치즈 가루를 뿌린 샐러드 접시에 섞여 웃음소리가 온 방을 붕붕 떠다닌다. 몇 번의 성형수술로 코가 대리석 조각처럼 날카로워지기 전의 형수와 제수씨, 아내가 캠코더를 의식한 듯 활짝 웃는다. 어머니는 흐뭇한 표정으로 자신의 생일 케이크를 먹고 있다.

시장 모퉁이에 좌판을 벌이고 앉아 꽁치나 고등어, 갈치를 팔았던 저 시절의 어머니는 분명 젊었다.

마이크를 잡고 신나게 만화 주제가 「캔디」를 부르는 건 형의 큰딸이다. 마이크를 빼앗으려고 사촌 누나의 다리에 매달려 발을 동동 구르는 건 두 살짜리 은석이다. 떼를 써서 잡게 된 마이크에서 아무 소리도 나지 않자, 이리저리 돌려 보다가 은석이 울음을 앙 터트리는 장면에서는 가족들 모두 왁자하게 웃음을 뿜어낸다.

"은석아, 잘 봐라. 조금 있으면 누나랑 너랑 팔씨름하는 것 나온다."

네 살이나 많은 사촌 누나가 일부러 져 주는 것도 모르고 이겼다며 으쓱거리는 은석이의 재롱을 외우고 있는 어머니의 얼굴에는 벌써부터 웃음이 가득하다.

산 지 10년이 넘은 비디오는 쉴 새 없이 지지직거린다. 낮잠에서 깨어난 그는 어머니와 은석이가 보고 있는 비디오에 시선을 주다가, 슬며시 잠 속으로 미끄러지다가, 주룩주룩 쏟아지는 빗소리에 신경을 빼앗긴다.

그가 10개월 할부로 캠코더를 사 왔을 때, 어머니는 지나가듯 아내에게 "너희도 어서 아이를 낳아야 저런 것도 찍어 주지." 했다. 아이엠에프를 간파한 몇몇 회사가 소리 없이 몸집 줄이기에 들어갔던 시점이었다.

어머니는 형이 부동산 재테크로 벌어들이는 돈이 형제 간의 우애를 좀먹을 줄은 상상도 못 했을 것이다. 부도로 인수 합병을 당한 자동차 회사의 정비 기술자였던 남동생이 실직을 하면서 큰형수는 시댁과 거리를 두었다. 제수씨는 형수가 명절 때마다 입고 오는 값비싼 옷과 장신구들을 들먹이며, 물에 손 담그기를 꺼리는 형수를 비난했다. 형수가 전과 생선찜, 나물 등을 사서 자가용에 싣고 명절날 아침에야 나타난 날, 남동생과 형이 싸움을 벌인 것은 시작에 불과했다. 형이 남동생에게 500만 원을 꾸어 줬던 것이 빌미가 되어 형수와 제수씨가 어머니 앞에서 삿대질과 욕설을 서슴지 않던 날을 끝으로 어머니는 한자리에서 자식들을 보는 것을 마감해야 했다. "형도 할 만큼은 했잖아. 가난한 부모 만나 빈손으로 집 사고 땅 사고 부자 됐으면 된 거야. 우리도 동생이라고 형한테 10원 한 장 보태 준 적 없고. 형만이라도 잘사는 게 얼마나 다행이야?" 형수의 경계와 포악을 핑계 삼아 식구들을 점점 멀리하는 형을 변호하는 그의 목소리에도 힘은 없었다. 다만 나이 40에 혼자되어 자식 셋을 키워 낸 어머니의 노후가 형의 경제력에 의지해 평안하길 바라서였다. 그러나 어머니는 이혼하고 새 일자리를 찾아 타국으로 떠나는 남동생에게 전셋집 보증금마저 빼어 주고 말았다.

지지직대다가 바뀐 화면에서는 조카들 셋이 잔디밭에 들어가 뛰고 뒹구는 장면이 펼쳐진다. 지금은 중학생이 된 형의 두 아이들은 어머니도 1년에 한 번 얼굴을 볼까 말까다. 과외수업 중이라거나 캠프에 보냈다며, 형수가 데려오는 것을 꺼렸다.

은석은 학교에 가지 않아도 되는 토요일이 특별히 좋을 것도 싫을 것도 없다는 듯 텔레비전 속에 눈을 박고 있다. 내복만 입고 사촌들을 따라다니며 시종 들떠 있는, 비디오 테이프 속의 어린아이와 자신은 하등의 관계가 없다는 듯 뚝뚝하다.

깜박 잠이 들었던가? 비디오가 고장 났다고 흔드는 어머니 때문에 깼다. 화면에는 클로즈업된 아내의 얼굴과 "SEP 23 1997 11:56:24 AM"이 잡혀 있다. 기억난다. 멋있게 포즈를 잡아 보라고 캠코더를 들이대는 그에게 아내는 풋풋 웃으며 손을 내저었다. 남편이 곧 실직하리라는 것을 알 리 없는 아내의 웃음은 탁구공처럼 통통 튀어 오른다.

"테이프가 다 돌아갔잖아. 하루 종일 저것만 볼 거야?"

그는 앳된 아내의 얼굴을 만난 당혹감의 책임을 어머니에게 전가하듯 툭 쏘고는 자리에서 일어났다.

이혼 후 종적을 감추었던 아내를 본 건, 여섯 달 전이었다. 불사신의 친구인 5톤 사다리차 기사가 일꾼이 필요하다고 급히 전화를 해 왔다. 인부 한 명이 일하다 성질을 부리며 돌아갔다고 했다. 입주를 앞둔 21층 아파트에 이삿짐을 옮기는데, 아내가 여남은 살이나 되어 보이는 여자 아이의 손을 잡고 들어왔다. 그가 장식대에 아내와 아내의 정부였던 남자가 찍힌 사진을 올려놓던 찰나였다. 아내가 반사적으로 몸 뒤로 숨기던 여자 아이를 보기 위해 그는 아내를 사납게 밀쳐 내었다. 한눈에도 그를 쏙 빼닮은 아이는 그의 얼굴만 뚫어져라 쳐다보았다.

봉고 차 운전 사고 후유증으로 칩거를 일삼던 나날 속에서 아내는 끈질기게 이혼을 요구했다. 시간이 지날수록 생기를 잃어 가긴 아내도 마찬가지였다. 어머니는 아내가 큰 병에 걸린 듯하다고, 땅이 꺼지게 한숨이었다. 견디다 못해 폭력을 일삼다 이혼 서류에 도장을 찍은 건 아내가 남자의 아이를 가졌다고 실토해서였다.

쉴 새 없이 내리는 비만 아니었다면 곳곳에 무덤들이 널린 서오릉에라도 갔을 것이다. 풍만하고 탐스러운 무덤에 온몸을 부리고 있으면 세상이 좀 넉넉하고 후덕해 보일까? 평일에 능에 가면 할 일 없고 돈푼깨나 있는 여자를 제대로 낚을 수 있다고 한 건 마누라한테 애까지 빼앗기고 이혼당한 친구 놈이었다. 어느 날은 그 혼자 서오릉에 가 "출입금지" 팻말이 붙은 무덤 한쪽에 숨은 듯 누워 오래 자고 온 적도 있었다.

세상일이 꼬이다 보면 남에게 이해받을 수 없는 습벽만 쌓이게 된다.

행복하세요?

아침을 먹는 둥 마는 둥 하며 불사신을 만나 인천 남항 4부두에 들어간 지 한 시간도 안 돼 점심시간이 되었다. 간밤에 부산에서 날아왔다는 불사신은 배가 너무 고파 먼 식당까지 갈 수 없다고 했다. 차 안에서 컵 라면을 먹으며 땀으로 사우나를 하는데, 휴대폰이 울렸다.

"법이 바뀌었대. 이젠 남자가 베트남을 두 번 왔다 갔다 해야 신부를 데리고 올 수가 있다고. 국제결혼 때문에 말썽이 많고, 위장 결혼 하는 일당들이 늘어나니까 베트남 정부에서 그런 조치를 취한 모양이야. 정 선생은 다행히 그 전에 결혼했으니까, 서류만 보내면 되잖아. 도대체 왜 빨리 신부를 데려오지 않는 거야?"

송은 그의 목소리를 확인하자마자 폭포처럼 말을 쏟아 내었다.

"그동안 사정이 많았어요. 이것저것이요."

그는 500만 원을 치르지 않았다는 말은 하지 않았다. 오늘 아침 어머니에게도 거짓말을 했다. 베트남 정부가 국제결혼법을 강화해 베트남 신부는 오지 않을지도 모른다고. 그의 눈치를 살피며 "네 색시는 언제 온다냐?" 하던 어머니는 입을 꾹 다물고 어떤 대꾸도 하지 않았다. 어머니가 몇 마디 더 했더라면 "여자만 데려오면 장땡이야? 어머니하고 은석이 마루로 몰아내고 하나 있는 방에 신혼살림 차려?" 했을 지도 몰랐다.

"돌아와서 바로 혼인신고를 해서 서류를 보냈다면 지금쯤 자네 와이프도 여기 와서 애를 갖고도 남았을 시간이야. 임신 말이야, 임신."

홍은 답답하다는 듯이 말했다.

"보고 싶지 않나? 나는 결혼식 끝내고 돌아오니까, 내 와이프가 보고 싶어 미치겠던데. 와이프 빨리 데려오고 싶어 서둘러 서류 보냈는데, 그쪽 대사관에서 일이 안 끝나 빨리 못 온다니까 미치겠더라고. 지금 와서 말인데, 내가 돈까지 추가로 보냈어. 일이 좀 빨리 되려나 하고. 그런데 정말 직방이더라고. 현지 업체 사장이 돈을 더 울궈 내려고 수 쓴 것 아닌가 나중엔 의심도 생기더라고."

송은 오랜만에 찾아온 고국이라도 되는 듯, 숨통까지 막는 습기와 열기 앞에서도 베트남의 첫인상이라며 반가움을 표했다. 다섯 명의 일행 중에서 제일 먼저 신부감을 찾은 것도 그였다. 첫날 떤서녓 공항에 내려 밤늦게 호치민 시내로 들어섰을 때도 "저것 좀 보시오. 베트남의 명물이오." 하며 환호성을 질렀다. 고개를 들어 승합차 밖을 내다보니, 거리에 오토바이 행렬이 넘쳐 나고 있었다.

"행복하세요?"

컵 라면 용기를 밀어 놓고 차 밖으로 나와서도 그는 '나비'의 한 사장이 시킨 것이냐고 묻지 않았다. 구리에서 식당을 하는 송이 한참 바쁠 점심시간에 전화를 했을 때는 이유가 있을 터였다. 합동결혼식을 한 일행 중에서 한 사장과 제일 죽이 잘 맞았던 것도 송이었다.

"깨가 쏟아져. 사실 말이야, 우리 와이프가 정 선생 와이프 오기를 눈이 빠지게 기다려. 어제도 정 선생 와이프가 어서 한국에 오고 싶다고 우리 와이프에게 전화한 모양이야. 고국 친구 한 명 더 생기면 우리 와이프도 좋지 뭘 그래."

마흔세 살인 송은 어린 신부가 귀여워 늘상 헤헤거리고 다녔으면서도 결혼식 날 일가친척이 엄청 몰려온 것은 끝까지 유감스러워했다. 신부 측 하객들이 먹은 음식 값을 남자가 다 지불하는 건 불합리하지 않느냐고, 틈날 때마다 툴툴거렸다. 자랑스럽게 신부의 손을 어루만지면서도 그 타령인 송에게 일행 한 명이 "신부가 알아들으면 어쩌시려고요?" 했다가 곧 웃음바다를 이루었다. 눈을 깜박이며 송의 손에 얌전히 손목이 잡혀 있던 어린 신부가 송의 얼굴을 뚫어져라 바라보며 "아직 한국말 그렇게 잘 알아듣지 못해요. 정말이에요." 하는 것이었다. 놀라 눈이 휘둥그레진 송이 현지 결혼상담소 사장에게 달려가 알아보니, 송의 신부는 한국이 너무 좋아 한국인이 운영하는 식당에서 종업원으로 일했고, 그때 한국말 실력을 쌓았다고 했다.

"이것 봐, 여자들 다 거기서 거기야. 마흔 다 된 자네가 이곳에서 무슨 재주로 열아홉 살 아가씨랑 결혼을 해? 뭐가 문제인지는 모르지만 두 눈 딱 감고 데려와. 베트남 가서 들인 돈 생각을 해 봐. 어떻게든 본전을 뽑아야지."

송이 무엇을 먹고 있는지 자꾸만 쩝쩝대고 우물거리는 소리가 났다.

작달막한 송은 먹는 일에는 언제나 열성이었다. 베트남으로 가는 비행기 안에서부터 그의 옆 자리에 앉아 닭다리를 뜯으며 333맥주를 들이켰다. 333맥주가 베트남 맥주라는 것을 가르쳐 준 것도 송이었다. 베트남에 대한 공부를 꽤나 한 듯한 품새였다.

"친정을 도와야 하는가?" 그의 부탁을 받고 베트남 현지 결혼상담소 사장이 물었을 때 홍호아가 커다란 눈을 깜박이며 "많이 많이."라고 대답한 것이 생각날 때마다 그는 술집 처마 밑의 도마뱀들을 눈짓으로 가리키며 의미 없이 웃곤 했다. 홍호아는 그의 시선을 따라 도마뱀을 쳐다보다가, 맥주를 들이켜는 그를 바라보다가 멋쩍게 웃기를 반복했다. 베트남에서 한국으로 시집오고 싶어 하는 여자들 대부분이 어려운 친정을 돕고 싶어서 머나먼 이국행을 결심하는 것이라는 말을, 그는 결혼식을 다 끝내고서야 들었다. 송이 "너무 걱정은 마. 처음엔 다들 가난한 친정 돕자고 국제결혼을 신청하지만 내 자식 낳고 살다 보면 어디 친정이 우선이겠어? 그건 우리나라 여자도 마찬가지야. 가난한 집 여자가 부잣집으로 시집오면 처음엔 친정 생각나서 얼마나 울겠느냐고. 베트남 신부가 친정집으로 5000만 원을 빼돌렸다더라, 하는 말들은 다 낭설이야." 했을 때 그는 "500이 아니고 5000이요?" 할 뻔했다.

"오랜만에 동지랑 이야기하니까 아주 좋네."

시간이 지날수록 송의 목소리가 흐트러졌다.

"나도 그동안 별별 군데를 다 쑤셔 보고 다녔어. 캄보디아, 몽골, 인도네시아, 파키스탄, 중국. 안 하는 게 좋다고 주위에서 다들 말리더라고. 이것들이 싸가지가 없대. 한국 사람과 결혼하면 한국 민증이 나오니까, 그거 나오면 취직을 한대. 그래서 수틀리면 도망가는 경우도 있다네. 여기보다 물가가 싸니까 돈 벌어서 자기 나라로 가는 거지. 그런데 베트남 여자들은 남편과 웃어른을 잘 섬기고, 형제들과 우애 있게 지내고, 생활력도 강하다더군. 당연히 한국말을 잘 못할 테니 사회생활 하겠다고 설칠 일도 없을 거고. 나 같은 사람한테는 딱이지 뭐.

사실, 나 이제야 말인데, 중풍 맞아 쓰러진 아버지 모시고 있어. 나한테 시집오고 싶어하는 한국 년들이 하나도 없더라고. 여자들 못 쓰게 망쳐 놓은 건 바로 이 사회라고…….”

그가 오래 통화할 상황이 아니라는 것을 말할 기회만 노리는데, 물 컵을 들어 탁자에 내려치는 소리가 들려왔다. 송이 뿜어내고 있을 술 냄새가 나는 듯했다. 따가운 여름 햇살이 사방에서 내리쬐었다.

“한국에 오고 싶어 하는 베트남 여성들에게도 좋고, 장가 못 가는 한국 총각들 구제해서 좋고, 서로 다 좋은 일입니다, 이게.”

송이 술주정을 하듯 읊는 말은 ‘나비’ 한 사장의 멘트였다. 송도 한 사장의 언변에 양쪽 귀를 다 열어 버린 것이었을까? 그도 똑같은 소리를 들었다. 계약금으로 100만 원을 입금하기로 약속하고서였다.

“우리 마누라가 베트남에 돌아가고 싶대. 가끔씩 그래. 그럴 때마다 나는 마누라 달래려고 처갓집으로 돈 보내 주고. 처음엔 돈 주니까 사랑한다는 말을 몇 번씩 하더니, 이제는 그것도 없어. 누구랑 살아도 다 자기 할 탓 아닌가? 안 그런가, 정 선생?”

송은 그 사실을 그에게서 확인받기라도 하겠다는 듯 필사적이다. 처음부터 그랬어야 했다는 듯, 그는 조용히 휴대폰 폴더를 접고 차 안으로 느릿느릿 돌아왔다.

점심시간이 지나고 장비가 서서히 움직이기 시작했지만 불사신이 받을 짐은 맨 끝이었다. 점심을 먹는 사이 다른 차들이 들어와 얽히고 있었다. 족히 두 시간은 넘게 기다려야 했다. 장비 다니는 길을 누군가 막아 놨다며, 시동을 걸고 타이어에 에어를 채우던 불사신의 입에서 욕이 터져 나왔다. 다시 올라간 장비를 기다리며 줄담배를 피워야 했다. 네 시간이 지나서야 짐을 받아 나오는데, 이번에는 게이트가 밀려 있었다.

결투

"도마뱀, 친구한테 한 마리 줘도 괜찮지? 우리 집엔 많잖아. 할머니가 그러는데, 또 새끼가 태어날 지도 모른댔어."

은석은 거짓말쟁이로 몰리지 않으려면 도마뱀을 학교에 가져가 친구들에게 보여 줘야 한다고 떠들었다. 베트남에서 온 도마뱀이라고 했더니, 누구도 믿지 않았다고 했다.

"사실은 내 친구가 그린아놀을 데리고 오기로 했어. 싸움 붙여 보려고. 친구 도마뱀이 이기면 내 도마뱀을 한 마리 줘야 해."

은석이 신이 난 것은 그것 때문인 듯했다.

"내 친구는 자기 아빠랑 청계천에 가서 그린아놀을 사 왔대. 가만히 놔두면 갈색인데, 만지면 초록색으로 변한대. 귀뚜라미를 한 번에 열 마리 이상 먹어 치우고, 가끔씩 닭고기를 생으로 던져 주면 날름날름 먹기도 한대."

은석이 말하다 말고 화장실에 들어가더니, 한참 만에 불안한 얼굴로 돌아왔다.

"그린아놀이랑 싸워서 이길 만한 놈으로 삼촌이 한 마리 골라 줘 봐. 학교 데려가려면 상자 하나 만들어야겠어. 내 친구는 큰 유리 상자에 키운대. 세 마리 키웠는데, 다 죽고 한 마리 남은 거래. 힘이 세니까 다른 도마뱀이랑 싸워서 이긴 것 아닐까?"

은석이 시무룩한 얼굴로 물었다.

"삼촌, 수영을 시켜 보자고 할까? 우리 도마뱀들은 수영도 해. 할머니가 대야에 물 받아 놨었는데, 두 놈이 들어가서 물장구치면서 놀고 있더라고. 내가 분명히 봤어. 할머니 보여 주려고 부르러 나갔다 왔더니 금방 또 천장으로 올라갔어."

잘 관찰해 보고 힘이 센 놈을 고르겠다고 화장실에 처박혀 나오지 않는 은석에게 그는 김치찌개 냄비에 빠져 스스로 꼬리를 잘랐던 놈을 추천했다. 사람 몸에 붙어 감쪽같이 바깥 바람까지 쐬고, 죽음의 경지까지 넘나들다 온 놈이라면 날쌜 게 분명했다.

"꼬리 없는 병신이잖아. 내 친구 그린아놀은 잘생겼고, 날씬하대. 나는 내 친구보다 더 멋진 놈으로 골라 갈 거야."

저녁도 안 먹고 있는 게 안쓰러워 거들었을 뿐인데, 은석은 대번에 어깃장을 놓았다.

"싸움만 잘하면 되지. 스스로 제 꼬리까지 자른 놈이야."

"삼촌 말을 믿고, 모험을 해 볼까?"

은석은 시간이 가도 선수를 정하지 못 하자, 선심이라도 쓰듯 웃어 보였다.

그가 코드까지 빼어 세탁기를 옮기고, 수납장을 열어 보고, 타일이 팬 화장실 바닥을 몇 번씩 들여다봐도 놈은 보이지 않았다.

"개똥도 약에 쓰려면 없다더라."

어머니는 부엌의 낡은 싱크대 서랍들을 다 열어젖히며 은석이보다 더 신을 냈다.

흰옷

놀이터가 있는 1205동 쪽으로 올라가다가 그는 근처의 나무 밑으로 후다닥 뛰어들어 갔다. 아내의 남편이 딸아이의 손을 잡고 언덕바지 길을 내려오고 있었다. 며칠 계속해서 내린 빗물이 나뭇잎에 고여 있었는지, 이따금 물방울이 떨어져 이마에 닿았다. 아내가 남편을 배웅하고 돌아오기를 기다리는 동안 아내에 대한 원망이 거세게 소용돌이쳤다.

실직 9개월째로 접어들었을 때 그는, 집 전세금을 남동생의 사업 자금으로 밀어주고 월세 방에 나앉은 어머니를 모셔 올 수밖에 없었다. 이미 적금 통장을 다 해약한 아내는 싫다 좋다 반응이 없었다. 관절염 때문에 장사마저 걷어 치우고 자주 병원을 찾았던 어머니에게도 겉으로는 깍듯했다. 어머니가 참다 참다 아내에 대한 힐난을 쏟아 내지 않았으면, 그는 끝까지 아내에게 면목 없는 남편으로만 일관했을 것이다. "내가 손대지 않으면 돼지우리로 만들어 놓고 산다. 내가 언제까지 그러나 두고 보던 참이다." 어머니가 폭발했던 즈음, 집 안은 엉망이었다. 냉장고 안에서는 통깨가 쏟아져 칸칸이 굴러다녔고, 파김치와 장조림이 한 그릇에 섞여 정체불명의 냄새를 피웠다. 김치 통이 어느 구석에 처박혀 있는지 찾을 수 없었고, 감자조림은 쉬어 빠져 삭아 내렸다. 찬장 속은 유리그릇과 밥공기가 포개진 채 넘어질 듯 위태롭게 쌓여 있었고, 화장실은 물곰팡이로 구석구석이 검붉고 비릿했다. 이력서를 들고 여기저기 쑤시고 다니는 그의 머릿속에는 언제나 고물상처럼 어수선한 집 안 풍경이 있었다. 그 속에서 아내는 눈이 베일 듯 희디흰 옷을 입고, 목단처럼 화사한 얼굴로 나가 남자를 만나고 있었다는 것을 그는 아주 늦게야 알았다.

화단가를 걷는 아내의 뒷모습은 태평하고 느긋해 보인다. 아내의 남편은 1204동 앞에 주차된 차들 속으로 들어가며 아내와 딸아이에게 기다리고 있으라는 손짓을 한다.

아내는 남편이 세운 연회색 자가용 뒤 좌석에 딸아이를 밀어 넣고, 원피스 자락을 가다듬으며 운전석 옆 자리에 사뿐히 앉는다.

그는 촉촉이 밴 땀이 식어 내리는 손바닥을 하릴없이 오래 들여다보았다. 딸아이가 학교 가는 시간에 맞추어 이곳에서 몰래 지켜본 게 여러 번이었다. 아내가 여느 날처럼 남편과 딸아이를 배웅하고 올라온다고 해도 그 앞에 떳떳하게 나설 자신은 없었다. 물방울무늬 플레어 원피스를 입고 팔짝거리는 딸아이의 얼굴엔 보증수표처럼 행복이 찍혀 있지 않은가? 지금 와 새삼 딸이라고 우겨서 뭘 어쩌겠는가?

"사료를 안 먹다가 밀웜만 계속 먹어 댔다면서? 그러다가 며칠 똥을 안 쌌고? 그러면 소화가 안 된 거야. 따뜻한 물에 목욕을 시키고 좀 기다려 봐. 똥을 싸면 밀웜이 통째로 쏟아져 나올지도 몰라."

수화기를 귀에 바짝 붙이고 심각한 얼굴로 있다가 입을 떼는 은석의 얼굴은 의사처럼 근엄하다.

"재, 학교 안 갔어요?"

은석이 옆에 앉아 양말을 꿰매는 어머니에게 물었다.

"수요일은 일찍 끝난다더라."

"그깟 양말은 뭣 하러 꿰매요? 몇 푼이나 한다고."

"노느니 한다. 점심은?"

"생각 없어요."

"삼촌, 내가 베트남 도마뱀을 여러 마리 키운다고 했더니, 집에서 파충류 키우는 친구들이 다 나한테 와서 이것저것 물어봐. 귀찮아 죽겠어."

은석이 중대한 일을 끝내서 뿌듯하다는 얼굴로 그의 옆으로 다가왔다. 조금도 귀찮은 표정이 아니다.

"비어디를 키우는 내 친구가 그러는데, 어느 날부터 암놈과 수놈이 자꾸 싸운대."

"비어디가 뭐야?"

"삐죽삐죽 가시가 돋은 도마뱀 몰라?"

"몰라."

"암놈이 자꾸 까분대. 수놈을 이겨 먹으려고. 그러면 수놈은 턱 밑이 검어지고 굵어지면서 으르릉거린대. 암놈 때문에 성질 다 버리겠다고 내 친구가 걱정해. 왜 사이좋게 안 지내고 싸우지?"

"그걸 내가 어떻게 알아?"

"삼촌, 그런데 싸우면서 정드는 것 아냐? 정들다가 브리딩하고, 그러다가 알 낳고 새끼 나오고."

"브리딩?"

"브리딩이 뭔지 몰라?"

은석은 정말 답답하다는 얼굴로 그를 바라본다.

"친구가 비어디 암놈과 수놈을 따로 키울까 고민하고 있대. 내 말대로 하겠다는데, 뭐라고 말해 줄까? 따로 키우면 새끼를 낳을 수 없잖아. 싸워도 한 공간에서 살게 해야지 새끼가 나오잖아. 내 말이 맞지? 내 말대로 해서 새끼 나오면 한 마리나 달라고 해야겠어."

"담임 선생님이 아무 말씀 안 하시던? 삼촌 학교 안 온다고?"

은석의 성적 상담도 할 겸 시간을 내줬으면 한다는 전화를 받은 지 한 달이 지나고 있었다. 행동이 굼뜨고, 친구들과 툭하면 주먹질을 일삼고, 숙제를 잘 안 해 오고, 준비물을 안 챙겨 오고. 담임이 그를 한 번 봐야 하는 이유는 대강 그랬다. 은석의 행동이 굼뜬 건 그도 인정했다. 전 같지 않게 요즈음은 무엇에 들떠 있는데, 화장실에 새로운 친구가 생겨서인지도 몰랐다.

"안 바쁜 날 오면 된대. 내가 삼촌 엄청 바쁘다고 했어. 우리나라에서 제일 큰 차 끌고 다닌다고 자랑도 했어."

"니네 선생님 예뻐?"

"엄청 예뻐. 그런데 시집갔어."

## 악몽

지독한 악몽이었다. 그가 운전하는 트레일러가 초등학교 정문을 밀고 들어가 책가방을 메고 나오는 아이들을 치받고 창문들을 모조리 박살 내고, 브레이크를 아무리 밟아도 차는 끝도 없이 앞으로만 돌진했다. 이따금 꾸는 꿈이었다. 번번이 현실보다 생생해 꿈속에서도 그는 장작처럼 몸이 말라 들어 갔다.

땀으로 목욕을 하다 일어났더니, 그의 머리맡에 편지가 뒹굴고 있었다. 다섯 집이 공동으로 사용하는 우편함에 오래 묻혀 있었던 편지였다.

홍호아가 마음에 들지 않으세요?

홍호아는 서방님이 불러 주기를 기다립니다.

홍호아

날짜가 없어 언제 보낸 것인지 알 수 없었다. 빼뚤빼뚤한 글씨체로 보아 홍호아가 쓴 것이 분명했다.

"낮잠 많이 자지 마라. 몸 허해진다."

그가 편지를 호주머니에 넣고 마루로 나오자, 어머니가 입에 자두라도 물고 있는 사람처럼 느릿느릿 말했다.

7년간 다닌 운수회사가 문을 닫고 나서, 닥치는 대로 넣어 본 이력서가 어디에서도 받아들여지지 않은 지 1년이 넘어갈 무렵, 아내의 이모부가 자신이 운영하는 유치원에 나오라고 했다. 더 이상 해약할 통장도 없던 처지였다. 사고가 난 건, 직장을 구할 때까지만이라는 전제를 달고 봉고 차 운전대를 잡은 지 두 달 만이었다. 가파른 내리막길을 내려오는데 손에 핫도그를 든 어린아이가 골목에서 튀어나왔다. 피하려고 엉겁결에 운전대를 돌린 것이 전봇대를 들이박고 말았다. 봉고 차 앞유리가 산산조각 났고, 그는 7개월이나 병원 신세를 졌다. 차에 탄 유치원생 세 명이 경상만 입은 것은 그나마 요행이었다.

그는 호주머니에 손을 넣어 이미 꾸깃꾸깃해진 편지를 자꾸 주물럭거렸다. 홍호아에게 이쪽 의사가 전달되지 않았단 말인가? 한 사장을 통해 결혼을 없었던 것으로 해 달라고 간곡히 부탁하지 않았던가? 한 사장에게는 어렵게 준비해 간 100만 원을 내밀었고, 나머지 돈은 차차 갚겠다고 백배 사죄를 했다. 금방 집에라도 쳐들어올 기세여서 일단은 그렇게라도 입막음을 해야 했다.

베트남산 맥주처럼 뒷맛이 깨끗하지 않고 씁쓸한 향이 많은 채로 도망치듯 귀국부터 한 게 잘못이었나? 홍호아가 배웅을 나왔던 공항에서라도 월세 방에서 살고 있고, 병든 어머니가 있고, 소식 끊긴 남동생이 남긴 어린 조카가 있다는 말을 했어야 했을까? 한국 남자라면 황금 알을 낳는 거위라도 있는 줄 아는 여자에게? 베트남어로 꽃이라는 뜻의 '호아'를 넣어 한국 이름을 지었다는 여자에게?

홍호아는 한국 드라마 속에서 본 근사한 집을 그리며 기대에 들떠 있었다. 한류 영향 탓만은 아니었다. 베트남 현지 결혼상담소에서 신부 후보들을 모집할 때 한국으로 시집가면 신데렐라라도 되는 것처럼 선전한다고 했다. 베트남 여자들은 모두 착하고 순종적이며 생활력이 강하다고 말하는 우리나라 결혼상담소와 다르지 않았다.

홍호아에게 먼지 하나 없이 속을 탈탈 털어 보이고, 그 후는 운명에 맡길 수도 있었을까? 그러나 홍호아의 해맑은 눈빛과 웃음을 보는 내내, 그는 함께 찍은 사진 한 장 남기지 않고 그와의 이별을 준비했던 아내가 떠나지 않았다.

땀으로 축축해진 편지를 들고 안절부절못하다가 안방에 들어가 담배를 피우는데, 장롱 밑에서 도마뱀 한 마리가 꼬물꼬물 기어 나왔다. 진갈색 바탕에 점박이 무늬를 가진, 지난번에 김치찌개 속에서 간신히 살아 나온 놈이었다.

시합에 내보내려고 세 식구가 총동원해 집을 발칵 뒤집었는데도 나오지 않았던 놈은 그새 꼬리가 자라 있었다. 그를 보고도 도망가지 않는 놈을 자세히 들여다보니, 새로 난 꼬리 끝부분이 무엇에 눌렸는지, 살점이 조금 떨어져 나가 있었다.

## 바깥 잠

"불편해서 잠이 안 오나?"

"아닙니다."

40피트짜리 짐을 싣고 내처 달려 고속도로 변에 차를 세운 불사신에게 잠자리 타령을 할 수는 없었다. 내일 아침 일찍 부산 들어가서 물건을 내려 주면 50만 원이 들어온다고 했다. 며칠 일이 없어 공쳐서인지, 불사신은 바깥 잠을 자면서까지 벌어들이는 그 돈에 벌써부터 애착을 보였다.

"여기가 평창 부근인가요?"

"대략 그쯤이야."

그는 근방 어디쯤엔가 있을 들꽃 공원을 떠올리며 눈을 감았다. 수년 전, 아내를 처음 만났던 곳이었다. 그 시절 그는 아내를 행복하게 해 줄 수 있다는 언약에 조금의 의심도 품지 않았다.

베트남에서의 첫날 밤, 한밤중에 지독한 갈증으로 잠을 깼는데, 한 사장이 따로 챙겨 준 물 두 병이 바닥나고 없었다. 호텔 내에 비치된 물을 마시려고 손을 뻗다가 거둬들였다. 베트남의 물은 석회질이 많아 함부로 마시면 잇몸이 상한다는 한 사장의 설명이 있었다. 숙소에서 양치질을 하고 나서도 생수로 입 안을 헹궈야 할 만큼 식수가 형편없다고 했다. 외국에서 생수를 수입해서 먹는 상황을 열심히 설명하다가 베트남 여자들의 이가 예쁘지 않은 건 그 때문이라는 설명도 덧붙였다. 갈증을 참을 수 없어 호텔 물을 벌컥벌컥 마시고 침대에 드러누워 이것저것 생각하다가 그는 수첩을 꺼내 아내의 집 주소를 적어 둔 부분이 찢어질 때까지 까맣게 지웠다. 다음 날 진행될 맞선을 위해 잠을 푹 자 두라는 한 사장의 지침에도 오랫동안 잠이 오지 않았다. 이사 올 새집에서 그를 보자마자 사시나무처럼 떨던 아내의 행복도 진심으로 빌어 줬다. 새로운 마음가짐에 자축이라도 해야 할 판이었다. 옆방의 송을 깨워 술이라도 마실까 궁리하며 누워 있는데, 도마뱀 두 마리가 천장을 기어 다니는 모습이 정면으로 보였다. 천장에 벽지 무늬처럼 찰싹 달라붙은 그놈들은 신고식도 치르지 않고 들어온 그를 진작에 불청객으로 낙인찍어 버린 듯 태무심했다.

멀리 건너편에서 승용차 한 대가 무서운 속도로 달려오고 있었다. 시간을 다투며 달려가 해결해야 하는 일이 있는 것일까? 촉각을 다투며 발을 동동거려도 터질 일은 터지고야 마는 게 인생이다. 그는 아내의 탈선을 막아 보려고 지난 허물은 절대로 들추지 않겠다는 혈서라도 쓸 기세로 덤볐다. 아내를 어두운 굴속에서 구해야겠다는 듯 친정 식구들까지 똘똘 뭉쳐 있다는 것을 몰랐을 때였다.

불사신은 금방 코 고는 소리를 냈다. 그는 엎치락뒤치락대다 몸을 일으켜 생수 한 병을 다 마셨다.

잠자리 잡은 것을 알아채고 김밥과 삶은 계란을 들고 달려오는 장사치들을 바라보다 그는 시트에 몸을 뻗었다.

사랑이든 일이든 신명 난 춤꾼처럼 매달려야 진수를 맛보는 법이다. 지나간 시간 속에 아내와도 분명 그런 순간들이 있었다. 이별은 신명 속에서 이루어 낼 수 있는 건 아니지만 끌어 댈수록 질척하고 추한 그림이 나온다는 것 정도는 그도 알고 알고 있었다. 무엇보다도 상대가 나를 정말로 사랑했을까를 곱씹으며 열패감에 빠지는 추접은 떨지 말아야 한다. 연애에서 결혼에 이르는 강이 죽음처럼 아득하다는 것은 이혼까지 겪어 본 서른아홉의 남자에게는 곰팡이까지 핀 상식이다. 이

별 선언을 누가 먼저 했는지 중요하지 않다는 말은 위선이다. 다른 상대를 물색하는 데 있어 그 영향은 지대하다. 차인 사람이 자신 있게 다른 이성의 구애를 이끌어 내기란 비 맞은 옷을 입고 거리를 활보하는 것만큼이나 끕끕한 일이다.

사바나 여인

이제 홍호아는 다른 남자의 아내가 됩니다.
내일 결혼식을 올립니다.
서방님은 홍호아를 사랑하지 않았습니다.

2006년 7월 20일, 홍호아

집에 돌아오니 편지가 와 있었다. 오래 방치해 둔 과제가 저절로 해결된 상황인데도 뒤통수를 크게 얻어맞은 듯 얼얼했다. 그는 편지를 세 번쯤 읽고 나서 접었다가 다시 읽어 보았다. 공차로 올라오지 않으려고 부산에서 하룻밤을 자고 와서 몸 곳곳에 피로가 이끼처럼 퍼져 있었다. 시간을 때우기 위해 해운대 바닷가를 휘젓고 다녔다.

그는 또 한 번 편지를 펼쳐 보았다. 삼삼오오 짝을 지어 앉아 있는 남자들 앞에서 홍호아가 결혼상담소 사장이 시키는 대로 웃어 보이고, 이리저리 몸매를 선보였을 상황은 유쾌하지 않았다. '한 사장의 술수는 아니겠지?' 마치 그것을 바라기라도 하는 것처럼 마음이 울컥 저며 왔다. 이유를 알 수 없었다. 주책 맞게 또 고개를 드는 그리움인지도 몰랐다. 대한민국의 수도 서울에서 이루게 될 결혼 생활에 대한 환상으로 시종 눈을 촉촉이 빛내며 웃던, 완두콩처럼 보들보들했던 여자…….

그는 현관 앞에 주저앉아 양손에 운동화를 한 짝씩 들고 오래오래 모래를 털었다. 소주라도 마시려고 나가다 보니 신발 속에 모래가 들어 있었다. 혹시나 싶어 호주머니에 손을 넣었더니, 점퍼 주머니에서도 바지 주머니에서도 모래 알갱이가 잡혔다.

본격적인 해수욕이 끝난 부산의 바닷가는 쓸쓸했다. 열기와 함성이 떠나지 않았던 붕따우 해변이 떠올라 그의 심장이 훅 뛰었다. 먼먼 이국땅으로 건너갈 꿈에 부풀어 있던 열아홉의 소녀. 그와는 상관없이 붕따우 해변의 푸른 파도 앞에서 홍호아는 마음껏 풋풋하고 싱그러웠다.

은석이 저녁 늦게 된바람 맞은 분꽃처럼 풀 죽어 들어왔다. 친구들 학원 수업이 끝나는 시간에 맞추어 아파트 놀이터에서 도마뱀 시합을 벌이고 오는 길이라고 했다.

"삼촌 말을 듣는 게 아니었어. 다시 생긴 꼬리에서 힘이 날 리가 없잖아."

원망이 꽉 찬 말투였다.

"그래서 죽었어?"

"죽을까 봐 내가 항복했어. 내 친구 그린아놀이 내 도마뱀 머리를 덥석 물잖아. 도망도 못 가고, 꼬리에 힘이 없으니까 팔딱거리지도 못 하고, 죽은 듯이 엎드려 있었어."

"그럼 다음에 힘 기르면 다시 해 보자고 해."

그는 은석을 위로하기 위해 입에서 나오는 대로 지껄였다. 은석이 그동안 놈에게 들인 공력은 눈물이 날 지경이었다. 온라인 게임 '카트라이더' 실력으로 '루찌'를 모아 친구에게 카트 장식품을 사준 대가로 비싼 밀웜을 얻어 와 놈에게 보신을 시켰고, 체온이 떨어질까 봐 화장실 불을 온종일 켜 놓아 어머니에게 잔소리를 듣기도 했다.

"새로 생긴 꼬리는 원래 꼬리만큼 활발하지 않대. 내가 다 알아봤어."

은석이 책가방에서 도마뱀을 꺼내 놓았다. 놈은 비닐 팩으로 싼 네모난 상자 속에 죽은 듯 엎어져 있었다.

"밀웜을 몇 마리 먹여 봐야겠어. 그린아놀을 보자마자 기겁을 하면서 뒤로 내빼더라고. 영양 보충을 시켜 줘야 해."

은석은 경기에서 자신의 편을 들어 줬던 친구가 조금 덜어 줬다는 도마뱀의 먹이를 책가방에서 꺼내 화장실로 들어가다 말고 뒤돌아보았다.

"삼촌, 지면 도마뱀을 주겠다고 약속했잖아. 이 녀석은 두 번이나 다쳤으니까 내가 잘 돌봐 주고, 다른 녀석을 줘야 겠지?"

도마뱀 시합으로 받은 충격 때문인지 자면서 몸을 버둥거리는 은석이 옆에서 그는 흰 편지지만 뚫어져라 보고 있었다. 세상에는 늦었어도 최선을 다해 막아 봐야 하는 일들이 있다. 계면쩍음과 비굴한 웃음으로 오래 펜을 만지작거렸지만, "미안합니다."까지 쓰고는 다음 말을 찾을 수 없었다. "미안합니다."는 열 번 백 번을 써도 부족할 것 같았다.

산자락 쪽으로 난 미닫이창을 열자, 밤바람이 차게 쏟아져 들어왔다. 굵은 늦여름 비가 한차례 쓸고 간 뒤끝이었다. "이곳은 홍호아가 생각하는 것처럼 행복한 곳이 아닙니다. 홍호아를 행복하게 해 줄 자신이 없었습니다." 그의 마음 깊은 곳의 말들이 쑥쑥 올라왔지만 같잖은 변명으로밖에 들리지 않을 것 같았다. 인생의 반을 에누리 없이 꽉 차게 살아온 사내라면 이럴 때 심장 한복판에서 들려오는 소리와 마주할 배포 정도는 있어야 하지 않을까? 하다못해 옹골찬 진실 한 조각만이라도 내보일 수 있는 기품 말이다. 홍호아의 차진 몸이 떠올라 애끓는 그리움이 솟을 때마다 휘장을 쳤던 마음 자락이 바람 맞는 커튼처럼 펄렁펄렁 열리며 지나온 생에 시비를 걸었다.

그가 마루로 나와 찬물을 벌컥벌컥 마시는데, 가까이에서 낯선 울음소리가 들려왔다.

쉭 쉬르륵 쉬릭 쉭쉭 쉬쉭

짧은 다리로 마루 벽을 느릿느릿 타고 다니며 불안과 걱정을 실은 울음소리를 내지르는 건 오늘 싸움판에 나가 참패를 당하고 온 놈이었다. 벽을 지나 막 천장으로 넘어가려는 놈의 행보는 힘겨워 보였다. 늘씬하고 기품 있게 몸매를 흔들며 천장에 거꾸로 매달려 장난을 치고, 추격전이라도 벌이듯 쌩쌩 달리던 시절의 영화를 반추하는 것일까? 놈의 울음소리는 밤새 그치지 않을 것처럼 길고 구슬펐다.

그가 밤새 "미안합니다." 한 줄 써 놓고 편지지에 코라도 빠뜨릴 듯한 자세로 앉아 있다 화장실에 들어갔을 때, 도마뱀 허물 조각이 변기통 물에 둥둥 떠 있었다. 낯익은 진갈색 점박이였다.

탈피하기 위해 산고를 치르듯 격렬하게 울어 댄 놈을 찾아 그는 화장실 안을 쉴 새 없이 두리번거렸다. 어둡고 후미진 곳 어딘가에서 놈이 새 몸뚱어리를 붉게 빛내며 그를 응시하고 있을 것만 같았다.

# 상사화

## 프롤로그

세 사람의 나그네가 밤늦게 여인숙을 찾았네. 이 여인숙의 하룻밤 숙박비는 3000원이어서 한 사람당 1000원씩 냈지. 너무 늦게 도착한 이들에게 주인은 하나 남은 나쁜 방을 줄 수밖에 없었네. 주인은 숙박비 3000원을 받고 아무래도 미안한 생각이 들었지. 그래서 심부름하는 아이를 시켜 500원을 손님들에게 되돌려주게 했다네. 방 값을 깎아 준 것이지.

그런데 심부름하는 아이가 200원을 슬쩍하고, 300원만 돌려줘 버렸다네. 나그네들은 주인의 착한 마음씨를 칭찬하면서 100원씩 나누어 가졌지. 처음에 1000원씩 내고 나중에 100원씩 돌려

받았으니 나그네들은 숙박비를 한 사람당 900원씩 부담한 꼴이지. 그런데 가만히 생각해 보니, 900원씩 셋을 합하면 2700원이고, 그것에 심부름하는 아이가 중간에서 슬쩍한 200원을 합해도 2900원밖에 되지 않네. 그러면 처음의 3000원에서 100원은 어디로 간 것인가?

남자는 주역에 관심이 많은 한 친구로부터 퀴즈를 받았다. 답을 맞힐 경우 양쪽 집안 가족 동반 여행비를 친구가 부담한다는 조건이었다. 이스탄불 5박 6일이었다.

남자에게도 사랑하는 가족이 있었다. 아내와 딸과 아들.

남자는 친구가 낸 문제에 대한 답으로, 수년 전 자신의 경험담을 적어 보내기로 했다. 깊은 산속, 어느 암자에 머물게 되었을 때의 이야기였다. 남자는 글을 다 쓴 후에 추신도 달았다.

추신: 자네는 없어진 100원의 행방을 언제 제대로 알게 되었는지 궁금하네. 혹 지금도 찾고 있는 건 아닌가?

## 1

누각 밑의 선방으로 이어지는 돌계단은 울퉁불퉁하고 높낮이가 제멋대로였다. 공양주는 그깟 계단쯤이야 눈 감고도 훤하다는 듯 바지 자락을 나팔거리며 내려갔다. 남자는, 가까스로 중심을 잡으며 걷고 있는 여자의 발 쪽에 집중적으로 손전등을 비췄다. 소리를 내지르지는 않았지만 정작 발을 헛디딜 뻔한 건 자신이었다.

여자의 하이힐이 계단 위에서 비틀대는 것도 아랑곳없이 공양주는 주지도 묻지 않던 말들을 물어 대느라 입이 쉴 새가 없었다. 집이 서울이냐, 정말 조용히 며칠 쉬려고 왔느냐, 결혼은 했느냐, 이곳 주지가 절을 찾아오는 사람은 누구나 다 받아 준다는 소문은 어디에서 들었느냐…….

공양주의 질문에 애매하게 눙치는 것도 지쳤는지 여자는 입을 꼬옥 다물고 용케도 불빛이 닿는 곳에만 발을 디뎠다.

방문을 열자마자, 좁은 방 안에 갇혀 있던 냉기가 사람 냄새 좀 맡자는 듯 와락 달려들었다. 남자는 마치 자신이 거처할 곳인 양 방 안을 꼼꼼하게 둘러보았다.

"내가 깔아 놓은 옥장판이유. 뜨끈뜨끈한 온돌방만은 못해도 호강하는 줄이나 아슈. 올 여름 끝물에 부산 사는 신도가 주지 스님께 선물한 건데, 한 번도 안 쓰신 걸 내주는 거라우. 이제사 불을 지필 수도 없고. 늦게 와서 밥이라도 드신 걸 다행으로 알우. 절 집 찾아올 때는 끼니때를 맞추어 오는 게 예의라우."

옥장판 위에 이불을 깔아 주면서도 공양주는 여자를 탐색하느라 여념이 없었다.

"방이 없다고 하면 정말로 다시 서울에 돌아가려고 했수?"

공양주는 이불 속에 은근슬쩍 다리를 밀어 넣으며 물었다. 여자는 생합만 한 옥 조각이 군데군데 박힌 장판만 만지작거리며 고개를 끄덕였다. 질문을 부담스러워하는 기색이 역력한데, 공양주는 아는지 모르는지 이불을 배 위까지 끌어당기고 있었다.

"우리 주지 스님이 보살님을 잘 본 게 틀림없어. 무턱대고 찾아온 사람에게 내게도 안 주던 옥장판을 주다니……."

옥장판이 따뜻해지자 이불 속에 몸을 푹 파묻어 버린 공양주를 두고 남자는 혼자 나왔다. 여자의 얼굴에 거미줄처럼 퍼진 피로가 남자에게는 퍽 낯익었다. 공양주가 차려 준 저녁을 편치 않게 먹고 난 후였다. 서울에서부터 운전하고 내려왔다면 종일 몸이 혹사당했을 터였다.

산 아래로 마중을 나갔을 때 여자는 가방 하나만 달랑 들고 있었다. 절에 오래 있을 거면 차에 비닐 커버라도 씌워 놓아야 한다고, 남자는 여자가 내린 하얀 승용차 안을 슬쩍 들여다보며 말했다. 마을의 개구쟁이들이 크레용으로 낙서해 놓는 일이 많다는 설명을 마칠 때까지 여자는 대꾸 없이 서 있었다. 산속 길은 두 사람이 나란히 걸을 만한 폭이었지만 여자는 남자 뒤에서 느릿느릿 따라왔다. 남자에게는 오토바이에 쌀가마니나 과일 보따리 등을 싣고 거침없이 달리던 길이었다. "조심해요. 발 헛디디면 돌멩이에도 넘어져요." 남자는 단아하고 새침해 보이는 여자를 뒤돌아보며 재차 같은 말이었다. 꼬불꼬불 굽이진 길을 30~40분이나 걸어야 했다. 오토바이 없이 내려가도 된다는 주지 스님의 말이 있었지만, 서울에서 내려오는 신도라고 해서 두어 보따리의 짐은 예상했다. 가끔 스님들의 옷을 몇 벌씩 지어 오는 신도도 있었고, 일본에서 사 왔다는 녹차를 양손이 모자라게 들고 오는 경우도 있었다.

남자는 계단을 거의 다 올라와서 자칫 발을 헛디딜 뻔했다. 4월 어느 날 끝물로 떨어져 내리는 벚꽃처럼 허심히 산길을 오르던 여자의 모습이 뇌리를 떠나지 않았다.

남자는 방으로 향하던 발길을 돌려 종각 밑의 수돗가로 갔다. 바가지 가득 물을 떠서 벌컥벌컥 마셨다. 물로 배라도 실컷 채워 놔야 잡념 없이 푹 잘 수 있을 것 같았다. 여자의 얼굴에 짙게 드러난 허황함, 피로보다 짙게 얼룩진 그것의 정체를 남자는 알고 있었다. 요사채 옆의 빈방 하나를 얻어 잠자리에 누웠던 날, 남자도 온 밤을 그것과 싸워야 했다. 몸을 부리고 한바탕 늘어지게 자고 싶었지만 피로는 낯섦을 이기지 못했다.

## 2

"어디 몸이 아픈 여자요?"

남자는 황소 다리만 한 장작을 골라 아궁이 깊이 찔러 넣었다. 불이 사그라지면 묻어 두라고 고구마 한 소쿠리를 들고 온 공양주 보살은 웬일인지 대답이 없었다.

"절 밥 먹고 살려면 그저 깨어서도 입단속, 자면서도 입단속이오."

한참 후에 들려온 공양주의 말이었다. 남자는 불길이 활활 기세를 올리는 아궁이 속으로 두어 개의 장작개비를 더 밀어 넣었다. 여자의 거처를 공양주의 옆방으로 옮겨 주라고 했으면, 하루이틀 여행 온 여자가 아닌 것은 분명했다.

"몸만 아프겠소? 심신이 문드러지겠지. 시집온 지 한 달도 안 돼 사고로 몸져누운 서방님 병간호로 호시절 다 보낸 여자라오. 사지를 못 움직이고 누워 먹을 것 다 받아먹고 싸지를 건 다 싸지른답디다. 그게 어디 서방이유, 웬수지."

공양주 보살이 남자 옆에 철퍼덕 앉아 불을 쬐며 말했다. 여자의 방을 옮겨 주라는 주지의 명령으로 오래 비워 뒀던 방을 청소하면서부터 삐죽거리던 입이 돌출구를 제대로 찾았다는 듯 활기를 띠었다. "내 처사님 믿고 하는 말이니, 혼자만 알고 입은 꾹 닫아 둬야 해." 소리도 잊지 않았다.

말을 전하고 말고 할 사람도 없는 곳이었다. 주지가 깍듯이 형님으로 예우하는 스님은 중국 여행길에 나선 지 한 달이 넘었고, 주지를 은사로 모시는 비구 스님 둘은 강원 생활 중이었다.

"점심 공양 지으면서 주지 스님과 나누는 얘기를 우연히 들었다오."

"그럼 기도를 하러 온 거요?"

남자는 별 관심 없다는 듯 일부러 시큰둥히 물었다.

"아직 그건 몰라. 팔자 좋게 태어난 년들은 어디 가도 물 한 방울 안 묻히고 사니까. 기도하러 온 보살들은 가능하면 부엌 출입을 시키지 말라는 게 주지 스님 명이라우."

공양간에서 힘들게 쌓은 공덕 입으로 허무는 것처럼 어리석은 게 없다고 하면서도 공양주는, 한 번 자리를 잡으면 손발이 쉴 새 없는 절 집 생활을 한탄하곤 했다. 도시 년들은 어디서나 분 냄새를 풍기지 못해 발광을 하는 족속들이라고 입만 열면 이기죽거리는 것도, 절에 들어서면 팔 걷어붙이고 부엌 먼저 들어오는 아랫마을 여자들과 젊은 여자 신도들은 다르기 때문이었다.

"보살님보다 일 잘하는 사람이 있을라고요."

남자는 불길에 벌겋게 달아오르는 얼굴을 뒤로 젖히며 말했다.

곧잘 입바른 소리를 하는 게 탈이지만, 손이 야물기로 공양주 보살을 따라갈 사람은 없었다. 공양주는 콩나물도 잘 길렀고, 장정 머리통만 한 무를 채썰어 놓는 것도 눈 깜짝할 사이였다. 비자 기름과 제피만으로 만든 음식들이 입에 척척 달라붙었고, 웬만한 여자들 두서넛이 모여도 힘들 일을 혼자 후닥닥 해치우기도 했다. 그런 만큼 자신이 달려들면 안 되는 일이 없음에 목소리를 높일 줄도 알았다. 그러나 모든 일을 똑 소리 나게 처리하는 사람답지 않게 자신의 일을 언제나 '짓'이라 칭

하는 입버릇이 있었다. 누룽지도 특히나 구수하고 보기 좋게 끓여 내서 칭찬이라도 하면 "맨날 하는 짓인데 잘하고 못하고가 어딨겠수?" 하거나 "그 짓 잘한다고 팔자가 피는 것도 아닌데 잘하면 뭘 하겠수?" 했다. 가끔씩 "이 짓도 내 업장 녹이는 일이니 서투르게 하면 안 되지. 복을 그냥 받는 거겠수?" 할 때는 낯빛이 어두웠다.

"하기야 어제 온 보살님은 물에 손이 썩어나도 서방 멀쩡한 년들이 부러울지 모르겠네. 부잣집 마나님처럼 보이긴 하지만, 돈도 필요 없다고 외치는 삶도 있는 것 아니겠소?"

공양주의 목소리에 촉촉이 물기가 배어들었다. 그녀가 누군가에게 연민을 느낄 때의 반응이었다.

"백일기도라도 해 보시겠습니까?"

"지금 와선 다 부질없는 듯합니다."

"천일기도를 작정하는 분들도 있습니다."

"10년이 넘었습니다."

"기도에 맡기는 수밖에요. 간절하다면요……."

"스님, 부부 간의 연이 그렇게 간단한 게 아니지요?"

그 말을 끝으로 방 안에서는 찻물 붓는 소리만 들려왔다. 남자는 토방에 앉아 큰방 쪽으로 바싹 귀를 기울였다. 여자가 묵을 방에 불기운이 올랐다고, 공양주를 통해도 될 말을 직접 하겠다고 올라올 때부터 주지와 여자의 말을 엿듣고 싶은 마음이었다.

남자는 댓돌 밑에서 자는 얌이를 깨워 무릎에 앉혔다. 얌이가 보송보송한 털을 일으키며 눈을 뜨더니 금방 몸을 비벼 왔다. 남자는 얌이에게 간지럼을 태웠다. 남자의 허벅지에 얼굴을 비비며 찰싹 달라붙는 얌이의 전생은, 공양주 보살의 말마따나 첩이었는지도 모르겠다는 생각이 들었다. 남자가 만질 때마다 불안한 기색도 없이 척척 감겨 오는 걸 보면 재산도 명예도 소용없이 폭삭 늙어 버린 남자의 마지막 첩이 분명했다.

남자가 얌이를 안고 잠시 방심하는 사이, 주지의 헛기침 소리가 크게 들려왔다. "우리 주지 스님은 보통 스님이 아니라오. 마음만 먹으면 저 멀리 마을에서 하는 이야기 소리도 다 들을 수 있을 만큼 신통한 분이라오." 공양주 보살의 말이 아니라도, 예사 기침으로 들리지는 않았다. 남자는 불에 데인 듯 벌떡 일어났다. 얼결에 놀란 얌이가 남자의 품속에 얼굴을 묻으며 앙탈을 부렸다. 남자는 멋쩍음에 얼굴까지 붉어졌다. 큰방에서 주고받는 이야기들이 고스란히 흘러나오는 토방이 오래 있을 곳이 아님은 분명했다. 긴 산길을 올라오면서 말도 나누어 보지 못한 여자에게 보이는 관심이 스스로도 빈축을 살 만한 일이라고 여겨졌다.

남자는 한소끔 곤하게 자려는 폼인 얌이를 안고 무작정 밖으로 나왔다. 솔방울이라도 주우러 산에 올라가야 했지만 마음은 온통 엉뚱한 곳에 빠져 있었다. 오늘은 장작을 패는 일에도 손을 놓았고, 공양주 보살이 솔방울과 솔가리를 긁어모아 놨다는 서쪽 산에도 올라가지 않았다.

3

주지는 아침 공양이 끝난 후에 절에 있는 사람들을 모두 큰 방으로 불러들였다. 작설차나 한 잔씩 하자는 것이었다. 여자와 남자가 들어오고 나서, 공양주 보살이 다과상을 들여왔다. 차를 한 잔씩 돌리고 나서 주지는 짧은 이야기 한 편을 들려주었다.

거센 바람에 깃발이 펄럭이고 있었다. 그것을 놓고 한 무리의 승려들이 한창 입씨름을 벌였다.

"지금 바람이 불고 있지 않은가? 바람이 불어 깃발을 펄럭이게 하는 것이니, 원래는 바람이 펄럭이는 것일세."

"그건 자네 생각일 뿐이네. 저건 바람이 분 것이 아니라 깃발이 펄럭이는 것이니, 원래는 깃발이 펄럭이는 것일세."

두 스님은 끝까지 자기의 주장을 굽히지 않았다. 주위 승려들이 말다툼을 그만두게 하려고 했지만, 그들은 한사코 입을 다물려 하지 않았다.

때마침 그 곁을 지나가던 6조 혜능이 두 사람의 논쟁을 지켜보다가 이렇게 말했다. "저건 바람이 분 것도 아니고, 깃발이 펄럭이는 것도 아닙니다. 움직이는 것은 당신들의 마음이지요."

얘기가 끝나고 주지는 6조 혜능이란 인물에 대해 설명했지만 남자는 집중해서 듣지 않았다. 공양주 보살도 어서 차 마시는 시간이 지났으면 한다는 듯 한쪽으로 얼굴을 돌려 길게 하품을 했다. 남자는 여자를 곁눈질해 보았지만 눈을 새치름히 내리깔고 있어 표정을 살필 수가 없었다.

산발하고, 너덜너덜한 패딩 잠바를 입은 여자가 절에 찾아든 건 점심 공양이 막 끝나 갈 무렵이었다. 큰방 한가운데에서 주지와 남자가 겸상을 하고, 여자와 공양주는 멀찍이 떨어진 자리에서 겸상을 하고 있었다.

여자는 여기저기 뜯긴 비닐 가죽 가방을 들고 있었다. 살집이 좋고 키가 훤칠한 그녀의 덩치보다 커 보이는 가방이었다. 그녀는 아침에 나갔다 집에 들어오는 사람처럼 마루에 척 소리가 나게 가방을 내려놓고는 성큼 댓돌에 올라섰다.

식사를 끝내고 두 손을 모아 합장을 한 주지가 "손님이 왔으니 새로 밥상을 차려야겠네." 할 때까지 공양주는 어이없다는 표정을 거두지 않았다. 여자는 주지 앞에 철퍼덕 앉더니 마치 너희들은 다 누구냐는 듯 남자와 여자를 훑어보았다.

“여름 장마 시작될 무렵이면 꼭 찾아오는 미친년이우.”

콩나물국 그릇을 깨끗이 비운 공양주가 투덜대듯 말했다.

미친 여자의 발은 때에 절어 있었다. 뒤늦게 그것을 본 공양주는 질색을 하며 걸레를 들고 왔고, 주지는 벽장문을 열고 회색 양말을 꺼내 왔다. 미친 여자는 주지가 양말을 내밀자 갑자기 생각났다는 듯 마루로 나가더니 가방을 들고 들어왔다.

“공양주 보살님이 손님 양말 좀 신겨 드려야겠네.”

그러나 주지의 말이 끝나기도 전에 미친 여자는 가방의 지퍼를 쭉 열어젖히고 안의 것들을 끄집어내었다. 납작 찌그러진 양은 냄비와 녹이 뚝뚝 떨어져 내릴 듯한 젓가락과 숟가락 뭉치였다. 노란 칠이 벗겨진 주전자까지 꺼내었을 때 주지 스님은 “됐어. 살림은 자네 방에 들어가서나 꺼내 놓아.” 했다.

“인물이 아깝다니까. 깨끗이 씻겨서 반듯한 옷 입혀 놓으면 부잣집 마나님 뺨칠 상 아니우?”

미친 여자가 발 디딘 곳들을 걸레로 일일이 닦고 온 공양주가 도저히 참을 수 없다는 듯 혀를 끌끌끌 차 댔다.

“이 산속에 절 있는 줄은 어떻게 알았는지 저렇게 해를 안 거르고 찾아오네. 바람둥이 서방 놈 집 떠나 돌다 조강지처 품 찾아들 듯이 당당하다니까. 일복 터진 년은 어딜 가도 손에 물 마를 날 없다더니…….”

공양주는 미친 여자를 위해 밥을 차리면서 입이 댓 자나 나왔다.

"불사금 들어오면 이 가스레인지나 좀 갈아 주시지. 비구스님들은 부엌일엔 통 무심하다니까. 지난번에 눈 딱 감고 혜림 스님 따라가 버렸어야 했는데. 산속에 파묻혀 1년 열두 달 사람 구경 한 번 못한다기에 덜컥 겁을 먹었지 뭐. 그래도 몸 고생은 안 했을 거 아냐. 이건 말이 산속이지, 해 떠오르기 무섭게 이놈 저놈 이년 저년이 제 집 드나들 듯하니 원."

찬밥을 다 모아 김치 볶음밥을 해 먹은 터였다. 처음부터 남자는 밥이 좀 부족하겠구나 싶었는데 공양주는 콩나물을 삶아 넣음으로써 부족한 양을 감쪽같이 메웠다.

"아이고 이놈의 주둥이, 구업 짓는 줄 모르고 또 이리 방정이야."

공양주는 옆에 서 있는 남자를 보더니 금방 다소곳해져 숟가락과 젓가락 놓는 손이 얌전해졌다.

미친 여자는 후원 부엌방에 와서 밥을 먹으라는 공양주의 지시에도 꼼짝 않고 주지 앞에 앉아 있었다.

"잡것. 상팔자가 따로 없어. 앉아서 꾸먹꾸먹 사람 말을 먹더라니까."

공양주는 밥상을 든 남자를 뒤따르며 볼멘소리로 중얼거렸다.

"아니, 아가씬지 아줌만지 내 한 가지만 물어 봅시다. 멀쩡하지도 않은 사람한테 물으나마나 한 얘긴지는 모르겠지만, 대체 이 절은 어떻게 알고 한 해를 안 거르고 오는 거유? 전에는 와서 장맛비나 피하고 가더니 이젠 겨울에도 오네?"

그러나 미친 여자는 공양주 보살의 말은 들리지도 않는다는 듯 김치를 손으로 집어 입에 넣었다.

"아이구, 잡것. 누가 김치를 손으로 먹어? 짐 보따리에 그 많은 젓가락은 폼으로 들고 다녀?"

끝까지 대답을 듣겠다는 심산인지 미친 여자의 얼굴을 물끄러미 보던 공양주가 벌컥게 김칫물이 묻은 그녀의 손을 툭 쳐냈다.

"스님, 이 잡것한테 후원 부엌방을 내주면 되지요?"

산책이라도 나가는 폼인 주지의 등에 대고 공양주가 큰 소리로 물었다. 불만이 가득 찬 목소리였다.

"보살님 마음대로 하시게."

주지는 뒷짐 지고 느릿느릿 걸으며 대답했다.

4

"질척대는 진흙 속에서 신발 한 짝을 잃었습니다. 신발을 찾겠다고 바짓단까지 더럽히며 진흙 속을 헤매야 겠습니까, 나머지 한 짝마저 과감히 벗어던지고 진흙 속을 빠져나와야 겠습니까?"

여자의 목소리는 이미 답을 알고 있는 것처럼 허탈하고 서

글프게 흘러나왔다.

"좋은 차는 한순간에 머리에서 발끝까지를 적셔 주지요. 제 도반 한 명은 그 찰나의 순간에 천국과 지옥을 왔다 갔다 한 경험을 했다고 합디다. 저는 아직 그 경지에는 이르지 못했습니다."

주지는 차에 대한 얘기만 늘어놓았다. 차가 왜 후식인 줄 아느냐고, 얼굴 근육을 다 움직여 힘들게 씹는 수고를 했으니 후에는 편안하게 목만 움직여 넘기라는 것이라고.

"어느 쪽이 집착인지 알아야 하지 않겠습니까?"

차에 대한 농담으로 한차례 걸죽하게 웃고 난 주지가 점잖게, 그러나 힘 있게 내놓은 말이었다.

"스님, 세상이 이 찻물처럼 맑게만 살 수 있는 것입니까?"

이번엔 여자가 차를 논했다.

주지도, 여자도 내기라도 하듯 입을 떼지 않는 시간이 길어질수록 얌이를 향한 남자의 손길은 간절해졌다. 끙끙대며 몸을 옹송그리는 기세대로라면 얌이는 해가 저물어도 마루 밑에서 기어나오지 않을 듯했다.

"이 녀석아, 투정도 길면 재미없는 법이다. 어서 나와서 밥도 먹고 물도 먹어야 살지. 한세상 사는 거, 별것 있는 줄 아느냐? 밥 잘 먹고 물 잘 먹고 잠 잘 자면 만사 해결이다."

남자는 아무리 손을 내밀어도 다가오지 않는 얌이에게 야단을 치듯 말했다. 토방과 지척인 큰방까지 훤히 들릴 소리였지만 개의치 않았다. 침묵만 흘러나오는 방 안의 기류가 숨막혀 마구 소리라도 질러 버리고 싶던 차였다. 아니, 여자가 똑똑히 들을 수 있게 고함이라도 치고 싶은 심정이었다.

공양주 보살의 말로는 얌이가 이상한 증상을 보인 지 여러 날이 지났다고 했지만, 남자가 그런 낌새를 알아챈 건 오늘 아침이었다.

고개를 빠끔히 내밀었다가 다시 파묻어 버리기를 반복하는 얌이를 기다리기 위해 남자는 토방에 자리를 잡았다. 설령 주지의 헛기침 소리가 흘러나온다고 해도 괘념할 일이 아니었다. 남자에게는 며칠째 음식을 거부하고 마룻바닥 밑에 들어가 있는 얌이가 좋은 핑곗거리가 되어 주었다.

또다시 또르륵 찻물 떨어지는 소리가 들려왔다. 남자는 새삼 어머니의 얼굴이 떠올랐다. 유치원에 다닐 딸아이 생각도 났다. 몇 달간 다독여 온 마음이 새삼 광풍을 일으키려는 것일까?

갓 시집온 며느리를 괴롭히기 위해 중풍 환자 흉내를 낸다는 친구 어머니의 계략이 얼마만큼 진전되었는지, 매형이 단란주점에서 립스틱 자국을 묻혀 왔다는 이유로 냉전을 선포하고 술집 아가씨를 찾아가 요절을 내겠다고 벼르는 누이의 서슬은 좀 수그러들었는지, 깐깐하고 따지기 좋아하는 아랫집 여자가, 비상금을 500만 원이나 숨겨 뒀다가 발각된 남편을 어떻게 조처할 것인지…… 남의 일에 일일이 관심을 갖는 것,

일상이 평화롭다는 건 그런 게 아닐까? 남자는 아내가 외박하는 일을 벌이기 전까지 그런저런 것들에 관심을 기울일 여유가 있었다. 분명 호시절이었다.

"당신은 나를 용서하기 위해 가슴이 숯댕이 되도록 참고 있다고 착각하는 모양이지? 당신 발소리만 들어도 나는 숨이 콱콱 막혀 와. 알기나 해?" 아내의 말이 일순간 환청처럼 떠올랐다. 마지막으로 들은, 그러나 지금은 그것이 어느 날 밤의 꿈일지도 모르겠다고 여기고 싶은 일이었다.

다섯 살배기 딸아이 때문에라도 그럴 수는 없다고, 자식들이 잘사는 것을 보는 것만이 인생 최고의 행복이라며 주름살을 늘려 가는 부모님들 때문이라고, 꾸역꾸역 삼킨 오물들이 몸 밖으로 한꺼번에 쏟아져 나왔다. 남자는 바람난 아내에게 딸을 맡길 수 없다고 고집을 피우지도 않았고, 알량한 전세금이라도 반은 챙겨야겠다고 야멸치게 굴지도 않았다. 참다참다 뱉은 게 역력한 아내의 진실 하나로 모든 게 쉽게 쉽게 정리되었다.

점심 공양은 후원 마루에서 먹었다. 미친 여자가 주지의 도반 앞에서까지 밥을 먹게 둘 수는 없다며 공양주가 독단으로 내린 결정이었다. "스님네들이 좀 정갈한 사람들이 아니라우. 밥 한 톨 안 남기고 그릇 씻은 물도 마시는 사람들 아니우."

공양주는 오늘 아침 미친 여자가 손으로 김치를 먹은 것도 모자라 주지의 상에서 김 튀각을 집어다 먹은 것을 꼬집고 싶은 모양이었다. 그러나 미친 여자는 공양주가 "그런 것 정도는 진작에 알아서 내가 막았어야 되는 건데……." 하며 못내 아쉬워하는 것 따위는 아랑곳 하지도 않았다.

미친 여자는 밥 한 그릇을 다 비우고 입맛을 쩝쩝 다시더니 큰방으로 들여가려고 퍼 놓은 누룽지 양푼을 끌어가 허겁지겁 퍼먹었다. 순식간에 벌어진 일이었다.

"아이구, 이 잡것아."

쟁반을 챙겨 들고 막 뒤돌아서던 공양주는 앞뒤 생각해 볼 겨를도 없이 미친 여자의 등을 내리쳤다. 미친 여자의 등에서 잘 익은 수박 갈라지듯 쩍 소리가 났다.

"남으면 얌이나 먹이고 말아야지. 저걸 스님 상에 올릴 순 없지."

때리건 말건 누룽지 그릇을 다시 입으로 가져가는 미친 여자에게 공양주는 오래 눈을 흘겼다.

"아이구 내가 못 살아~ 못 살아~."

공양주가 마당 한복판에 서서 질러 대는 소리에 토방에서 코를 묻고 자던 얌이가 제일 먼저 몸을 일으켰다. 이어서 주지가 느긋하게 마루로 나왔고, 도반 스님은 방에서 얼굴만 쓰윽 내밀었다.

"아이구, 저 잡것 좀 봐요……."

공양주는 탑 밑에서 시원스럽게 배변을 마치고 일어나는 미친 여자를 가리키며 발을 동동 굴러 댔다. 여자는 공양주가 소리를 치건 말건 엉덩이를 드러낸 몸을 느릿느릿 일으키며 옷을 추켜 입었다.

"마당 쓸려다가 보니 어디서 냄새가 폴폴 풍기잖아요."

주지는 표나지 않게 미간을 찌푸리며 말없이 서 있었다.

"아이구 냄새야~. 탑 옆에 숨어서 그러면 모를 줄 알았냐, 이 잡것아?"

한바탕 소란에도 아랑곳없이 유유히 아래채로 내려가는 미친 여자의 등 뒤에서 공양주는 제 가슴만 쳐 댔다. 그러나 미친 여자가 탑 옆에 숨어서 일을 봤다는 건, 뒤뜰에서 나오다가 그 모습을 본 공양주의 오해일 뿐이었다. 탑은 사방에서 다 보이는 마당 한가운데 있었다.

남자는 광으로 들어가 삽을 찾아 마당으로 들고 왔다.

"아이구, 저것 좀 보우. 실컷 밥해서 먹였더니……. 거짓말 안 보태고 양푼 하나는 다 채우겠구먼. 아직도 김이 풀풀 올라오네. 아무래도 저 잡것 때문에 내가 오래 못 살겠어."

공양주는 얌이의 낮잠까지 깨운 자신의 소란이 아니었다면 누구도 못 보았을 대변을 가리키며 팔딱팔딱 뛰어 댔다.

5

여자는 양동이에서 김치를 한 포기씩 들어내어 조심스럽게 씻었다. 작년 겨울에 먹고 남은 김장 김치였다. 공양주는 아침 밥상에서부터 오늘은 무슨 일이 있어도 김칫독을 비우겠다고 별렀다. 김치를 씻어 제피를 넣고 푹 익히면 새로운 맛으로 변신한다는 게 공양주의 설명이었다.

남자는 명부전 뒤뜰을 서둘러 쓸고 나와 여자 곁으로 다가갔다. 여자의 일하는 폼은 한눈에도 어설퍼 보였다.

"그러다간 해 저물어도 다 못하겠습니다."

남자는 양동이의 김치를 양은 대야에 한꺼번에 쏟아 놓고 시원스럽게 흔들었다. 얼결에 남자에게 자리를 빼앗긴 여자는 남자가 물기를 꽉 짜서 넘겨주는 김치를 받아 차반에 담았다. 수돗가 가득 군내가 퍼졌다.

공양주가 나온 건 남자가 여자에게 저수지에 가자는 제의를 하고 있을 때였다. 공양주는 남자와 여자가 가까이 서서 얘기를 주고받는 걸 보더니 이내 양념으로 넣은 당근과 무를 버렸다고 타박을 했다.

"이승에서 버린 음식은 지옥에 가서 도로 다 주워 먹어야 된다는 거 모르우? 내가 꼭 이럴 것 같아서 나와 봤수."

공양주는 버려진 게 하나도 없었으면 몹시도 서운해했을 얼굴로 일장연설을 늘어놓을 태세를 갖추다가, 남자의 젖은 손을 보더니 은근슬쩍 목소리를 낮추었다.

"이곳에서는 쌀 한 톨이라도 버리면 다 죄로 돌아온다는 걸 알아야 되우. 시주 들어오는 것들은 다 부처님이 굽어보고 계신 것이라 그만큼 무섭다우."

공양주는 여자가 쌀을 씻을 때마다, 빈 밥통을 씻을 때마다 같은 말을 반복해 댔다. 누룽지 남은 것도 체에 받쳤다가 먹는 그녀는 여자가 무 껍질을 두껍게 잘라 내는 것도 못미더워했다.

은연사 숲길 곳곳에 맑은 햇살들이 진을 치고 있었다. 빨갛고 파랗고 하얀 지붕들이 옹기종기 모인 마을도 햇빛 천지였다. 나지막한 담장들 사이로 난 골목길 여기저기에서 금방이라도 아지랑이가 일고 노란 나비들이 날아오를 듯했다.

마을을 돌아 나오자, 넓은 저수지가 사방의 산들 한가운데 안기듯이 파묻혀 있었다. 남자와 여자는 햇살이 오롯이 모인 양지에 자리를 잡았다. 저수지에서 물고기들이 시합이라도 하듯 뻐금질을 해 대는 소리가 들려왔다.

저수지로 불어오는 바람은 차고 매웠다. 깔고 앉은 돌에서 냉기가 올라왔다. 남자는 잠바를 벗어 옆에 앉은 여자의 엉덩이 밑에 깔아 주었다.

"나비나 새나 잠자리가 제일 부러워요. 어디든 날아갈 수 있으니까요. 서른다섯인 여자가 이런 말을 하는 게 창피하지만, 늘 그런 마음이 떠나지 않아요."

남자는 순간 하얀 나비 한 마리가 청무 밭에서 날개를 펼치며 일어나는 것을 본 듯했다. 나비가 부럽고 새가 부럽고 잠자리가 부러운 여자가 불구자 남편 곁을 떠나지 못하고 10년 넘게 살아왔다는 사실이 믿기지 않았다. 그것이야말로 피를 토하고 싶게 서러운 부조화인 듯싶었다.

"저는 결혼 생활 6년 만에 이혼을 했습니다. 딸아이도 있었고, 그만하면 예쁜 아내였지요."

여자는 고개를 끄덕이며 희미하게 웃었다.

응달진 곳의 살얼음을 무연히 지켜보다가 남자는 귀에 못이 박히게 들었던 어머니의 말을 떠올렸다. "부부 싸움은 칼로 물 베기라는 말 곧이듣지 말아라. 그건 서로 한 몸처럼 금슬이 좋은 부부에게나 맞는 말이다. 부부 사이는 살얼음판 같은 거야. 그 속에 칼자루 한 번 쑤셔 넣어 봐라. 동강 난 살얼음은 절대로 다시 붙지 않아." 남자가 바람난 아내에게 데면데면하게 굴 때마다 어머니는 우려를 표하곤 했다.

남자는 여자가 약지에 낀 은반지에 시선을 던졌다.

"대학생일 때 남편이 선물해 줬어요. 남편도 나도 연애를 했던 때가 가장 행복하지 않았나 싶어요. 이후의 생은 그 시절이 낳은 부채일지도 모르지요."

남자는 여자와 함께 물이 빠진 저수지가를 말없이 걸었다. 여름엔 물이 차도까지 넘볼 정도로 넘실거렸던 곳이었다. 오리 발바닥처럼 갈라진 땅도 나왔고, 발이 움푹움푹 들어가는 젖은 모랫길도 나왔다. 융단처럼 촉촉하고 부드러운 흙 길도, 먼지가 푸석푸석 일어나는 길도 나왔다. 남자는 물살에 깎여 정교하게 다듬어진 조각품 같은 바위를 눈이 시릴 만큼 오래 바라보았다. 앞뒤 산들에서 새들이 신호처럼 긴 울음소리를 주고받았다.

갈대밭을 지나 신작로로 올라왔을 때 멀리서 버스 한 대가 왔다. 시외버스 터미널에서 오는 차였다. 여자는 걸음을 멈추고 버스가 마을의 팽나무를 빙 돌아 다시 터미널 쪽으로 나가는 것을 끝까지 지켜보았다. 남자가 물으나마나 하다는 듯 "남편을 사랑해요?" 했을 때도, "어차피 못 일어날 사람이었다면 진작에 팔자나 고쳐 보지 그랬소." 했을 때도 웃는 듯 마는 듯한 표정을 내보인 게 다였다.

등산로와 절 집 들어서는 경계 지점에 박힌 나무 간판 앞에서 남자는 자석처럼 이끌렸다.

—물처럼 바람처럼 아니 온 듯 다녀가십시오.

상처 난 마음을 눙치려고 이곳저곳 떠돌던 남자의 발길을 붙들어 매는 데 그것은 한몫을 톡톡히 했다. 남자는 마치 홀린 사람처럼 그 문구를 따라 은연사로 들어갔다.

전셋집 빠질 기간도 참지 못하고 아내가 떠나간 집에서 남자는 한 달을 보냈다. 분재한 단풍잎이 머리맡에서 파삭파삭 말라 갔고, 문조 한 쌍이 모이가 떨어져 굶어 죽었다. 딸아이가 좋아했던 어항 속 열대어가 한 마리도 남지 않았을 때 남자도 집을 나왔다. 그것은 매출 장부에 동그라미 하나를 잘못 기입해 상사까지 시말서를 쓰게 한 일을 두 번이나 겪은 시점과 맞물렸다. 남자는 긴 병가를 받았고, 마음의 병을 치유하기 위한 시간이니 결코 거짓 사유가 아니라고 여겼다.

## 6

아침나절에 아랫마을 사내 둘이 절 안으로 들어왔다. 뒤뜰 화단 옆에 연못을 만드는 걸 돕기 위해서였다.

"내 정신 좀 보소. 오늘 인부가 둘이나 온다고 점심 공양 준비하랬는데."

동네 사내들이 메고 온 시멘트 포대를 내려놓는 것을 보면서 공양주는 가슴을 쳤다. 그녀는 어제 저녁에 주지가 한 말을 깜빡 잊고 점심엔 찬밥으로 볶음밥을 해 먹을 계획이었다고 했다.

"산길이 닦여 차만 들어오면 선방을 또 지을 계획이라우. 이 절에 들어오고 싶어 하는 스님들이 꽤 많다우. 작년에는 큰방에서 공부를 하게 했는데 올해는 일부러 안 받았지. 오고 싶어 하는 스님들이 너무 많아 누군 받고 누군 안 받고 할 수가 없어서라우. 처사님이 몰라서 그렇지 우리 주지 스님이 덕망 높기로 알려진 분이우. 다른 절에 가 보우. 처사님처럼 기도하러 온 것도 아닌 속인을 몇날 며칠 받아 주는 절이 있는지…….”

공양주는 남자를 묵어갈 수 있게 해 준 게 마치 자신인 양 얼굴 가득 생색을 내었다.

예기치 않은 일이 벌어진 건 공양주 보살과 여자가 공양 준비를 할 때였다. 아침 먹고 방에서 얼굴도 비치지 않던 미친 여자가, 연못 만들 땅을 파는 아랫마을 남자를 향해 고래고래 소리를 질러 대며 날뛰었다.

“너 이 나쁜 새끼, 잘 만났다. 너 내가 얼마나 무서운 줄 모르지? 나쁜 놈. 독수리가 살점을 찢어 사방에 널어놓을 놈. 너 오늘 내 손에 죽을 줄 알아…….”

미친 여자는 몸에 강력 건전지라도 장착한 듯 부르르르 몸을 떨고 다리를 굴러 댔다. 사태를 수습하기 위해 달려갔을 때 남자는 미친 여자의 눈이 초점 없이 허공에 떠 있는 것을 보았다. 안으로 데리고 들어온다고 해결될 일이 아니었다. 미친 여자는 한바탕 열이 오른 듯 발광을 하다가 누가 부르기라도 하는 듯 총총히 산 아래로 내려갔다. 갑작스러운 난동에 일손을 놓고 어정쩡히 서 있던 마을 사내들은 대강 알겠다는 듯 다시 땅을 파내었다.

“잡것, 안방마님이 따로 없어. 턱 하니 앉아서 밥상 받는 복을 어떻게 하면 타고나나 몰라. 세상을 살려면 저렇게 살아야 되는데…….”

공양 시간에 나오지 않고 낮잠을 잔 미친 여자에게 밥상을 들여 주고 나오면서 공양주는 볼멘소리로 투덜거렸다. 주지가 시켜 마지못해 하는 일이었다.

“나도 부모가 글자깨나 깨우쳐 주었으면 스님네들처럼 불도를 닦으며 살았을지도 모르우. 제 이름자 하나 쓸 줄 모르는 년이 무슨 불경을 공부하겠소. 스님네들 밥이나 해 주고 살면 그것도 복이지…….”

공양주는 신세타령을 하느라 솥의 고구마가 익는 줄도 몰랐다. 삶은 고구마를 얇게 잘라 말린 게 스님들에겐 더없이 좋은 간식이라고 했다.

공양주는 얼굴 그을리는 게 싫다며 장작불 때는 일만은 한사코 피했다. 남자는 그런 투정을 기꺼이 받아 주었다. 공양주가 남자에게 한없이 너그러운 것도 자신이 터무니없이 부려보는 엄살을 다 받아 주기 때문이었다. 남자가 공양주 대신 산 밑으로 내려가 손님들을 데려오거나 오토바이로 읍에 다녀오는 일은 그것에 비하면 고마운 축에도 들지 않았다.

남자가 어느 날 “보살님이 우리 큰누나와 나이가 똑같습니다.” 한 이후로 공양주는 서슴없이 마음속도 열어 보였다. 매번 “내 동생뻘 된다니까 믿고 하는 말이지만…….”으로 운을 떼었다.

시집간 지 7년이 넘도록 아이가 없어 제 발로 걸어나왔다는 것부터 시작되는 신세타령은 길고도 길었다.

공양주 보살이 집을 나와 처음 찾아간 곳은 읍에서 음식점을 하는 사촌 언니였고, 몇 년 지난 후엔 돈도 제법 모아 식당을 차렸다고 했다. 그러나 외로움을 못 이겨 만났던 사내에게 속아 돈을 바닥냈고, 다시 부잣집 식모살이를 시작했다. 그러나 남의집살이로 모은 돈도 산적 두목 같은 사내의 손으로 들어가고 말았다. 돈도 잃고 마음도 다쳐 상심한 세월이 길지는 않았다. 이제는 죽어도 사내놈은 상종하지 않겠다며 기사 식당에 취직을 했는데, 뜻밖에도 주인 남자와 정분이 나는 바람에 쫓겨나고 말았다.

"아무리 생각해도 내가 남자 품에서 살라는 팔자는 못 되는 것 같아. 흘러 흘러 오게 된 이곳에 마음 붙인 지 7년째요. 처음엔 기도 왔다가 집에 돌아가는 여자들을 보면서 울기도 많이 했소. 돌아갈 집이 있다는 것만큼 부러운 게 없더라고. 어느새 50 넘으면서 마음이 잡힌 거라우. 내가 진짜 갈 곳 없는 사람이구나 싶으니까 음식 한 가지라도 잘 만들려고 애쓰게 되더라고……."

그러나 공양주 보살은 그 말을 하는 순간에도 돌아갈 집이 있는 사람들이 한없이 부러운 낯빛이었다.

"주지 스님을 따라 도량석을 하면 정말 머리가 맑아질까요?"

남자는 마른 장작으로 불을 꺼뜨리며 물었다. 공양주의 신세타령을 한없이 듣고 있다가는 고구마가 까맣게 탈 것이었다.

"왜, 해 보시게? 절에 왔으면 새벽 예불도 드리고 도량석도 해야 하는 게 도리지. 우리 주지 스님은 내게도 그런 건 알아서 하라고 하시지만 원래는 해야 되는 거라우. 우리가 절 집에서 먹는 게 다 부처님 밥이라는 걸 알아야 되우."

남자는 주지의 말을 웃음으로 얼버무린 일을 묻는 자신이 새삼스러웠다. 시간이 지날수록 낯선 곳에 뚝 떨어져 있다는 느낌이 사그라지지 않아서였다. 건성건성인 아내 대신 세금을 내러 은행에 갈 일도 없었고, 자신의 손길이 아니라면 생활이 불편한 아내가 있는 것도 아니었다. 부지런히 돈을 벌어 집을 장만하고 궁색하지 않게 생을 누리고 싶어 하던 꿈은 흘러가 버렸다. 늘 부엌이 어질러져 있다고, 와이셔츠 하나 제대로 다림질할 줄 모른다고 잔소리를 할 일도 없어졌다.

이곳에 와서야 남자는 확실하게 깨달을 수 있었다. 빨고 또 빨아도 너덜너덜한 걸레 같다고 투덜댔던 삶들이 행복이었다고. 아내든 자신이든 둘 중 하나가 먼저 알았다면 상황은 달라질 수도 있었을까?

미련은 아니었다. 오늘 아침나절에도 남자는 오토바이로 터미널에 나가 휴대폰을 충전시켜 왔다. 어머니는 지난번과 크게 다르지 않은 메시지를 또 남겨 놓았다. '막내야. 네 마누라 친정에 가 있다고 하더라. 오늘 나한테도 왔다 갔다. 잘못했다고, 큰 실수 했다고 손이 닳게 빌더라. 너한테는 면목이 없어 전화도 못 하겠대. 멀쩡한 남편 충격받아 직장도 못 다니게 해 놨으니 제 속도 속이 아니겠지. 내가 너한테 말 잘해서 돌아오게 하겠다고 약속했다. 어린 딸 생각을 해서라도 네가 마음 한 번 곱게 써라. 나라고 네 마누라가 예뻐서 이러겠냐?' 남자는 어머니에게 전화를 하려다가 참았다. 같은 말을 또다시 듣자고 전화를 하고 싶지는 않았다.

7

미친 여자는 큰방에서 공양을 하는 중에 발작을 일으킨 죄로 후원의 부엌방에서 혼자 밥을 먹어야 했다. 공양주가 독단으로 내린 결정이었지만 주지도 헛기침 몇 번으로 넘어가야 했다. 하필 49재를 의논하러 광주에서 찾아온 손님 앞에서 광기가 일어났다. 나이 90에 호상이라면 호상이지만 어머니의 다음 생도 평안하길 빌어 주고 싶다던 상주는 가족들과 좀 더 상의를 하고 오겠다고 돌아간 후 연락이 없었다.

공양주는 약꼽쟁이처럼 접시에 한 주먹도 안 되게 호박 무침을 담고, 김이나 김치 가닥을 셀 수 있을 만큼 담아 미친 여자의 상을 차렸다. 미친 여자는 끼니마다 밥알 한 톨, 시래기 한 점, 김치 쪼가리 하나 남기지 않고 그릇들을 비웠다. 한번은 미친 여자가 공양 중인 주지 곁으로 가 빈 밥그릇을 들이

민 일도 있었다. 공양주와 주지 사이에 잠시 다툼이 일었다. 주지는 여자가 밥 양이 부족해서 당연한 행동을 한 것이라 했고, 공양주는 밥을 밥통째 놓아 주면 배가 터지는 줄도 모르고 다 먹어 치울 사람이라면서 맞섰다. 그러고도 모자란지 공양주는 밥상도 물리기 전에 꺼내 놓기는 좀 주저된다는 표정을 흠뻑 연출한 다음, 미친 여자가 지난번에 절 마당에서 엉덩이를 까내리고 한 무더기의 대변을 쌓아 놓은 일을 들추었다. 주지는 듣기 거북한지 희미하게 눈살을 찌푸렸지만 양보는 하지 않았다. "그래도 사람 배를 곯리면 못쓰지. 쌀이 없다면 몰라도……." 그러나 그 말이 끝나기 무서웠다. 공양주는 기다리고나 있었다는 듯 "내가 어쩌다가 어디서 굴러온 줄도 모르는 미친년 똥구멍 관리까지 하게 됐나 몰라……." 해 가며 야멸치게 쐐기를 박았다.

해 나기 전부터 축축한 비가 절을 에워쌌다. 기운 센 황소의 오줌발 같은 빗소리가 온종일 그치지 않을 기세로 처마를 때리고 대나무로 만든 정자를 때렸다. 공양주는 닭이 홰를 치듯 절 곳곳을 돌고 다녔다. 씻어서 후원 뜰에 널어 둔 소쿠리들을 걷어 오고, 나무판자로 쓰레기통을 일일이 덮고 다니면서도 입은 한시도 그냥 두지 않았다.

"참 알 수가 없네. 귀신이 따로 없어. 궂은비 내리는 날을 어떻게 그렇게도 잘 알까?"

공양주는 미친 여자가 비 올 것을 알아채고 또 한바탕 미친

짓을 벌인 거라고 믿는 듯했다. 미친 여자가 선방 선반에 놓인 이불들을 다 꺼내서 종각 밑 수돗가에서 빨고 있는 걸 일찍 발견했기 망정이었다. 그곳의 물은 식수로만 써 왔다. 그 일로 공양주 보살에게 등짝을 맞은 미친 여자는 점심때도 안 되어서 고구마 한 양푼을 다 먹고 후원 부엌방에서 코를 골며 잤다.

"지가 한 일이 뭐 있다고 오토바이 시동 거는 소리를 내면서 잘까? 하긴 멀쩡한 이불들을 다 꺼내다가 사고를 쳤으니 큰일 했네."

공양주는 후원 부엌방에서 코 고는 소리가 들려올 때마다 고개를 절레절레 흔들었다. 자신의 몫으로 남겨둔 고구마 한 양푼이 통째로 없어진 아쉬움도 영 지울 수 없는 모양이었다.

남자는 젊고 예쁜 어머니가 흔들어 댈수록 더욱 깊은 잠 속으로 빠져 들었다. 어머니는 잠 귀신에게 아들을 빼앗기지 않겠다고 울부짖었다. 가자. 어서 해 뜨기 전에 엄마랑 이 집을 떠나자. 그러다 남자가 자신의 어린 딸을 흔들며 잠 귀신과 싸웠다. 어린 딸은 아빠나 엄마보다 잠 귀신 등에 업히겠다고 떼를 쓰며 눈을 뜨지 않았다. 미친 여자가 말끔한 모습으로 소리 없이 다가와 남자의 품에 안겼다. 안 된다. 절대 안 돼. 여자를 품에 쏘옥 안았다고 느끼는데, 어머니가 성난 사자처럼 달려들어 둘을 떼어 놓으려고 했다. 어느 순간 미친 여자는 법당에 들어가 백일기도 중인 여자의 모습으로 바뀌었다. 남자는 어머니에게서 벗어나기 위해 사력을 다해 몸부림쳤다.

꿈이었다. 남자는 벌떡 일어나 방문을 열었다. 찬 겨울바람이 와락 밀려들었다. 팔베개를 하고 잠깐 눈을 붙인다는 게, 깊이 잠든 듯했다. 온몸을 적시던 땀이 한순간 싸늘하게 식어 내렸다. 점심 공양 후에, 까탈이 줄어든 얌이에게 치즈 한 조각을 먹이고 들어온 길이었다.

불기가 빠져나간 방바닥은 미지근했다. 남자는 혼곤한 머릿속을 털어 내기 위해 담배 한 대를 물었다. 지금도 잊히지 않는 어린 시절의 일이 희미하게 떠올랐다.

읍에 하나밖에 없다는 유치원에 들어가 개나리 빛 유니폼이 낯설고 부끄럽기만 했던 때였다. "막내야, 너 엄마 따라서 멀리 갈래? 아빠랑 여기서 살래?" 한밤중에 어머니는 자는 여섯 살짜리 남자를 흔들어 깨우며 물었다. "엄마 집 나간다. 엄마랑 함께 갈래, 아버지랑 여기서 살래? 어서 말해 봐. 어서……." 남자는 폭포처럼 쏟아지는 잠 때문에 다시 눈을 감았고, 어머니는 남자의 뺨을 이쪽저쪽 쳐 대다가 꼬집기까지 했다. 다음날 아침 몇 년째 도시로만 떠돌았던 아버지가 돌아왔다. 아버지는 마루에 앉아 어머니에게 누런 봉투를 내놓았다. 열 필지의 논을 살 수 있는 돈이라고 했다. "이제 이 동네 논들은 다 우리 것이 되겠네요." 아버지에게 밥상을 차려다 주는 어머니를 보며 남자는 자신의 뺨을 만져 보았다. 어머니가 볼을 꼬집고 때린 일이 꼭 꿈속의 일만 같았다.

상사화는 정낭 가는 돌길에서부터 징검다리처럼 띄엄띄엄 퍼져 있었다. 이제 남자는 그 꽃에 대해서 많은 걸 알게 되었다.

상사화, 꽃무릅, 석산화라는 이름을 가진 야생화였다. 돌 밑에서 피는 꽃이라 석산화고, 잎과 꽃이 일생 한 번도 만나지 못해 상사화라고 했다. 늦여름 짧은 기간 꽃이 피는데, 꽃이 나오면 잎이 보이지 않는다고 했다.

남자가 발길 닿는 대로 들어온 이곳에서 생각보다 오래 머무는 것도 상사화 때문이었다. 남자는 초가을에 온 산을 불태울 듯 피어 있는 꽃을 보았다. 꽃이 지면 절을 떠나자고, 남자는 꽃에 마음을 맡기고 한동안 무심히 지낼 수 있었다.

남자가 그 꽃을 처음 본 건 선운사 들어가는 길목 개울가에서였다. 꽃이 절정을 이룬 길목은 꽃구경을 온 여행객들로 북새통이었다. 남자는 멀대같이 긴 대롱 위에 활짝 몸을 연 담홍색 꽃을 카메라에 담았다. 당연히 아내와 딸아이가 중심에 있는 사진이었다.

그날 남자가 본 건 실상 꽃보다는 꽃을 보겠다고 몰려든 수많은 사람들이었다. 가족을 위해 단잠을 물리치고 나와 차를 몬 가장들 속에 남자도 끼어 있었다. 그날 남자에게, 한 주만 지나면 스러져 갈 꽃에 대한 안타까움 따위는 없었다.

상사화 잎들은 장난꾸러기 강아지들이 들어가 온종일 뛰어

논 것처럼 얽히고설켜 있었다.

음산한 빗소리가 처마를 때리고 풍경을 때렸다. 남자는 으스스 몸이 떨려 오는 것도 아랑곳 않고 사나운 비를 운명처럼 맞는 상사화 잎을 뚫어지게 바라보았다. 나무가 마르고 대지가 잠들어 가는 숲에서 그것은 저 혼자 발랄하고 도도한 여자 같았다.

샛노란 원피스 차림으로 붉은 꽃 옆에 선 사진 속의 아내는 젊고 싱그러웠다. 활짝 몸을 열고 여행객들을 반기는 꽃무릅만큼이나 도드라져 보이는 아내의 몸에 뭇 사내들의 눈길이 닿을 때마다 남자는 자랑스러움과 묘한 질시 사이에서 신경전을 벌였다. 딸아이를 낳고도 사그라질 줄 모르는 아내의 생기가 부담스럽기도 했다.

남자는 막 꽃잎 한 장을 열어젖힌 아내를 만나 살림을 차리고, 딸아이를 낳았다. 월세 방에서 전세방으로 옮겨 가고, 점점 전셋집의 평수가 넓어지면서 아내의 눈에서 떨어지는 눈물방울은 닭똥만 하게 굵어졌다. 눈물방울 대신 악다구니가 늘어 가고 사소한 싸움에 폭언이 예사로 흘러나왔을 때도 남자는 아내가 집 밖으로 돌 거라는 생각은 꿈에도 하지 않았다.

어쩌면 행복이란 좋은 옷을 입고 카메라 앞에 서서 '치이즈'를 발음하는 순간 지나가 버리는 찰나적인 것일지도 모른다고, 나머지 생은 모두 그 행복했던 한때에 집착하여 쳐 대는 안타까운 몸부림에 지나지 않는다고, 남자는 아내에게 증오심이 일 때마다 마음을 다독이곤 했다.

그 일이 있기 전까지 남자 역시 자잘한 불만들을 덜 아문 석류 알처럼 품고 있었다. 결혼한 후 자신의 생은 트럭 밑에 예비로 달아 둔 타이어처럼 늘 공중에 붕 떠 있었다고, 집을 늘리고 생활비를 대느라 뼛골이 빠질 것 같다고…….

남자는 통나무를 모아 만든 다리에 우두망찰 서 있다가 소각장의 재를 덮으러 가는 길이었음을 깨닫고 퍼뜩 정신을 차렸다. 손에 든 비닐 포대 몇 개가 비에 젖어 들었다.

8

남자는 아침을 여는 도량석 소리를 들으면서야 잠에 빠져들었다. 어둠 속에서 퍼져 나오는 게송은 오래된 우물에서 올라오는 소리처럼 차고 맑고 깊었다. 남자는 온몸을 훑고 지나가는 청량감 속에서 간밤에 했던 결심을 또 했다. 이달 안으로는 반드시 이곳을 떠나겠다고…….

여자는 아침부터 경황없어 보였다. 49재에 올릴 음식을 만드는 공양주를 도와 호박전과 감자전을 부치고 나물을 무치고, 고사리와 도라지 등을 볶아 내는 여자를 보기 위해 남자는 자주 부엌을 기웃거렸다. 교통사고로 죽은 사위를 위해 장모가 빚까지 내어 치러 주는 제사라고 했다.

남자는 종각 밑의 수돗가에서 법당에 올릴 물을 받다가 젊은 미망인이 친정어머니와 함께 절 마당에 들어서는 것을 보았다. 검은 눈망울이 처연하도록 아름다운 여인이었다. 스물일곱이라는 나이가 믿기지 않게 앳되어 보였다. 가냘픈 몸 어디에도 아이를 둘이나 낳은 흔적은 없었다.

"에누리 없는 청상과부네."

공양주가 혀를 끌끌끌 찼다.

"걱정 마슈. 저 미모면 제사 끝내고 내려가자마자 세상 남자들이 가만두지 않을 테니……."

가끔 허드렛일을 도와주러 올라오는 아랫마을 사내가 느끼하게 웃었다. 혹 그 순간에도 젊은 미망인에게 흑심을 품었던 게 아닐까 싶어 남자는 눈살을 찌푸렸다.

10시부터 시작된 염불은 한 시간이 넘도록 끝나지 않았다. 주지는 오늘 제사 때문에, 다른 절에 간 비구 스님을 불러왔다고 했다. 예불이 끝나면 공양만 마치고 떠날 거라는 젊은 스님을 두고 공양주는 "속세에 살았어도 역마살 때문에 떠돌았을 위인이유. 강원 생활 다 마쳤으면 여기 들어와 살아야지, 늙은 주지 스님 놔두고 이 절 저 절 떠돌아다니는 이유를 모르겠어." 했다.

"49재를 잘 지내 주면 정말 좋은 곳에 다시 태어날까요?"

제사 음식을 만드느라 기운이 쏙 빠진 듯 보이는 여자가 명부전 쪽을 바라보며 물었다.

"원 그걸 말이라고 하우?"

공양주가 뜬금없다는 표정으로 대꾸했다.

부엌에 들어와 물을 얻어 마시고 나간 미망인이 후원 한쪽에 서서 우는 것을 남자는 물끄러미 바라보았다. 검정색 모직 원피스에 감춘 가느다란 몸뚱어리가 서럽게 출렁였다. 그러나 망자가 신고 간다는 흰 고무신과 속옷 등을 태우는 자리에서 미망인은 활활 타오르는 불꽃만 차갑게 내려다봤다.

"스님, 내가 지놈 정말 미웠으면 끝까지 얼굴도 안 봤지요. 어떤 부모가 제 딸을 고아한테 시집보내고 싶어 하겠어요. 그래도 이렇게 가 버릴 줄 알았으면 가슴에 못 박는 소리는 안 했지요. 내 딸 금쪽같이 아는 놈이면 되었던 건데, 내가 왜 그렇게 미워했을까요? 스님, 모진 말로 사위 가슴에 못 박은 걸 생각하면 잠을 자다가도 벌떡벌떡 일어나지네요. 처음 인사 온 날도 마음에 안 들어서 밥 한 그릇을 따뜻하게 안 해 먹인 년이네요, 내가. 결혼 반대했더니 식도 안 올리고 내 딸 데려다 턱 하니 사는 사위가 왜 밉지 않았겠어요. 그래서 만날 때마다 고운 눈길 한 번 안 줬네요. 그래도 이렇게 허망하게 갈 줄 알았다면 안 그랬지요. 첫아들 낳고 인사 오겠다고 사정사정하는 놈 죽을 때까지 얼굴 보지 말자고 빗장 지른 년이네요, 내가."

친정어머니는 실신이라도 할 듯 울부짖었다.

"가는 길이 편안하고 마음에 드나 봅니다."

누각 밑의 공터에서 가족들이 준비해 온 물건들과 망자의 이름자가 적힌 지방을 태우며, 주지가 혼잣말처럼 중얼거렸다. 고무신 타는 냄새가 고약하고 검은 연기가 피어오르면 망자가 좋은 곳으로 떨어지지 못한 것이라고 했다.

"스님, 겨우 트럭 운전대 잡아서 먹여 살리려고 내 딸 데려가냐고, 쳐다도 안 본 죄를 평생 어떻게 갚으면서 살까요? 지놈이 어머니라고 부를 수 있는 사람도 나 하나밖에 없었는데……."

친정어머니는 딸의 어깨를 부여잡으며 울고 또 울었다.

백년해로를 약속했던 배우자를 떠나보내는 일에 49일이 당키나 하단 말인가? 슬픔과 게임이라도 벌이는 듯 눈물 한 방울 보이지 않는 미망인을 남자는 멀찍이 바라보았다. 재가 바람에 날려 흩어질 때까지 미망인은 석상처럼 서 있었다.

'생의 어느 길목에서 잠시라도 망자와 스친 사이였을까?' 누각 마루에 앉아 연기 한 점 없이 사그라지는 불꽃을 보며 남자는 젊고 예쁜 아내와 어린 자식들을 두고 가는 트럭 운전사의 다음 생을 빌어 주었다.

절 집과 마을의 중간쯤 되는 곳에서 남자는 걸음을 멈추었다. 마른 나뭇잎들이 무성히 쌓인 숲길 한쪽에서 낙엽 바스러지는 소리가 들려와서 보니 여자 혼자 걷고 있었다.

두 갈래로 갈라지는 산책 길 맞은편에서 여자는 남자에게 목례를 남기고 서둘러 발길을 뗐다. 요즈음 여자는 주지와 몇 마디 나누는 것 외에 극도로 말을 아꼈다. 산책을 다녀오자는 남자의 청을 거절한 것도 여러 번이었다.

남자는 여자가 고요와 침잠 속을 지나 완전히 모습을 감출 때까지 그 자리에 못 박힌 듯 서 있었다. 맑은 정기 속을 걷는 여자의 가슴에 차오를 상념들이 궁금했다. 서로를 시샘하듯 쏟아지는 햇살과 찬 바람 속에서 까닭 없이 가슴이 저며 왔다. 이곳에 온 뒤로 무한의 시간이 흘러 버린 듯했다.

겨울새 한 마리가 남자와 눈이 마주치자 나무 둥치 위로 쏜살같이 날아갔다. 남자는 동글동글한 돌멩이 하나를 주워 돌탑에 올렸다. 모양이 제각각인 돌덩이들이 모여 제법 높은 탑을 이룬 걸 본 순간 무심히 얹었을 뿐, 특별히 마음속에 떠오르는 기도문은 없었다. 제 인생을 송두리째 흔들어 놓은 폭풍이 지나가 버린 후로는 결단코 희망이라는 것에 마음을 붙잡히지 않을 것 같았다.

미친 여자가 없어졌다는 것을 안 건 저녁 먹을 때였다. 공양주는 부엌에서 상을 차리며 버릇처럼 "마마가 납시질 않았으니 나 같은 사람은 입에 밥숟가락 넣긴 글렀네." 해 가며 미친 여자를 부르러 갔다.

"잡것, 이 추위에 어디로 갔을까요? 나야 밥상 따로 차릴 일도 없고 밤중에 간혹 고함지르는 거 들을 일도 없어 좋지 뭐.

잡것, 그래도 여러 날 한 지붕 밑에서 지냈으면 얼굴이라도 한 번 뵈 주고 떠나야지. 짐 가방을 쥐도 새도 모르게 빼 갔더라니까. 가방이나마나 아무짝에도 쓸모없는 물건들만 넣어 가지고 다니면서…….”

공양주는 여자가 떠나서 후련하다는 것인지, 서운하다는 것인지 구분하기 힘든 어투로 한참이나 떠들어 댔다. 주지는 “가방에 옷도 많이 들었던데, 얼어 죽지는 않겠지, 뭐.” 했다. 딱 그 한마디뿐이었다.

남자는 미역을 넣고 걸쭉하게 쑨 수제비를 먹으며 여자가 이곳을 나갈 결심을 했을 때는 맨정신이었을까를 생각했다. 공양주는 밥상의 반찬들이 다 없어질 무렵에서야 갑자기 생각났다는 듯 “스님, 이 잡것이 웬일로 이번엔 방 청소까지 깨끗이 해 놨더라니까요.” 했다. 그러다가 작은 소리로 중얼댔다. “잡것, 밥이나 먹고 갈 일이지…….”

## 9

주지는 아침 공양이 끝나자마자 바랑을 꾸렸다. 한 도반이 방생법회에 참가해 달라고 부탁해 남해의 보리암까지 가야 된다고 했다.

“스님, 오늘 안으로는 돌아오시기 힘들겠네요. 거기서 하룻

밤 주무시고 오시기로 한 게 백번 잘한 일이에요."

공양주는 벌써 두 번째 같은 말이었다. 시시콜콜 간섭하는 부모가 멀리 여행 떠나는 걸 반기는 말썽쟁이 같은 표정이었다. 필요 없다고 손을 내젓는 주지에게 사과와 귤을 내밀어 부득불 바랑에 넣게 만들면서도 신이 난 목소리로 "차에 올라 목이라도 타면 어쩌시려고요?" 했다. 뒤늦게 회색 목도리를 들고 주지를 뒤쫓아 산길을 뛰어가는 모습에서는 꼭 먼 길 떠나는 남편을 염려하는 아내 같았다.

여자가 설거지를 다 끝낼 때까지 공양주는 돌아오지 않았다. 남자는 여자와 함께 큰방에 앉아 오랜만에 진하게 탄 커피를 마셨다.

무사히 목도리를 건네줬는지 숨을 헉헉 몰아쉬며 올라온 공양주는 빈손이었다.

"커피들 마시었수? 광에 곡주가 있는데 한잔들 하시려우?"

공양주는 물으나마나 하다는 듯 두 사람에게 후원 부엌으로 가자는 손짓을 보내왔다.

"괜찮수. 귀한 손님 오면 대접하자고 담아 둔 건데, 우리가 오늘 술 단지를 바닥낸다 해도 뭐랄 사람 하나도 없수."

벌써 술을 댓 잔이나 들이켠 사람처럼 통 크게 나오는 공양주가 이끄는 대로 남자는 양푼을 들고 뒤를 따랐다. 광은 삼성각 올라가는 계단 밑의 지하에 있었다.

둥근 나무 문을 열자마자 흙내가 훅 끼쳐 왔다. 쌀가마니와 감자 포대, 식용유 세트, 밀가루와 설탕 포대, 과일 박스들……. 남자는 눈을 휘둥그렇게 떴다. 알리바바가 도둑들 몰래 드나들던 동굴보다도 비밀스러운 게 더 많을 것 같은 곳이었다. 대형 항아리들이 일렬로 늘어선 것을 보자 그 안에서 정말 기름과 보화 덩이가 쏟아져 나오기라도 할 듯 기분이 좋아졌다. 남자는 손전등을 휙휙 비추다가 벌교 꼬막 통조림이라고 쓰인 상자를 보았다.

"아이고, 누가 이 비린 것을 부처님 전에 올렸을까?"

공양주는 상자에서 캔 하나를 꺼내며 입맛을 다셨다.

"주지 스님 안 계실 때 맛보고 싶은 게로군요?"

남자는 놀리듯이 오래 웃었다. 일부러 웃기 위해 웃었다. 소리를 내어 웃어 본 지가 얼마 만인지 몰랐다. 웃음 한편으로 서글픔이 밀려왔다. 저 많은 보시에 무슨 의미가 있겠냐고, 그저 생의 불가사의에 바쳐 보는 것뿐이지 않겠냐고, 세상에는 제 의지만으로 안 되는 일이 그렇게도 많다고 아우성치는 현실 한복판에 자신이 두 발을 푹 담근 듯했다.

남자는 삼성각 밑의 뜰을 대빗자루로 쓸면서도 그곳에 광이 있으리라고는 짐작도 못했다. 어쩌면 그 문에 인간의 눈을 막는 영기가 서렸는지도 모르겠다는 생각이 들었다.

사람 드나드는 것을 볼 수 있으려면 마루가 좋지 않느냐는 여자의 의견을 반박하며 공양주가 술자리로 지정한 곳은 후원 부엌이었다. 주지가 없다고 절에서 술 냄새나 풍기면 주지 얼굴에 먹칠을 하는 일이라고 제법 깐깐하게 설교까지 늘어놓아, 술을 마시자고 제의한 게 꼭 여자였던 것만 같았다.

"내가 절 집 문턱 밟았을 때가 나이 40이었다우. 나도 절에 이렇게 오래 있을 생각은 안 했지……."

술이 들어가자 공양주의 목소리가 차츰차츰 커졌다.

"고생도 지긋지긋했지. 처음에 들어갔던 절은 다 쓰잘데없는 신도들뿐이었어. 주지 스님이란 작자도 속인보다 못한 위인이었지. 일은 또 왜 그리 많았나 몰라. 하여간 스물여덟에 집 나와 혼자 살면서 한 것이라곤 일밖에 없었어. 가진 것도 힘밖에 없어서 죽으라고 일만 했더니, 나만 보면 다 일을 시키려고 들잖아. 하루는 사는 게 하도 막막해서 보따리를 싸 들고 절 집을 나와 버렸어. 30리도 넘게 걸어 점쟁이를 찾아갔지. 아침도 굶고 점심도 굶으면서 찾아갔다우."

공양주는 귀한 손님에게나 대접하는 술이라고, 서로 정든 처지 아니면 자신이 그렇게 후한 인심을 쓰지 않았을 거라고 말 중간 중간에도 생색내는 일을 잊지 않았다.

"용하다는 소문 듣고 찾아갔더니 머리 꼭대기에 피도 안 마른 년이 나를 보더니 대뜸 평생 고생을 면치 못하겠다고 하더라고. 전생에 내가 부처님 전에 올린 쌀을 훔쳐 내오다 땅바닥에 철퍼덕 엎질렀대. 이생에선 그거 일일이 주워 담아 가면서 살아야 한다나. '에라 이년아, 자리에 앉아서 속 편히 남의 돈이나 긁어먹고 사는 너는 잘살고, 쌀 훔쳐 오다가 먹지도 못하고 쏟은 나는 벌을 받는단 말이냐?' 해 주고 나왔소."

여자는 공양주의 기분을 맞춰 주고 싶어서 간간이 사발을 들이켤 뿐 술을 즐기는 것 같지 않았다. 공양주는 양푼이 넘치게 퍼 온 술을 혼자서 거의 마신 것을 아는지 모르는지 김치 대접을 자꾸만 남자 앞으로 밀어놓으며 "많이 드슈. 사내가 몇 달 넘게 절에만 있으니 얼마나 답답하슈."를 후렴처럼 읊어 댔다.

공양주는 김치가 바닥을 보이자 비틀비틀 일어나 냉장고로 가더니 누룽지를 담아 내는 양푼에 밑동만 잘라 낸 김치를 담아 왔다. 평시에는 초고추장 담는 종지와 쌈장 담는 종지까지 엄격하게 구분해 쓰면서, 절 집에서는 그런 것부터 기본으로 익혀야 한다고 입버릇처럼 외던 사람이었다.

"이건 내가 처사님께 내는 거니까 그리 아슈."

공양주가 발그레해진 얼굴로 기분 좋게 내질렀다.

술이 바닥을 드러냈을 때, 공양주는 술을 더 떠 오겠다며 부엌방의 문을 밀고 들어갔다.

"잠시만 누워 계세요. 술은 제가 떠 오겠습니다."

남자가 부엌방 쌀자루 위에 털썩 엎어진 공양주를 이불 위에 눕히고 왔을 때, 여자는 개와 고양이의 밥을 주겠다는 핑계로 자리를 떠났다.

남자가 눈을 떴을 때는 오후 4시가 넘어 있었다. 길고 푸근한 잠이었다. 집 떠나온 후로 그토록 길고 달게 자 본 적이 없었다. 부엌에 들어가 물을 마시고 나오다가 정낭 가는 돌길 위에 혼자 앉은 공양주를 보았다. 남자는 여자를 찾아 보려던 마음을 돌리고 공양주에게 다가갔다.

"주지 스님이 못 견디겠을 때 한두 잔씩만 먹으라고 했는데, 나 혼자 한 양푼이나 먹었으니, 오늘 또 죄를 지었네. 보살님 아니었으면 얌이 밥까지 굶길 뻔했다니까. 말 못하는 짐승들 밥 굶기는 게 얼마나 큰 죄요. 더구나 낮에 술 먹고 잠에 곯아떨어져서 원……."

공양주는 면목이 없다는 듯 자꾸 시선을 아래로 내리깔았다. 그러나 주머니에서 담배를 꺼내 무는 눈빛에서 남자는 그녀가 짐승들 밥을 주지 못한 것 때문에 쓸쓸한 게 아님을 알아챘다.

"담배 한 대 태우려우?"

그러나 말만 그럴 뿐, 공양주는 남에게까지 담배 권할 기분이 아니라는 듯 눈을 지그시 감고 혼자 담배를 피웠다.

"내 이놈의 것 끊었다가 반년 만에 다시 피우는 거유."

그녀는 옆에 앉은 남자의 얼굴을 피해 깊은 연기를 내뿜으며 픽 웃었다.

"처사님은 언제 가시려우? 언제까지고 있어 주면 나야 좋지만. 갈 집이 있는 사람들은 다 떠나더라고. 가더라도 여름 끝물에 또 한 번 꼭 오우. 이 아래에서부터 저쪽 산 위까지 참말로 혼자 보기 아까운 꽃이 쫙 핀다우. 온 산이 불붙은 듯 빨갛게 타들어 가지. 참, 올해는 처사님도 봤던가?"

남자는 곧 일어서려던 마음을 누르고, 공양주 옆에 자리를 잡고 앉았다.

사방이 잠든 겨울 숲에서 영영 못 볼 고운 임을 그리며 폭삭 고개를 떨군 상사화 초록 잎새는 구천을 떠도는 영혼처럼 가련했다. 먼먼 저쪽의 생, 꽃필 날에만 시선이 가 무거운 것일까? 10월 어느 날 눈이 부담스러울 만큼 화사한 꽃을 피워 낸다는 게 말짱한 거짓말 같았다.

"몇 해 전에 우리 주지 스님이 등산로를 막아 버렸지만, 전에는 그 꽃 보러 오는 사람들이 많았다우."

공양주는 재를 털 곳이 마땅치 않은지 주위를 한 번 둘러보더니, 할 수 없다는 듯 신발 옆에 툭툭 털어 내었다.

"정분난 사내놈 품이 그리워 어린 자식새끼 떼어 버리고 집 떠나는 과부년의 화장한 얼굴처럼 예쁘고 요사스러운 꽃이라우. 길어야 보름이나 있다 가는 꽃인데 그동안 내 마음은 백번도 더 뒤집어졌다 엎어졌다 한다우. 나도 이곳 나가려고 한밤중에 일어나 보따리 싼 적도 많우. 공연히 그렇게 마음 뒤집어질 때가 있다우. 보따리나마나 옷 몇 벌인데……."

공양주는 발로 담배를 눌러 끄고 또 한 개비를 꺼내 물었다. 반년이나 안 해 본 것치고는 불이 잘 붙지 않는 라이터 다루는 솜씨가 뛰어났다.

"내가 이 절 나가게 된다 해도 그 요망한 꽃 못 잊어서 꼭 한 번은 다시 올 거유."

이곳이 아니면 몸 누일 곳도 없다는 공양주도 아직 가슴 깊이의 연정을 잘라 내지 못한 것일까? 남자는 50이 넘은 여자가 가슴으로 뿜어 대는 담배 연기를 말없이 보았다. 원을 그리며 포르르 날아다니던 작은 새 한 마리가 인간들의 말을 엿듣기라도 하겠다는 듯 나뭇가지에 내려앉아 쫑긋 귀를 기울였다.

여태 남은 술기운 탓이었다. 남자는 싫다는 여자를 끌고 저수지 산책 길에 나섰다. 겨우 곡주 한 잔 마시고서 머리가 어지러워 산책도 힘들다는 여자의 말이 핑계라는 건 처음부터 알았다. 다만 그렇느냐고 순순히 고개 끄덕일 마음이 남자에겐 애초부터 없었다.

여자는 저수지에 다다를 때까지 입 한 번 떼지 않았다. 남자는 여자보다 조금 앞서 걷다가 평평한 돌들이 있는 곳에 자리를 잡았다. 싫다는 사람을 억지로 데리고 나올 때부터 조성된 둘 사이의 긴장감은 좀처럼 사그라질 기미를 보이지 않았다.

"얼마 전에 왔던 미친 여자처럼 될까 봐 두렵습니까?"

남자의 첫마디는 자신이 듣기에도 시비조였다. 여자는 여전히 입을 다물고 있었다.

"억울한 세월이 10년으로는 부족합니까?"

이번엔 시비를 넘어 따지는 듯 물었다. 남자는 물끄러미 자신을 바라보는 여자의 얼굴에 대고 가슴속에서만 맴돌던 말들을 쏟아 냈다. 요즘 세상에 뭐가 무서워서 수절보다 못한 삶을 사느냐, 절에 올라오던 날 당신의 표정을 보니 남편을 위해 기도하러 오는 아내 같지 않았다, 왜 자기 자신을 속이면서 사는 생을 선택하려고 하느냐……. 남자는 여자가 듣건 말건, 어떤 반응을 보이든 개의치 않았다. 불면의 밤마다 깊디깊은 담배 연기로도, 갈수록 양이 늘어나는 수면제로도 메울 수 없는 가슴의 공백을 지녀 본 자신만이 여자의 폐부에 스밀 찬바람을 제대로 안다는 자만심에서였는지도 몰랐다.

"초가을 되면 은연사 뒷산에 석산화라는 꽃이 피어난답니다. 대학 3학년 때 그 꽃을 찍으러 이곳에 왔지요. 사진전에 출품했다가 상까지 받았어요. 그때 꽃에 붙인 제목이 '만남'이었지요. 절대 이루어질 수 없는 만남에 그 제목을 붙이면서 한참을 목놓아 울었습니다. 뭐가 서러워 그토록 울었는지 모르겠습니다. 그날 이후로, 살면서 그 꽃 빛깔보다 진한 눈물을 숨겨야 할 일이 숱했거든요. 백일기도라니요? 천일기도라니요? 꽃을 떠나보내고 돌 틈에 외롭게 박혀 있을 석산화가 한번 보고 싶었을 뿐입니다. 누구의 카메라에도 담겨 본 적 없을, 담겨 봤자 눈길도 못 끌었을 스산한 잎이 보고 싶었습니다."

남자는 그 말만 마치고 되돌아가는 여자를 붙잡을 무모함까지는 없었다. 여자가 자리에서 일어나며 나지막이 내뱉은 말은 분명 "남편 곁에서 도망치려고 제 자신과 싸워 온 세월이 10년입니다. 묵묵히 병간호를 한 세월과 맞물려 있지요."였다.

'상종 못할 나르시시스트 같으니라고.'

남자는 순식간에 여자를 깎아내렸다. 그러고 나면 조금쯤 속이 후련해질 것 같았다.

제 마음 맑게 하자고 10년 넘는 세월을 헛되이 보냈다면 지독한 나르시시스트가 아니겠는가. 자신이 세상을 향해 야유를 보내고, 엄살을 부리고, 오도해 온 날들이 떠올라 발광이라도 하며 울어 대고 싶었다.

남자는 돌멩이들을 집어 물수제비를 떠 보았다. 이제 싫어도 은연사를 떠나야 할 때가 왔다는 생각이 잔물결처럼 밀려들었다. 저수지를 막고 선 사방의 산들에서 불어오는 바람이, 지저귀는 새들이 일제히 남자를 보는 듯했다.

10

나이 든 사내의 전화가 걸려 온 건 저녁 공양 전이었다. 공양주는 부엌에서 식사 준비를 했고 남자는 누각 밑 공터에서 장작을 팼다. 물을 마시러 수돗가로 가던 남자가 끈질기게 울어 대는 전화벨 소리를 들었다. 전화벨 소리는 남자가 물 한 바가지를 다 마시고 나왔을 때까지도 멈추지 않았다.

"거기 절 맞소?"

"네, 그런데요."

대충 수화기를 잡아든 남자와는 달리 사내는 잔뜩 긴장한 듯했다.

"거기 정애심 씨 있으면 좀 바꿔 주소."

"누구라고요?"

"정애심이."

목소리가 걸쭉해 털털하게 느껴지는 사람이었다.

"정애심 씨요?"

"거기 절 아니오? 거기서 공양준지 뭔지 한다고 들었는데……."

사내는 상대가 전화를 끊어 버릴까 봐서인지 다급하게 숨까지 몰아쉬었다. 공양주라는 말이 아니었다면 남자는 순간적으로 그런 사람 없다고 했을지도 몰랐다. 정애심……. 남자는 새삼 공양주 보살에게도 이름이 있다는 사실을 깨달았다.

"잠시만 기다려 보세요."

"그라믄요. 을매든지 기다릴 수 있응게, 잘 좀 전해 주소. 백만술이라는 사람이 찾는다고, 꼭 좀 전해 주소."

남자에게서 백만술이라는 사람이 정애심을 찾는다는 말을 전해 듣고 공양주는 화들짝 놀랐다. 프라이팬에 볶던 도라지를 어떻게 해야 할지 몰라 두리번거리는 그녀의 눈앞에 남자는 접시를 들어올렸다. 접시는 잘 닦여 가스레인지 바로 옆에 있었다.

"정말 백만술이라고 했수?"

한눈에도 반들반들한 접시 위에 또다시 행주질을 해 대며 묻는 공양주의 목소리가 떨렸다. 이미 그녀의 눈은 접시에서도 도라지에서도 떠나 있었다.

"처사님, 내 몸에서 된장 냄새 안 나우? 좀 전 내내 된장 독 비우고 씻었는데……."

수화기를 내려놓고 왔으니 어서 가 보라는 말을 듣고 나서도 공양주는 전화 받기가 겁나는 사람처럼 뜸을 들였다. 손님이 찾아온 것도 아니고, 전화가 온 것에 차림새까지 신경 쓰며 수선을 떠는 게 다른 날과는 사뭇 달랐다.

11

아침 밥상을 치우면서 공양주는 남자에게 함께 시내에 나갔다 오자고 했다.

"시장도 가고, 오랜만에 바람도 좀 쐬고."

"시장에요?"

"오토바이 뒤에 나 태우고, 휭허케 댕겨옵시다. 주지 스님한테 말할 것도 없수. 가서 구경이나 좀 하고 올라올 거니까. 나야 이골이 났지만 처사님은 좀이 쑤실 것 아니우. 절에 와서 처사님처럼 오래 버티는 사람도 흔치 않우."

"시장은 어디에 있는데요?"

"터미널 근처에서 못 봤수? 개천 하나 건너가면 거기서부터는 쭉 시장인데."

남자가 고개를 끄덕이자 공양주의 손길은 눈에 띄게 빨라졌다. 그녀는 남은 김치를 따로 모았다가 국거리로 쓰거나 제피를 넣어 김치찌개를 했는데 웬일로 새 김치 그릇에 밥상에서 나온 것을 정신없이 섞었다.

"보살님한테는 내가 살짝 말했수. 함께 가자고 했더니 바깥 바람을 쐬고 싶지 않답디다. 주지 스님 몰래 나갔다 오려면 셋이 다 가는 것보다는 보살님이 남는 것도 괜찮지."

남자는 고개를 끄덕이면서도 여자와 함께 가면 좋겠다는 생각을 떨칠 수가 없었다. 어서 가서 오토바이를 꺼내 오라는 공양주의 말에 잠시 뜸을 들인 것도 그래서였다.

"처사님, 서두르라니까. 주지 스님이 함께 차 마시자고 부르면 꼼짝없이 들어가 시간 빼앗기는 거유. 그분은 차를 마시고 몇 마디 담소를 즐기는 것까지 해야 공양이 끝났다고 생각하시는데……."

공양주는 금방 힐난 섞인 닦달을 해 왔다.

"아이구, 세상에나. 절 밑엔 벌써 봄이 와 있구먼."

공양주는 마을까지 내려와서는 오랜만에 버스를 타고 싶다고 변덕을 부리며, 소풍 온 아이처럼 신을 냈다.

"아이구, 저 산 좀 올려다보우. 벌써 연둣빛이네. 겨울 내내 잎이 지지 않았던 모양이네."

오토바이를 한쪽에 세워 두고, 30분을 기다린 버스에 올라

타면서도 공양주의 탄성은 사그라지지 않았다. 새삼스러웠다. 은연사에서도 얼굴만 들면 사방에 뻗은 소나무를 볼 수 있었다. 공양주는 몇 년 감옥살이라도 하다 나온 사람처럼 확실히 유별나게 굴었다.

"아이구, 좀 조심히 몰아 보우. 나처럼 차를 오랜만에 타 보는 사람은 심장 떨리려고 하는구먼."

버스가 긴 커브 길을 돌 때 몸이 한쪽으로 쏠리자 공양주는 운전기사를 향해 타박을 했다. 그러나 조금도 언짢은 기색이 없는, 사정이 허락되면 말이나 트고 가자는 어조였다.

"그렇게 천천히 가도 되면 뭣 할라고 돈까지 내면서 차 타셨당가요? 싸목싸목 걸어가셨어야지."

"나는 기사 양반도 힘들까 봐 하는 말이구먼."

"빨리 가려고 돈 내고 차 탄 사람들 싣고 그럴 수 있대요?"

공양주의 의도를 눈치챘는지 운전기사가 넉살 좋게 대꾸했다. 공양주는 운전기사와 말문을 튼 후로는 한시도 입을 다물지 않았다. 한 시간에 한 대씩 운행하면서 돈이 되느냐, 은연사가 산길만 닦여 국립공원이 되면 버스 회사도 돈 벌 것이다, 등등의 말이었다.

"그럼요. 그렇게 된다면 원님 덕에 나팔 불 일이 생기는 거지요."

운전기사는 큰 흥미는 없지만 대거리를 해 주는 게 힘들 것도 없다는 듯 척척 장단을 맞추었다. 공양주 뒷자리에 말없이 앉은 남자를 가끔씩 룸 미러로 훔쳐보는 일도 잊지 않았다.

"하지만 그런 일은 절대로 없을 거유. 우리 주지 스님이 어떤 분인데. 돈 몇 푼 벌자고 절 망치는 일은 안 할 거라고 못을 박은 분이라우."

"좋은 생각이지요."

"암요. 얼마나 깐깐한 분인지 알우? 거지가 찾아와도 시주를 많이 하는 신도와 차별 없이 대해 주는 분이라우."

"좋은 일이지요. 좋은 일이에요."

이제 운전기사는 공양주가 무슨 말을 해도 다 받아 주기로 작정한 모양이었다. 남자가 보기에도 공양주는 하루 온종일이라도 떠들어 댈 수 있을 듯 생기가 넘쳤다.

남자는 개천 다리를 건너기도 전에 터미널 옆의 편의점에 들어가 휴대폰을 충전했기 때문에 일찍 할 일이 없어졌다.

"우리 이왕 나왔으니 시장 끝까지 다니면서 별것 별것 다 봅시다."

공양주는 터미널을 빠져나오면 있는 사거리에서부터 흥분을 주체 못하는 아이처럼 사방팔방을 휘둘러보았다. 신호등이 파란 불로 바뀌고 나서도 건너갈 생각을 않고 진달래 빛 블라우스와 물빛 치마가 걸린 양품점 쇼윈도를 넋을 잃고 바라보았다.

구경하고 말고 할 것도 없는 시장이었다. 과일 가게들, 건어물전, 지물포, 식당, 오뎅 집, 방앗간, 기름집, 떡집 등이 다닥다닥 붙어 있었고, 건너편에서는 나물이나 버섯, 생선 등을 길에 늘어놓고 팔았다. 돌다리를 지나 개천을 하나 넘었다는 것뿐 시내 쪽과 별반 다를 게 없는 거리였다. 그런데도 공양주는 아기를 업고 나와 봄동을 사 들고 가는 젊은 여자를 보면서도 흡족해했고, 시장 바닥에 자리를 깔고 앉아 사주나 궁합을 봐 주는 수염난 할아버지를 보면서도 좋아했다.

"그 젊은 것 어디 가서 잘 사는지 모르겠네."

공양주가 갑자기 생각났다는 듯 남자의 팔을 툭 치면서 말했다.

"누구요?"

"왜 그 미친 것 있잖우. 언젠가 한번은 요것이 나더러, 입으로 지 복을 다 차고 자빠졌구먼. 입단도리 못해서 평생 그 모양 그 꼴로 살걸, 그러잖우."

"그래서요?"

"그래서는 뭐. 미쳐서 실성실성하는 사람 말을 탓하기도 우습잖우. 그때가 아마 나를 처음 봤을 때일 거야. 가만 생각해 보면 틀린 말도 아니지 싶어. 만나는 사내놈들이 아쉬운 소리를 해 댈 때마다 마음이 약해져서는 내 입으로 철석같이 손해나는 약속을 해 버리곤 했다우. 애가 둘이나 딸린 홀아비한테 가서 2년이나 살다 나온 적도 있수. 밥장사나 해서 겨우 겨우 입에 풀칠하고 살아가는 나한테 이 남자가 매일 와서 우는 소리를 하니 불쌍해서 어쩌우. 내가 힘닿는 대로 아이들을 거두겠다고 했지. 내가 바로 미친년이지. 그 사내놈 나 떡하니 믿고 다른 계집 찾아다니면서 계집질하더라니까. 그것도 모르고 나는 장사도 때려치우고 아예 그 집에 눌러앉아 평생 살림이나 할 마음을 먹었다우. 공사판이나 쫓아다니면서 돈 몇 푼씩 받아 오는 남자에게 미쳐서는…….”

말을 하는 동안에도 공양주는 길바닥에 깔아 놓고 파는 목도리를 집어 목에 둘러 보기까지 했다. 얼마냐고 묻고, 주인 남자가 7000원인데 3000원만 주고 가져가라고 해도 사지는 않았다.

“정신이 어쩌다 그렇게 되었는지, 원. 그 얼굴이면 어떤 놈과 살아도 궁상은 떨지 않았을 것 같은데…….”

공양주는 그러면서 흘낏 남자의 얼굴을 훑어 내렸다. 아주 짧은 순간이었다.

남자는 허름한 털실 가게 앞에서 걸음을 멈추었다. 진열대에 수북이 쌓인 파란색, 노란색, 빨간색 실타래가 복스러웠다. 남자는 겨울 내내 난로 옆에서 뜨개질을 하는 아내를 꿈꾼 적이 있었다.

“사시려우?”

석쇠에서 군침 당기는 냄새를 풍기는 곱창을 바라보느라고 눈을 못 떼던 공양주가 남자의 팔을 툭 쳤다. 남자는 곧 고개를 저었다. 밝고 화사한 색감에 순간적으로 눈이 가 멎었을 뿐, 아내가 그리운 건 아니었다.

“처사님, 내 덕분에 오늘 좋은 구경 하는 줄이나 알우?”

공양주는 살 것처럼 보는 족족 곶감을 만져 보고 말린 대추도 눌러 보면서 남자와 눈이 마주칠 때마다 웃음을 흠뻑 머금었다. 이건 얼마냐, 저건 얼마냐 해 가면서도 시장을 반이나 지날 때까지 빈손인 그녀와는 달리 남자는 양손 가득 검은 봉지를 들고 있었다. 그녀가 "주인 양반, 이 호두들은 왜 이렇게 작아? 까 봤자 한 톨도 제대로 안 나올 것 같으네. 이런 걸 누가 사고 싶은 마음이 들겠수? 이 집은 햇볕이 탈이구먼. 땅콩 껍질이 햇볕에 말라비틀어진 것 같수." 해 댔을 때도 남자는 주인 남자의 인상이 험악해질까 봐 서둘러 땅콩 한 됫박을 샀다. 그런데도 말 배운 아이가 입이 근질거려 못 참는 것처럼 공양주는 틈만 나면 사람들에게 말 던지기를 즐겼다.

보석방 앞에서 공양주는 또 신기한 걸 발견한 아이처럼 멈춰 섰다. 루비, 사파이어, 옥 반지, 칠보 반지, 금시계들이 밝은 햇살에 반짝반짝 빛을 튕겼다.

"사고 싶으세요?"

남자가 웃으며 물었다.

"일없수. 그냥 구경이나 하는 거지."

공양주는 세차게 고개를 저었다. 그러나 아쉬운지 뒷걸음질로 나오면서도 눈은 유리 장식장 속을 떠나지 못했다.

"들어가 보세요."

남자의 떠미는 시늉에도 공양주는 몸에 힘을 넣어 막무가내로 버티었다.

“나 같은 사람이 낄 만한 게 있기나 하겠수? 있어도 그거 봐 줄 사내가 있는 것도 아니고…….”

그녀는 누가 들었으면 큰일이라는 듯 주위를 두리번거리더니 힐끗 웃었다.

“처사님, 암 말 말고 여긴 번개처럼 지나갑시다.”

시장에서 규모가 제일 커 보이는 과일 가게 앞에서 공양주는 남자 옆으로 숨듯이 붙어 서더니 빠르게 그 자리를 벗어났다.

“우리 절 신도가 하는 가게유. 아들이 셋인데 다들 보통 잘난 게 아니라우. 한 명은 서울에서 검사인가 판사인가를 하고, 한 명은 대학생들 가르치는 선생이유. 막내는 아까 지나오다가 터미널 근처에서 본 은행 있잖우, 거기서 제일 높은 자리에 있답디다. 저 집 보살님이 보통 불심이 아니라우. 세 자식들을 다 우리 절에 와서 불공 드리고 낳았다고 합디다. 좋은 과일 들어오면 지금도 절에 먼저 가져 온다우.”

영문도 모르고 쫓겨 온 남자에게 공양주는 숨넘어가는 소리로 말했다. 아크릴 판에 ‘소주, 동동주’라고 쓰인 술집 앞에서였다.

“우리 주지 스님은 틈만 나면 아랫마을 노인분들한테 그 과일들을 들어다 준다우. 시골 어른들이 여기까지 나와서 과일 사 먹을 일은 없잖우. 그럴 돈도 없지만. 마을 어른들 법당에 절 한 번 안 하고 가는데도 챙기는 것 보면 우리 주지 스님은 정말 좋은 분이유.”

그러다가 공양주도 술집 간판을 본 모양이었다. 절로 구미가 당기는 표정을 숨기지 못하더니 이내 단호해졌다.

"동동주라지만 절에 있는 곡주만 하겠수? 속가에서 파는 술에는 사악한 게 들었는지 마시면 꼭 안 하던 짓을 하더라니까."

공양주는 입맛을 다신 게 남자인 것처럼 남자의 팔을 급히 잡아끌면서 자리를 떴다. 아무리 그래도 포도 나무 밑을 그냥 지나치는 여우처럼 씁쓰름한 표정이었다.

공양주가 시장 끝머리에서 산 것은 지금 입기에는 퍽 이른 감이 있는 감색 주름치마와 흰 블라우스였다. 옷 가게에 들어가 한참을 고르다가 결정한 것이지만 한눈에도 값싸고 흔해 보였다. 그래도 공양주의 얼굴은 발그레했다.

점심으로 감자 칼국수까지 사 먹고 절에 돌아온 건 오후 3시가 넘어서였다. 버스가 금방 떠났다는 말을 듣고도 한 시간을 기다리겠다고 터미널 의자에 앉은 공양주를 남자가 일으켜 세우지 않았더라면 저녁 공양 시간 안에 들어오기도 힘들 뻔했다. 만 원도 넘는 택시를 타고 싶지는 않다고 버티는 공양주에게 남자는 자신의 지갑을 흔들어 보였다.

택시 안에서 운전기사와 대화의 물꼬를 트고 나서 다시 기분이 좋아진 공양주도 남자도, 절에서 예기치 않은 일이 기다릴 줄은 까마득히 몰랐다.

"오늘 천도재 있는 날인 거 잊었던 모양이지?"

주지는 마루에 가부좌를 틀고 앉아 있다가, 발소리를 죽여 가며 후원 부엌으로 들어가려는 공양주를 향해 낮고 근엄하게 화살을 날렸다. 딱 그 한마디였다.

그날 주지는 여자의 차를 타고 읍내까지 갔다 왔다고 했다. 한쪽에 차를 세워 두고 개천가 시장통을 샅샅이 훑고 다녔는데도 공양주를 찾지 못해, 아랫마을 여자들을 불러 명부전에 올릴 음식들을 마련했다고 했다.

천도재를 지내고 남은 음식들로 저녁을 먹으면서 공양주는 주지가 앉은 쪽으로는 고개 한 번 돌리지 못했다.

12

"처사님, 나 부탁 하나 하려는데……."

공양주는 난처한 듯 웃어 보였다. 대빗자루로 절 곳곳을 쓸고 나오는 남자를 후원 뜰에 서서 오래 기다렸던 듯했다.

"부탁요?"

남자는 아직 해가 떠오르지 않았다는 생각부터 했다. 주지가 예불을 드리는 식전에는 가급적 입을 떼지 말아야 한다고 가르친 건 공양주였다. 기침 소리도 내면 안 되고 잡담을 나누는 것도 예의에서 벗어나는 일이라고 했다. 그런데 지금 공양주는 그런 말을 한 일은 기억에도 없다는 얼굴이었다.

"한 사나흘만 나 대신 밥 좀 해 주려우?"

"어딜 가시게요?"

"처사님한테 미안한 줄은 알지만 지금이 아니면 못 다녀올 것 같아서……. 내 꼭 가 봐야 할 곳이 있는데…… 안 되겠수?"

"아니, 그것보다……."

"그럼 사나흘만, 딱 사나흘만 좀 계시우. 내가 주지 스님한테 딱 사나흘만 있다 오겠다고 얘기할 테니. 보살님은 기도 중이라 내가 미덥지가 않수. 솔직히 처사님만큼 믿음도 안 가고. 여리여리한 게 어디 평생 밥상 한 번 들어 본 사람처럼 보입디까?"

남자는 고개를 끄덕였다. 공양주는 부탁을 들어 주지 않으면 절박해져서 옷자락이라도 잡을 기세였다.

"참말로 고맙구먼. 눈물나게 고마운 이 공을 언제 갚을 수 있을지는 모르겄수……."

공양주는 남자가 이미 아는 것들까지 다시 한번 꼼꼼히 가르쳐 주었다.

"모르는 건 주지 스님한테 물으면 되우. 손님들이 오면 다과실에 한과나 과일이 많우. 주지 스님은 공양 후에 차는 마셔도 과일은 잘 안 드시니 신경 안 써도 되고. 차도 손수 끓여서 드실 테니 공양 때 밥상만 들여 주면 귀찮은 일은 없을 거유. 내가 없으니까 찾을 일이 있어도 참으실 분이지."

공양주는 주지에 대해서 말할 때 약간 울먹일 듯한 표정을 지었다.

"오늘은 웬 반찬이 이렇게 많아?"

주지는 공양 시간에는 입을 열지 않던 평시와는 달리 숟가락을 잡기도 전에 말을 내놓았다.

공양주는 후식 자리가 파한 다음에 주지에게 삼배를 올리겠다고 했다. 주지는 웬 절이냐고 손을 내저었지만 그녀는 부득불 두 손을 모으고 섰다.

"그러고 보니 자네가 이곳 나가 본 지 몇몇 해를 넘겼구먼. 나도 노자나 넉넉히 줌세."

공양주가 그럴 필요 없다고 고개와 손을 사정없이 내젓는데도 주지는 벽장문을 열고 자신의 바랑을 꺼내 왔다.

"친정 식구들 보러 간다는 사람 빈손으로 보내면 내 마음이 안 편해서 그러지……. 가겠다는 말 듣고 준비해 둔 거야."

주지는 겉보기에도 두둑해 보이는 흰 봉투를 공양주의 손에 억지로 쥐어 주었다.

공양주는 부엌으로 나와 남자에게 당분간은 제사 지낼 일도 없으니 걱정 말라고 안심을 시켜 주었다. 벌써 두 번째 하는 말이었다.

공양주 보살이 떠나고 나서 남자는 절의 불목하니라도 된 기분으로 팔을 걷어붙이고 일을 해 댔다. 머릿속에 떠오르는 상념들을 없애기 위해서였다. 이불 보따리, 낡은 밥상, 소쿠리,

쌀자루 등을 늘어놓고 창고처럼 쓰는 부엌방에 들어가 창문을 열고 해묵은 먼지들을 걷어 냈다. 비질을 할 때마다 입으로 먼지가 날아들었다. 다른 방들도 세 번씩 닦아 내고, 비누질을 해 걸레를 빨았다. 찬물에 오래 담근 손은 시리고 아팠다. 한번 일을 시작하자 몸이 저절로 움직였다. 다과실에 들어가 제멋대로 늘어진 컵과 다기들을 한자리에 보기 좋게 배열해 놓았다. 마음먹은 김에 100명이 들어갈 수 있는 선방도 닦았다. 골방은 커피 물인지 찻물인지가 눅눅히 배어 아무리 닦아도 지워지지 않았다. 남자는 어깨가 빠져나갈 정도로 힘껏 문질러 댔다.

며칠 전 읍에 나가 충전해 온 휴대폰 속에 어머니가 남긴 메시지가 있었다. 지난번과 똑같은 내용이었다. "막내야, 니 마누라 울며불며 싹싹 빈다. 막내 니가 마음 한 번 크게 쓰고 용서해 줘 버려라. 갸도 아직 인생을 잘 몰라서 그랬을 것이다." 간절히 이해를 구하지만 스스로도 쉽지 않은 일이라는 걸 잘 안다는 듯한 말투……. 그렇지만 이번 메시지 속의 어머니는 조급증이 있는 사람처럼 보챘다.

남자는 절에 있는 걸레들을 다 모아 들고 후원 수돗가에 나와 앉았다. 해를 넘기고 산 공양주도 방치해 둔 방까지 청소해 대면서 스스로 떨치고 싶어 하는 게 무엇인지 알 수 없었다.

남자는 담배를 깊디깊게 빨아들였다. 지난 시절, 막내아들만 데리고 집을 떠나려고 했던 어머니를 주저앉힌 건 무엇이었을까? 열 필지의 논을 살 수 있는, 아버지가 내놓은 돈뭉치였을까? 잠에서 끝내 빠져나오지 못한 어린 아들 때문이었을까?

닥나무가 있는 산 쪽에서 까마귀 두 마리가 순서를 정해 놓고 한 번씩 울어 댔다. 놈들은 날갯짓으로 신호를 보내는지 한 번씩 파닥이고 나서는 어김없이 괴목을 박차고 일어나 자리를 바꿔 앉았다. 남자는 넋 놓고 앉아 놈들의 수작을 오래 지켜보았다.

## 13

일주일이 지나도 공양주는 오지 않았다. 공양주가 돌아오기로 한 날이 지나자, 주지는 이곳저곳에 전화를 해 공양주 보살을 구해 달라는 부탁을 했다. "절간에 있어 본 분이면 더 좋겠지요. 다 인연 따라 가는 건데 어쩌겠습니까. 서두르면 어떻습니까, 어차피 시간이 지나야 될 일이지요……." 따위의 말들을 들으며 남자는 다과실에서 과일을 깎거나 찻물을 끓였다.

주지는 공양주가 떠날 때부터 돌아오지 않을 것을 알았던 듯했다. 그는 싫다는 공양주에게 노자라면서 봉투를 던져 주고 나서도 미진한지, 마당 끝까지 따라나가 옷이나 한 벌 사 입으라며 극구 돈을 쥐어 주었다.

남자는 요사채로 가 처음으로 공양주 보살이 쓰던 방문을 열어 보았다. 먼지 한 점 집어 낼 수 없게 걸레질이 되어 있었다. 장롱 하나 없고 벽에 낡은 거울 하나 붙어 있지 않은 작은 방이었다. 개킨 이불 위에 베개 한 개가 얌전히 놓여 있었다.

남자는 벽에 넝마처럼 걸린 회색 누비옷을 오래오래 바라보았다. 절간 어디에서나 흔히 볼 수 있는 방한복이었다. 불현듯 얼마 전에 전화로 공양주를 애닯게 찾아 댔던 남자가 떠올랐다.

공양주 보살은 이제야 비로소 부처님 전에서 훔쳐 오다 엎어 버린 쌀알을 다 주워 담은 것일까? 아니면 아직도 남은 쌀알이 있어 또다시 멀고먼 도정에 나선 것일까? 아직도라면 바닥 깊이 들어간 쌀알까지 파내는 일은 얼마나 힘이 들 것인가? 남자는 정애심을 숨넘어가게 찾아 대던 사내가 부디 못다한 그녀의 작업에 힘이 되어 주는 사람이기를 바랐다. 은연사 주위가 온통 상사화로 불탈 때 공양주 보살이 짐 보따리 대신 앙증맞은 핸드백을 팔에 걸고 나들이나 올 수 있기를, 돌아갈 집이 있어 상사화 붉은 꽃에 마음을 빼앗기지 않아도 되기를…….

끊임없이 일을 찾아 절 주위를 얼쩡거렸지만 한낮의 적요는 심술궂은 터줏대감처럼 버티고 있었다. 남자는 기도 중인 여자가 있는 대웅전 쪽을 바라보았다. 여자는 온종일 그곳에 들어가 있어, 공양 때 아니면 얼굴 보기도 힘들었다.

남자는 벌써 두 번이나 여자가 묵는 방 아궁이 옆에 장작을 한 아름 쌓아 놓고 돌아왔다. 자기도 모르게 여자가 있는 법당으로 가는 시선을 붙들어 매기 위해 산속 곳곳을 돌다 내려온 길이었다. 세상은 간절히 손 내밀지 않으면 잡을 수 없는 것들 투성이라고 여자를 향해 질책을 날렸다가, 이제 절대로 여자에게 관심을 쏟는 일 따위는 없을 거라고 마음을 독하게 먹었다가, 하루에도 열두 번씩 마음이 뒤집어졌다.

남자는 간절히 원하는 것과 원해도 소용없는 것과의 구분에 철저히 익숙해지고 싶었다. 마음속 깊은 곳의 불온한 충동은 부항을 뜨듯 뽑아내야 삶이 온전히 지탱되는 것이라고…….

남자는 저녁을 먹는 둥 마는 둥 하며 밖으로 나왔다. 몸에 으슬으슬 한기가 돌았다. 시간 가는 줄 모르고 산속을 휘젓다 돌아와 밥도 겨우 지은 터였다. 그래도 주지와 여자의 방에 장작불을 넣어 주는 일은 거르지 않았다. 아궁이 앞에 앉을 때부터 온몸에 불이 붙은 듯 뜨거워지는 게 꼭 장작불 탓만은 아니었다.

방은 싸늘했다. 남자는 이불을 깔 기운도 없어 몸을 새우처럼 말아 붙이고 눈을 감았다.

남자는 꿈에선지 생시에선지 모르게 두텁고 긴 장작이 타닥타닥 타들어 가는 소리를 들었다. 방이 따뜻해지려면 원치 않아도 기다려야만 하는 시간이 있었다. 그 시간이 영겁처럼 멀게 느껴졌다. 몸이 부르르 떨렸다. 몸을 떨게 하는 것의 정체가 여자를 탐한 수치심인지, 위험수위에 다다른 욕망인지 알 수 없었다. 대형 산불로 온 산의 나무가 투둑투둑 갈라지며 타들어 가듯 심장에 벌건 열꽃이 피어올랐다.

시간이 지날수록 강도가 더해지는 고열 속에서 남자는 자기도 모르게 외쳤다. "소용없어. 소용없다고. 세상은 무엇 하나 거저 주지 않는다니까." 그러나 온몸의 혈전이 막힌 듯이 외침은 입 밖으로 나와 주지 않았다. 몽롱한 의식 속에서도 남자는 자신의 몸에 용수철이라도 달려, 원하지 않는 삶을 선택할 때 몸이 스스로 1000리 밖으로 튕겨나가 주기를 간절히 원했다.

"장작을 많이 태웠으니 곧 따뜻해질 겁니다."

아궁이 쪽에서 주지의 말소리가 꿈결처럼 들려왔다. 그랬구나……. 남자는 이불을 끌어다 머리까지 뒤집어썼다. 어서 주지가 가 주었으면 싶었다.

## 14

여자는 두 다리를 딱 붙이고 누각 마루에 앉아 간간이 울어대는 풍경을 눈이 아프게 올려다보았다.

"바람이 친구 하자고 손 내미는 건데 풍경은 저리도 매정하게 고개를 내젓는군요."

남자는 여자의 시선을 붙들어 보려고 애써 가볍고 장난스럽게 말을 걸었다. 그것만으로 계면쩍음이 다 눙쳐지는 게 아니라는 것쯤은 알고 있었다.

그러나 여자는 목례조차 보내오지 않았다.

남자가 간밤에 고열과 씨름하다 미친 듯 여자의 방을 찾았을 때도 여자는 눈길 한 번 주지 않고 싸늘히 내쏘았다. "저는 이곳에 기도하러 왔습니다." 오로지 그 한마디였다. 바람이 날카롭게 발톱을 세우고 문풍지를 긁어 대는 속에서 남자는 간밤을 꼬박 새웠다. 새벽 예불송이 울려 퍼질 때까지 풍경이 쉬지 않고 울어 댔다.

남자는 여자에게 간밤의 무분별함을 탓하는 서늘한 질책이라도 받아 보고 싶었다.

남자는 꽃무릅은 한 번 보고 가고 싶었다. 그러나 곧 접었다. 꽃무릅을 보면 얌이도 보고 싶고, 탑에도 인사 한 번 올려야 하고, 대웅전 부처님께도 절을 올려야 했다. 얌이가 새끼 낳는 것만 보고 가자고 약해지려는 마음을 잡은 게 잠시 전이었다. 남자가 할 수 있는 일은 고작 그것뿐이었다.

등산로와 절 집 들어서는 경계 지역에 서 있는 나무 간판이 작별 인사라도 하는 양 남자의 눈길을 잡아끌었다.

"물처럼 바람처럼 아니 온 듯 다녀가십시오."

남자는 그 앞에서 잠시 걸음을 멈추었다.

"눈 있고 귀 있고 입 있고 코 있고 몸과 마음 있어 힘드옵니다."

분명 전에는 없던 글이었다. 좁은 공간에 억지로라도 다 쓰고 싶었는지 띄어쓰기도 무시하고 촘촘히 매직으로 쓴 글씨였다.

누구였을까? 가던 길 멈추고 선문선답 같은 말을 남기고 간 자는……. 장난기 많은 등산객이었을까? 남자는, 영가(靈魂)는 눈이 없고 귀가 없고 입이 없고 코가 없고 몸과 마음이 없어 법력 있는 말을 들으면 인간보다 여섯 배나 빠른 속도로 제 갈 곳을 간다던 공양주의 말을 떠올렸다.

점심 공양을 알리는 목탁 소리가 뒤에서 들려왔다. 어제 들어온 열여섯 살짜리 행자가 떨리는 손으로 쳐 대는 것이었다. 남자는 맹렬한 식욕을 느꼈다. 굴과 새우, 오징어 따위의 해물들을 버무려 만든 전이나 얇게 썬 쇠고기에 갖가지 버섯을 섞어 우려낸 전골……. 무엇을 먹고 싶다는 감정은 실로 오랜만에 가져 보는 것이었다.

남자는 무거워서 어깨를 짓누르는 가방을 땅에 내려놓고 축구공처럼 툭툭 차며 내려왔다. 내리막길이라 가방은 쉼없이 굴러갔다. 그래 봤자 옷 몇 벌이 다인 가방이었다.

내리막이 끝나는 곳까지 내려와서도 가방은 보이지 않았다. 가속도가 붙어 구르고 구르며 저 멀리 마을까지 내려간 모양이었다.

남자는 은연사 쪽을 뒤돌아보고 싶은 마음을 가눌 길이 없어 애써 주지의 말을 떠올렸다. "생을 떠받치는 게 용기나 열정, 무모함만은 아니지 않겠습니까? 바람이 분 것도 깃발이 펄럭인 것도 아니지요." 간밤에 여자에게 거절당하고 나온 남자가 누각에 앉아 세 대째의 담배를 피울 때 주지가 옆에 와서 한 말이었다.

남자는 밑으로 저벅저벅 걸어 내려왔다. 마음은 영가보다 빨리 날고도 싶었지만 무엇인가가 자꾸만 자신의 발을 잡아당기는 것 같았다.

## 에필로그

남자는 친구로부터 곧 답장을 받았다. 5박 6일 이스탄불 여행 경비를 지불하는 것은 물론, 양쪽 집안의 애완견을 데려가는 방법에 대해서도 신경을 쓰겠다고 했다.

그리고 친구 역시 추신을 보내왔다.

> 추신: 자네도 알 수 없을지 모르겠네만, 궁금해서 도저히 참을 수 없는 게 있네. 남편을 위해 백일기도에 들어갔다는 여자 말일세. 그녀는 처음부터 사라진 100원 따위는 없다는 것을 알았을까? 참으로 궁금하네…….

남자는 친구의 추신에 답할까 말까를 오래 고민했다. 어떤 이유로든 산사를 내려오기 전의 일은 망각 저 깊이 던지고 싶어 하는 아내의 뜻을 존중해 주고 싶다는 건 핑계에 지나지 않았다.

다만 남자도 아직 모르는 게 있었다. 하루에 한 번씩 기계 속에 대고 바람났던 아내를 용서해 줄 것을 호소하는 어머니의 간절함에 이끌려, 아직 다 밟아 보지 못한 생에 이끌려 산을 내려온 지 3일도 안 되어 은연사 산길을 허위 허위 오른 이유를 설명하기는 힘들었다. 자시가 넘은 시각까지 법당에 앉아 있던 여자가, 마치 남자가 자신을 데리러 올 것을 알고나 있었던 듯 홀린 사람처럼 따라나서던 것을 무엇으로 설명할 수 있을까? 한밤에 들어선 남자의 기척에 새끼를 품어 더욱 예민해진 얌이가 쉴 새 없이 울어 대도 문 한 번 열어 보지 않던 주지나, 손전등 하나 없는 두 사람의 밤 행차를 무사히 인도하던 하얀 눈길에 대해서는 더 말할 바가 없었다.

한 가지 확실한 건 있었다. 산을 다 내려오기도 전에 남자가 더는 참을 수 없어 덮친 여자의 입술, 그것은 한밤의 추위 속에서도 장작불처럼 활활 타올랐다.

# 눈의 침묵

1

숨넘어가게 현관문을 두드려 대서 나갔더니, 옆집 여자가 인형이 든 비닐 봉투를 들고 서 있었다.

"오늘 안으로 다 해 주면 만 원 줄게."

옆집 여자는 내 눈앞에 비닐 봉투를 들어 보였다.

"이거 다 해도 6000원이 될까 말까하는 개수야."

눈짐작으로만 봐도 만 원은 과한 액수다.

어제도 여자는 인형을 들고 와 "이거 3000원 어치인데, 할래?" 했다. 한눈에도 가격에 비해 양이 많았다. 지금 든 건 만 원이 눈먼 돈이라는 생각이 들만큼 적다. 분명 둘 중 하나다.

여자가 어제 사기를 쳤거나, 지금 지나치게 호의를 베풀거나.

"어제 맡긴 것까지 내일 오전 중으로 넘겨야 돼. 그래서 내가 돈을 더 얹어서 주는 거야."

어제 것도 남아서 걱정스러웠지만, 나는 고개를 끄덕였다. 평소에도 "공장에 납품하는 거라고 너무 우습게 여기면 안 되지. 이것도 다 내가 신용이 있어서 6년 넘게 거래를 해 오는 중이라고."를 버릇처럼 달고 다니던 여자였다.

"나 부탁이 하나 있는데……."

여자가 갈 생각을 않고 어정쩡히 서 있는 이유가 있었던가?

"돈 있으면 5만 원만 꿔 줘. 은행 갈 시간도 없이 어디 급히 가야 겠기에 그래. 내일 꼭 갚을게."

나는 여자를 세워 두고 방으로 들어갔다. 생활비 넣어 두는 서랍을 열었더니 6만 원이 있었다. 하루 사이에 5만 원이 없어 큰일 나는 일은 없을 터였다. 더구나 오늘은 재혼 상담소 '나래'의 주선으로 남자를 보러 나가는 날이다. 남자 쪽에서 약속을 파기해 오지 않는다면 3만 원이 생길 것이다.

"아이가 없는 집이라 다르네. 애새끼가 둘이니 집에 돈 찾아다 두기 바쁘게 없어진다니까. 무자식이 상팔자라는 옛말 하나도 그르지 않아."

돈을 받아 든 여자가 말했다. 나는 습관처럼 '무자식이 상팔자'를 뱉어 내는 여자가 거슬렸다.

"내가 시간이 없어 다른 때보다 돈을 많이 쳐주는 건 알아야 돼. 다음엔 오늘 받은 돈 말하면 안 된다고. 알았지?"

나는 고개를 끄덕였다. 지금껏 돈을 놓고 여자에게 꼬투리를 잡은 적은 없었다. 여자가 인형을 받아 온다는 공장이 모래내 근처에 있다는 것만 알았지, 직접 가 본 적은 없었다. 여자가 공장 위치를 설명할 때 잘 알아듣지 못하게 뱅뱅 돌려서 말한다는 것도 오래 전에 간파했다.

어제 맡긴 것과 오늘 것을 가져가면 여자는 2만 원 정도를 받을 것이다. 일감이 많다는 이유로 일을 넘기면서 내 품삯을 갈라 먹는다는 것을 모르지 않았다. 굳이 아는 척하고 싶은 마음도 없었다.

관심이 없기는 개구리처럼 배가 불룩하고 다리가 짧은 노란 왕눈이 인형에 대해서도 마찬가지였다. 얼마에 팔려 나가는지, 먼지가 수북이 올라오는 시장 바닥 돗자리 위에서나 볼 수 있는 것인지, 고급스러운 바구니에 담겨 백화점 진열대 위에 오르는지…….

손바닥만 한 방들을 열두 번씩 훔쳐 내고도 시간이 남는다는 이유로, 시어머니와 마주 앉은 시간에 자연스럽게 침묵을 이어갈 수 있다는 이유로 선택한 일이었다. 나는, 검고 딱딱한 플라스틱 눈동자에 아교를 묻혀 떨어지지 않게 엄지손가락으로 꾹 눌러 주는 동안 쉼 없이 시간이 흘러간다는 사실만이 미더웠다.

남편의 귀가 시간이 점점 늦어지다가 외박이 늘어났을 때,

왕눈이 인형의 눈을 붙이는 작업이 아니었다면 나는 내 눈이라도 파서 벽에 붙였을지 모른다. 모래시계 속의 모래알보다 미세한 시간들이, 바닷속 깊이 가라앉은 맷돌이 지금도 갈아낸다는 소금처럼 무미하고 건조하게 쌓여 갔다. 그러다 급기야는 다리를 타고 허리를 타고 가슴을 타고 거대한 중량으로 목을 짓눌렀다. 나는 무로 화해 버리는 시간들을 몇 푼의 짤랑이는 돈으로 바꿔 예금통장에 차곡차곡 쌓아 두었다. 그럴 때도 분노는 목울대를 넘어 얼굴 근육을 마비시킬 듯 강도를 더해 왔다.

"이것, 내일 아침까지 다 해 줘야 된다?"

옆집 여자는 눈을 똥그랗게 뜨고 내게 다짐을 받아 내려고 들었다. 나는 누가 봐도 자신 없어 보이게 고개를 끄덕였다.

오늘 만나는 남자는 이혼을 두 번이나 했고, 다섯 살짜리와 세 살짜리 아들이 있다고 했다. 손찌검하는 버릇이 있거나, 의처증이 심한 남자인지도 모른다고 박 실장은 추정했다. 청계천에서 전자 기계 부속품을 파니 수입은 짭짤할 것이라는 게 그런 결론을 낸 근거였다.

몇 달 전, 신문에서 "영원한 반려자를 찾아드립니다"라는 문구로 시작되는 광고를 보면서 사정없이 가슴이 두근댔다. 직업란에 집 안에서 착실하게 신부 수업을 받는 중이라고 썼고, 취미는 등산과 독서라고 썼다. 성격을 기입하는 난에 '밝고 진취적임'이라고 쓰다가 잠시 손을 놓고 이건 정말 아닌데 하는 생각을 했다.

재혼할 사람이라도 만나겠다는 흑심을 품은 건 아니었다. 잠시 숨통을 틔우고 싶었을 뿐이다. 기혼자라서, 등본 때문에 회원 자격이 안 된다는 것도 몰랐으니까. 열 번의 만남을 주선하는 등록비가 50만 원이라는 것도 그곳에 가서야 알았다. 그날, 비밀 아르바이트를 해 볼 의향이 없냐고 은밀히 제의를 해 온 건 박 실장이었다.

## 2

시어머니의 콧물은 콧속으로 빨려 들어갔다 어이없이 흘러나오기를 반복해 댔다. '이젠 콧물 하나 간수를 못하네…….' 나는 통쾌함인지 염려인지 모를 눈빛으로 시어머니를 바라보았다.

"바깥양반, 요즘은 바쁜지 통 안 보이더만……. 언제쯤 집에 오는데요?"

통장은 아파트를 지으면 생기는 이득에 대해 말하다가, 갑자기 생각났다는 듯 묻는다. 그런 일은 아무래도 남자랑 상의해야 된다고 생각하는 모양이다. 나는 곧 온다고 말한다. 남편에게 여자가 생겨 집에는 한 달에 한 번 들어올까 말까라는 걸 알 만한 사람은 다 알 것이다. 그동안 옆집 여자의 입을 타고 흐를 만큼은 흘렸을 테니까.

이 동네 집들 대부분이 도장을 찍었다고 말하는 통장 앞으로 시어머니는 바싹 다가가 앉는다. 뭔가 말이라도 붙여 주기를 바라는 눈치다. 나는 통장이 시어머니의 삭누런 콧물을 보게 될까 봐 불편하다. 사체 유기라도 하다 들킨 사악한 며느리가 된 듯하다.

내가 민망해하는 사이, 콧물은 훅 소리를 내며 빨려 들어갔다. 새앙쥐 한 마리가 사방을 두리번대다 위험을 감지하고 쥐구멍 속으로 내빼는 것만큼이나 빨랐다. 통장도 그것을 본 듯했다. 시어머니는 자신의 콧속에서 벌어지는 일을 아는지 모르는지 통장의 얼굴만 뚫어지게 바라본다.

"남편이 오면 도장을 받아 둘게요."

나는 대충 말해 통장을 돌려보내고 싶다. 남편이 언제 올지는 알 수 없다.

"회사가 쓰러지기 일보 직전이야. 내가 아예 집 나가서 그 여자랑 뛰어다니지 않으면 당신도 어머니도 길바닥에 나앉아야 돼." 속옷까지 챙겨서 떠나던 남편의 말을 믿기도, 말기도 어려웠지만 나는 남편의 뒷모습을 오래 바라봤다.

"이 연립도 공사 구역에 들어간 건 정말 운이 좋은 거요. 시행사 쪽에서야 어떻게든 합의를 하려고 하겠지. 이 쪽이 모두 길로 만들어진다니까."

그렇다면 도장을 받으려고 혈안인 사람들이 아쉬운 것 아닌

가. 나는 알았다고 고개를 끄덕인다. 집값을 올리려면 어떻게든 시간을 끌어야 한다. 나는, 시어머니가 죽으면 이 집을 내 앞으로 돌려 주겠다는 남편의 친필 서류를 갖고 있다.

"돈 생기는 일이니, 서두르세요."

통장이 돈 생기는 일이라고 강조할 때 시어머니의 눈동자가 커지는 것을 나는 놓치지 않았다.

'이제 당신 아들은 오지 않아.'

나는 검버섯마저 바래 버린 시어머니의 얼굴을 힐끗 바라본다.

"이년들아, 내 아들 뺏어다가 이만큼 호강하면 됐지 뭐가 부족하냐?" 집안 식구들이 다 모인 제사상 앞에서도 며느리를 잡는 데 주저함이 없었던 여자. 두 손위 동서들은 시어머니라면 눈도 곱게 뜨지 않았다.

딸이 있는 유부남을 가로채 아들을 셋이나 낳고 살다가 조강지처마저 쫓아낸 시어머니의 득세는, 중풍으로 쓰러지던 해에 막을 내려야 했다. 큰며느리는 시어머니 병 수발을 드느니 이혼을 하겠다고 했고, 둘째 며느리는 자식들의 교육을 핑계로 캐나다로 떠났다. 나는 남편을 설득할 능력도, 이혼할 능력도 없었다. 그렇다면 남편은? 남편은 결손 가정에서 키울 수 없다고 버틸 자식도, 미래를 위해 먼 나라로 떠나야 할 자식도 없었을 뿐일까? 그리고 무엇보다도 힘없는 아내가 있었겠지…….

"나 물 한 잔 다오."

시어머니가 안방에서 작은 소리로 명령했다. 근래 들어 시어머니에게서 명령투의 말을 들어 본 적이 없었다. 참으로 오랜만이다. 나는 배불뚝이 인형에 눈을 붙이다가 플라스틱 컵에 물을 떠다 내민다. 시어머니가 놓친 유리컵이 마룻바닥에 박살나면서 준비한 컵이다. 시어머니가 아슬아슬한 동작으로 물 잔을 받아 입으로 가져가기까지의 과정을 다 지켜보려면 인내가 필요하다. 내가 조금만 거들면 금방 끝날 일이긴 하지만 내키지 않는다.

나는 물을 가져갈 때보다 빠른 걸음으로 돌아와 앉는다. 시어머니가 있는 안방까지는 멀지도 않고, 물 주는 게 힘들 것도 없는데, 어느새 내 입은 궁시렁거릴 준비를 한다. '돈 버는 일이라니까 떼돈이 생기는 줄 아는 모양이지?'

나는 안방에 앉은 시어머니를 흘깃 노려본다. 안방이라 봤자 내가 쓰는 방보다 두어 평 넓은 것이지만, 남편과 나를 작은방으로 밀어내고 그 방을 차지하던 날의 시어머니가 떠올랐다. 3년 전, 두 아들에게 박대를 받고 우리 집으로 들어온 시어머니는 일부러인지 좀처럼 상황 파악을 하려고 들지 않았다.

나는 점심으로 팥죽을 쑤려고 찬장에서 팥을 꺼내다가 도로 집어넣어 버렸다. 날 풀리면서 시어머니의 입맛이 부쩍 떨어진 듯해 생각했던 것인데, 귀찮고 부질없게 느껴졌다.

3월의 날씨는 연일 쌀쌀하다. 나는 작은방 창으로 놀이터에서 뛰어노는 아이들을 물끄러미 내려다보았다.

3

남자는 아이스크림에 꽂힌 미니 우산을 뽑아 빙글빙글 돌린다. 벌써 8시 30분이 넘었는데 저녁 먹자는 말도 않는다. 집을 나오면서 우유 한 잔을 마신 게 다였다.

"이혼은 왜 했어요?"

남자는 미니 우산을 만지작거려 공처럼 둥그렇게 만들면서 나를 바라보았다. 남자에게는 사람을 바로 보지 않고 눈을 치떠서 쳐다보는 습관이 있는 듯하다.

"남편은 술을 마시면 저를 심하게 때렸어요. 혁대로도 때리고, 물건도 던지고, 욕도 하고……."

나는 가능하면 몸서리도 치고 싶지만, 그 정도 감정까지는 잡히지 않는다.

내 대답에 남자는 시큰둥히 고개를 끄덕이고 만다.

"나는 신부감 고르는 기준에 변하지 않는 게 있습니다. 나이는 나보다 네 살은 어려야 되고요. 밖에 나가 사람들 앞에 섰을 때 어울린다는 인상을 풍겨야 되죠."

남자는 손장난을 멈추지 않는다. 잘게 접힌 초록색과 빨간색 습자지는 이쑤시개에 꽂혀 우산이 되었다가 뒤집히면 공이 되었다.

"그럼 이혼한 부인과도 네 살 차이였나요?"

"그럼요."

남자는 당연하지 않느냐는 듯 고개를 끄덕인다.

나는 박 실장에게 남자가 이혼한 지 4년이 지났고, 세 살짜리 딸이 있다고 듣고 나왔다. 무엇 때문에 네 살의 나이 차이를 고집하는지는 몰라도, 딸에게 좋은 엄마가 되어 줄 여자였으면 좋겠다고 말하는 게 옳지 않을까? 그러나 이런 자리에 나와 내 감정대로 처신하거나 입을 열면 곤란하다. 처음엔 무슨 말을 하건 조용히 들어 주고, 적당히 응수해 주라는 게 박 실장의 권고였다.

"저는 네 살보다는 열 살쯤은 많은 남자가 좋아요. 전남편은 동갑이어서인지 마누라 귀여워할 줄을 모르더라고요."

나는 남자가 줄기차게 매달리는 나이에 낚시를 걸어 본다.

박 실장은 나중에 발을 뺄 것을 의식해 적당히 거리를 두라는 말을 강조했다. 남자가 나를 거부한다면 박 실장은 내 쪽에서 애프터를 거절하는 전화를 해 왔다는 거짓말을 하지 않아도 될 것이다. 너무 많은 관심을 보이거나, 남자의 열등감을 자극하는 말들은 특히 주의해야 한다고도 했다. 지난번에는 남자의 키가 160도 안 된다는 걸 모르고, 키가 화제로 떠올랐을 때 실수를 했다. 그런 실수를 했다는 것을 안 것도, 박 실장의 전화를 통해서였다.

"서른 살이 확실합니까?"

남자가 이쑤시개로 만든 우산대를 분지르며 묻는다. 네 살이 어린 게 확실한지를 확인해 보려는 의도일까?

"맞아요. 이혼한 지 3년 되었고요. 딸아이가 세 살이에요."

나는 말해 놓고 나서 머리가 쭈뼛 올라가는 것을 느낀다. 딸아이 나이가 두 살이라고 했던가?

"두 살이 아니고요? 두 살이라고 듣고 나왔는데요?"

남자의 미간이 좁아지면서 이마에 주름이 가득 잡힌다.

"맞아요. 개월 수로 따지면 두 살이지요. 12월생이라 한 달 차이로 왔다갔다 하거든요."

남자는 또 한 번 툭 분질러 세 토막이 된 이쑤시개를 엄지손가락과 검지손가락으로 비비적거린다.

"난 벌써 열 번째요."

남자는 들릴 듯 말 듯 한숨을 내쉰다. 목소리엔 약간의 조롱기도 섞였다. 나는 갑자기 긴장되어 숨을 훅 들이쉰다. 이유는 모르지만, 남자는 내가 마음에 들지 않는 듯하다. 이번에도 틀렸다는 생각에선지 표정도 착잡하다.

그렇다면 이제 남자의 마지막 기회가 날아간 셈인가? 약속 장소에 나오기 전 박 실장이 내게 귀띔했다. "우리 경험으로 보면 열 번을 채우고도 짝을 못 찾는 남자들은 좀 문제가 있어. 그런 사람들은 누굴 붙여 줘도 마찬가지야."

남자들은 열 번째 파트너와 연결이 안 되면 또 한 번의 등록을 하게 되는 것일까?

나는 2년제 대학을 나와 9년간 꽃집을 운영하는 미스가 되었다가, 결혼 5년 만에 이혼한 여자가 되었다가, 가족들을 부양하느라 혼기를 놓쳐 버린 노처녀도 되었다. 엇비슷하게 짝을 맞춰 내보내는 자리에서 내가 맡은 역할은 적당히 시간을 때우다 들어오는 일이었다. 주로 열 번째 파트너로 나갔고, 상대를 거절하는 일은 박 실장이 맡아 주었다. "애프터를 신청받으면 일단 예스로 답하고 나오면 돼요. 나머지는 다 우리가 알아서 해요. 무슨 말인지 알죠?" 박 실장은 은밀하게 말했지만, 그것이 열악하게나마 수익을 내며 재혼 상담소를 유지해 나가는 방법이라는 말까지는 해 주지 않았다.

나는 그쯤에서 배가 아프다는 핑계를 대고 그만 일어나야겠다고 마음먹는다. 남자 역시 내가 핑계를 대고 빠져나오려는 것에 별 불만이 없는 듯하다. 아니, 남자 쪽에서 먼저 그걸 바랐는지도 모르겠다는 생각이 든다. 대체 남자는 내 어떤 점이 마음에 들지 않았던 것일까? 아주 잠시였지만, 나는 그게 몹시 궁금했다.

커피숍 계단은 현기증이 날 만큼 가팔랐다. 7시에 늦지 않으려고 허둥지둥 올라올 때는 몰랐다. 이렇게 길었던가? 몸을 옆으로 돌려 벽에 손을 짚으며 내려왔다. 오를 때와는 달리, 한 달 사이에 3킬로그램이 쪄 버린 몸을 감당하기에 하이힐은 역부족이었다. 벌어진 어깨와 뱃살로 통통해진 허리, 억지로 껴입은 투피스가 불편하고 어색했다.

남자와는 계단을 다 내려와서 헤어졌다. 50미터 근방에 종로 3가 전철역이 있었다. 나는 종로 2가 쪽으로 걸음을 떼어 놓았다. 굳이 그럴 이유가 없는데도 남자와 반대쪽으로 가야 할 것만 같았다.

종로는 벌건 대낮처럼 밝았다. 나는 적당히 허름한 분식집에 들어가 우동을 시켰다.

젓가락에 잡힌 우동 한 가닥이 미끄러져 그릇 속으로 쭈르르 빨려 들어갔다. 나는 젓가락을 모아 쥐고 악착스럽게 건져 낸 우동 발을 입에 넣고 오래오래 씹었다. 국물 한 방울 남기지 않고 우동 그릇을 비웠다.

거리의 시티비전은 10시를 넘겼다. 나는 대로변을 하릴없이 걷다가 포장마차들이 즐비한 뒷골목으로 들어섰다. 포장마차 안에 들어가 앉자마자 젊은 남자가 김이 올라오는 오뎅 국물을 내왔다. 나는 쭈빗거림 없이 소주와 해물 전을 시켰다.

좀체 술발은 오르지 않았다. "남편은 술을 마시면 저를 때렸어요. 혁대로도 때리고, 물건도 던지고, 상스럽게 욕도 하고……." 나는 감정까지 넣어 오늘의 내 역할을 재연해 보았다.

남편은 내게 욕을 하지도 않았고, 떠나는 이유를 말해 주지도 않았다. 나는 마흔도 안 된 나이에 자궁을 들어낸 아내가 부담스러웠던 거라고 짐작할 뿐이었다. 좌절을 맛보게 한 죄를 물어 남편이 내게 흠뻑 매질이라도 했더라면…….

맞은편의 포장마차에서 아코디언을 부는 옆집 남자를 본 건 무작정 들이켠 소주로 목이 타 올라 오뎅 국물을 더 청할 때였다. 목에 걸고 양손으로 주름 상자를 늘였다 줄였다 하며 소리를 내는 아코디언은 꼭 장난감 악기 같았다.

"에잇 아저씨, 너무 못 분다. 그렇게 불러서 어떻게 떠나간 여자가 돌아와. 완전히 「갈대의 순정」풍이구먼. 돈은 못 주겠어. 잘 했어야 주지. 아저씨, 대신 이 소주나 한잔 받아. 술이니까 술술 넘기고."

서른이 넘었을까 싶은 사내는 꼬인 혀로 옆집 남자에게 반말을 일삼았다. 옆집 남자는 돈을 못 받아 서운한 얼굴로 사내가 내미는 소주를 받아 마시고, 기본 안주로 나오는 오이를 집어 먹었다.

옆집 남자가 술이 올라 벌개진 얼굴로 또다시 테이블을 돌았지만 연주를 신청하는 사람은 없었다. 옆집 남자는 부담 없이 들으라고, 돈은 연주가 끝나고 기분이 좋으면 1000원만 주셔도 좋다고 사정을 하듯 말했다. 그러나 애써 허락을 받아 「목포는 항구다」를 연주한 후에도, 돌아온 건 소주 한 잔이었다.

4

"할머니, 운동하러 가세요?"

현관문 밖에서 들려오는 건 옆집 여자 목소리다. 그녀는 시어머니와 마주칠 때마다 매번 수선스럽게 인사를 한다.

놀이터에 가는 길이라고, 시어머니는 우물우물 대답한다.

계단을 총총총 내려가는 옆집 여자의 발소리가 들린다. 시어머니는 아마도 "중풍 걸려 자리보전하다가 일어난 것만도 천행이라우. 열심히 운동을 해서 기력을 회복시켜 놓아야 우리 아들이 와서 보고 좋아하지."라거나 "귀찮아서 안 움직이면 살이 찌잖아. 늙은이가 너무 살쪄도 흉물스러워." 따위의 말을 하고 싶었을지도 모른다. 그러나 그 말을 다 듣고 있을 만큼 옆집 여자가 시어머니에게 관심이 있는 건 아니다.

운동이라니……. 시어머니가 아래까지 다 내려가려면 30분이 걸린다. 계단을 한 칸씩 내려갈 때마다 난간을 잡고 간신히 한 발을 떼고, 계단참에서는 오래 숨을 골라야 한다. 지팡이 잡을 힘마저 없어진 시어머니는 어느 날 홀몸이 되었다.

작은방 창으로 놀이터 벤치에 앉은 시어머니의 뒷모습이 보인다. 시어머니는 동네 여자들이 놀이터에 모여 앉아 수다를 떠는 것을 시력이 약해진 눈 속에 담을 것이다. 딱딱한 나무 의자에 앉아 있기 지치면 두 손과 두 발에 기합을 넣듯 힘을 주어 몸을 일으킬 것이다. 기합을 넣을 때 힘이 나는 대신 뼈가 다칠지도 모르는 위험을 감수하기는 한 것인지.

작년 이맘 때 시어머니의 엉덩이뼈가 부러져 병원 신세를 졌던 생각을 하면 지금도 오싹하다. 그때만 해도 남편이 드러내 놓고 여자 집으로 퇴근하지는 않았다. 다리도 주물러 주고 어깨도 주물러 주던 효자 노릇이 오래 가지는 않았지만, 시어머니는 한여름의 쓰르라미처럼 기세가 좋았다. '이것 봐라. 네

년이 아무리 그래도 내 뱃속에서 나온 놈이다.' 나를 향한 과시가 눈빛 가득 넘쳐났다. 그러나 그건 시어머니의 흐려진 눈에서 나온 판단이었다. 남편은 시어머니가 아니라 내게 미안해서 그렇게라도 집에 온 것이었다.

'당신도 눈치는 챘을 거야. 내가 남편 앞에서 당신의 부러진 엉덩이뼈를 지나치게 염려하는 척했다는 걸. 그래서 내게 호랑이보다 더 사나운 눈길을 줬던 거잖아. 그 순간 당신도 내게 연민이라는 게 일었는지는 알 수 없지. 떠나가려는 남편을 잡기 위해 비굴한 웃음을 피우던 힘없는 며느리에게……. 이제 당신이 몸을 움직여 할 수 있는 건, 하루에 한 번 놀이터를 다녀오는 일 뿐이잖아. 그래, 인생을 그런 것에 의지하게 되는 날이 오리라는 걸 당신도 몰랐겠지.'

시어머니는 그네 옆 벤치에 졸 듯이 앉아 있다. 철봉에 매달리거나 놀이 기구를 타던 아이들이 거의 다 들어가 저물녘의 놀이터는 쓸쓸하다.

"네년이 우리 집안 새끼 하나만 낳았어도 내게 이러지는 않는다. 내 아들 오면 네가 나 괄시한다고 혼내 주라고 할 테다." 시어머니는 대 이을 자식이 없어 기가 죽는 건 순전히 남자들이라고, 밖으로 돌며 할 짓은 다 하는 아들을 측은하게 여겼다.

나는, 처자 있는 남자를 뺏어 아들 셋 낳아 기른 게 인생 최대의 경력인 시어머니의 뒷모습을 바라본다. '그 아들들이 다 당신을 거부했다고…….'

지난달 생활비는 남편과 함께 사는 여자가 직접 들고 왔다. 서른다섯의 노처녀인 그녀는, 자신을 향해 웃어 보이는 시어머니를 향해 차가운 표정을 날렸다. 시어머니는 아들을 유혹해 집을 나오게 하고, 온몸에 저승 꽃이 핀 노모를 버리게 만든 그녀에게 비굴한 웃음을 보였다.

'그래, 그대로 앉아서 서리를 맞건 이슬을 맞건 내가 알 바 아니지. 당신 말대로 내가 당신 집안 핏줄을 낳은 것도 아니고.' 나는 점점 심기가 사나워진다.

5

놀이터에 내린 어둠이 짙어 갈수록 근처 아파트에서 뱉어내는 불빛은 강렬해졌다. 두 번이나 벤치에서 일어나 주위를 살펴봤지만 남자의 모습은 보이지 않았다. 나는 시계를 보았다. 8시였다.

우정 약국, 수민 수학교실, 약속 기원, 스포츠 마사지, 선일 교회, 비즈니스 노래주점, 옥 사우나……. 아파트 단지 주위로 퍼진 간판들을 일일이 훑어보고, 그네에서 벤치로 옮겨앉았다. 7시가 넘어서 저녁을 먹었지만 속은 헛헛했다.

남자가 나타난 건 9시가 넘어서였다.

"씨팔년! 너 잘 걸렸어. 긴 말 필요없어. 내가 나래인지 날라리인지에 낸 50만 원을 니가 물어내든지, 그 돈만큼 밤마다 씹을 대 주든지 해. 안 그러면 너도 죽고 나도 죽어. 뭐, 딸이 하나 딸린 청상과부라고? 내가 너랑 그 실장이란 년이랑 짜고 고스톱 친 거 다 아니까, 발뺌하려고 하지마. 그 실장이란 년은 오늘 사무실에 가서 작살을 내 버리고 왔어. 니년은 그래도 착하게 생겼길래 이 정도에서 봐주는 거야."

나는 저녁에 먹은 오뎅 국이 올라올 것처럼 속이 메슥거렸다.

"어떻게 할 거야, 이 씨발년아?"

눈을 꾹 감고 진정을 시켰는데도 속이 울렁거렸다.

남자는 보름 전쯤에 만난 사람이었다. 어린 아들과 딸을 두고 마누라가 도망을 갔다고 했다. 나는 그의 열 번째 파트너였다. 박 실장은 남자에 대한 사전 정보를 주면서부터 개인적인 감정을 드러냈다. "꼴에 자존심은 세고, 아주 힘든 인간이야. 돈도 좋지만 정말 그런 회원은 안 받는 게 나아. 꼴에 눈은 좀 높아. 키 160센티가 넘지 않으면 안 만나겠데요. 애가 하나 정도 딸려 있어도 감수를 하겠다나. 그 정도면 감지덕지지 무슨 감수야?" 박 실장은 내 키가 160이 넘으니 아주 적격이라고 말하면서도, 남자의 인격이 형편없다는 것을 강조했다.

"어떻게 할 건지 빨리 말해, 이년아!"

남자는 처음보다는 누그러진 목소리로 다그쳤다. 눈을 멀뚱히 뜨고 자신을 올려다보는 나를 보면서 마음이 약해진 것일까?

남자가 나를 착하게 봤다는 건, 내가 낸 음식 값 때문이었을 것이다.

약속 장소로 잡은 경양식 집에서 스테이크를 시켜 먹었다. 자꾸만 간절하게 바라보는 남자의 눈길을 뿌리칠 수 없어 나는 다음 날 또 보자는 제의에 고개를 끄덕이고 말았다. 거절을 해 보다가 안 되면 일단은 자신을 믿고 응하라는 박 실장의 말이 떠올라 크게 걱정하지는 않았다.

카운터 앞에서 양복 호주머니 속을 부리나케 뒤지는 남자의 손을 본 것은 자리에서 일어나면서였다. 그날 수고비로 받을 3만 원이 깡그리 날아가는 것이었지만, 나는 기꺼이 식사값을 냈다. 돈이 아깝지는 않았다. 서른아홉이라는 남자의 목에, 손에, 이마에 여실히 드러나 보이던 주름살 때문이었다. 남자는 주룩주룩 내리는 비를 피해 처마 밑으로 날아든 새 만큼이나 축축이 젖어 있었다. 내가 그에게 연민을 느꼈던 건, 그 순간 사람은 다 끼리끼리 만나게 된다는 생각이 든 탓이었다. 나는 남자에게서 내 추레함을 보았다.

"뭔가 오해가 있었던 것 같아요. 사실 나도 댁이 화를 내는 건 이해해요. 하지만 딸아이가 갑자기 큰 병으로 입원을 하는 바람에 재혼이고 뭐고 정신이 없어진 거예요."

나는 최대한 남자를 진정시켰다. 남자의 불량기는 약한 자 특유의 겁에서 나왔음을 간파한 후의 자신감이었다.

"몸도 성치 않은 딸아이를 데리고 어떻게 재혼을 하겠어요?"

다 박 실장이 짜낸 대사였지만, 내 목소리는 내가 듣기에도 애처롭다. 남자가 차츰 머쓱해하는 듯 보였다. 거짓말인 줄은 빤히 알지만 곱게 속아 주겠다는 표정으로도 보였다. 박 실장의 말이 맞았다. 박 실장은 일단 내가 직접 남자를 만나서 달래 보는 방법밖에 없다고 사정사정 해 왔다.

아파트 단지의 불빛 때문에 남자의 얼굴은 더욱 초췌해 보인다. 분노 때문인지, 추위 때문인지 유별나게 큰 눈에서 금방이라도 눈물이 뚝뚝 떨어져 내릴 것만 같다. 나는 남자를 외면하고 싶다. 깃털이 같은 새는 함께 앉기를 거부한다고 했던가.

"너 그날 밥 안 샀으면, 오늘 내 손에 죽었어."

남자가 내 앞으로 한 발 바싹 다가선 순간, 남자의 몸에서 넘실대던 술 냄새가 내게로 확 옮겨 붙었다. 남자의 얼굴도 밤바람으로 긴장되어 퍼렇다. 내가 침착하게 말을 뱉어 내는 것과는 달리 다리를 달달달 떤다는 걸 남자가 알아챈 것일까? 나는 더 이상의 대꾸도 없이 무너지기 일보 직전인 그의 눈만 뚫어지게 바라보고 서 있었다.

"엿 먹어라. 지미 씹이다."

남자는 호주머니에 두 손을 푹 찔러 넣은 채 침을 찍 뱉고는 뒷걸음질로 놀이터를 떠났다.

나는 남자의 모습이 보이지 않게 되었을 때에야 놀이터 벤치에 쓰러지듯 주저앉았다. 한동안 그대로 앉아 울렁거림을 다스렸다. 대각선 방향으로 남자와 내가 스테이크를 먹었던 경양식 집이 보였다. 그곳은 주위의 화려한 불빛에 밀린 듯 희미하게 간판을 드러냈다.

왕눈이 인형을 생각해 내기까지 나는 막상 갈 곳이 떠오르지 않아 휘황히 밝은 불빛들 속에 막막히 앉아 있었다.

## 6

"내 돈 내고 먹은 것도 아니고, 얻어먹었어. 공짜 술 얻어먹은 것도 죄야? 아니지. 공짜 술도 아니지. 내가 아코디언 불어 주고 얻어먹은 술이야. 나쁜놈들. 술 인심은 넘치고 넘친다니까. 만 원은 감지덕지고, 1000원짜리라도 한 장 던져 달라고 부른 내 연주를 형편없다고 깔아뭉개고. 돈 많아서 펑펑 술 사 마시는 지들이 뭘 알아? 두 아들놈들 때문에 자존심도 없이 길거리에 나선 내 마음을 알아? 왕년에는 나도 밴드 출신이었다고. 시내 유명한 나이트클럽에서 서로 데려가려고 했어. 알기나 해?"

계단을 울리며 올라오는 폼이 옆집 남자였다. 고개를 들어 시계를 올려다보았다. 밤 12시가 넘었다. 그제서야 허리와 어깨가 쑤셔 왔다.

옆집 남자가 두드리는 건 우리 집 현관문이었다. 퉁퉁퉁 문 두드리는 소리가 요란했지만 나는 묵묵히 앉아 인형의 눈을 붙였다. 인형들 속에 푹 빠져 있는 다리도 일으켜 근육을 풀었다. 발이 저려 콧잔등에 침을 찍어 발랐다.

"문 열어. 내 돈 내고 먹은 것도 아니고 얻어먹었다고. 그것도 죄야? 내가 내 피 같은 아들놈들을 걸고 맹세한다. 진짜로 공짜술 얻어먹었다니까."

옆집 남자는 현관문에 딱 붙어서서 숫제 소리를 질러 댔다.

"왜 안 믿는 거야? 내 말 좀 믿어 달라니까."

옆집 여자가 나오지 않고서는 끝나지 않을 주정이었다. 나는 제 돈 내고 술 마신 남편이 미워 끝내 문을 열어 주지 않는 악독한 여편네가 된 기분으로 왕방울만 한 인형의 눈을 하나하나 붙여 나갔다. 옆집 여자는 돈을 벌어 오지 못하는 남편 때문에 속 썩는 것만 빼면 원도 한도 없다고 했다.

"웬수. 웬수. 나가 뒈져. 말 못 알아듣는 인간은 똥통에 밀어 넣고 3박 4일 가둬 놔야 돼."

옆집 여자의 악다구니였다. 뒤이어 아이들 둘이 밖으로 우당탕 뛰어나오는 소리가 들려왔다. 아버지에게서 옮겨 튈 흙탕물을 피해 도망 나오는 중이었다.

"염병하네. 아휴, 내 염장 지르려고 태어난 인간아……."

나는 귀를 막듯 눈을 꼬옥 감았다.

"아줌마, 문 좀 열어 주세요."

나는 못 들은 척했다. 마루 불을 끄기에는 이미 시간이 늦었다. 아이들은 문을 쾅쾅쾅 쳐 댔다. 제 엄마에게 잡히지 않기 위해서라면 밤새도록 두드려 댈 기세였다.

옆집 여자와 내가 동시에 문을 열어 아이들은 제 엄마의 손에 잡혔다. 원망하는 눈빛을 제 엄마에게가 아니라 내게 보내는 아이들을 나는 뜨악하게 바라보았다.

"이리 와 이놈들아. 니들 아버지가 어떤 인간인지 오늘 똑똑히 좀 봐 봐."

한 손으로는 큰아이 뒷덜미를, 다른 손으로는 작은아이 손목을 끌고가는 옆집 여자는 막 전의가 불타오른 전사 같았다. 아이들이 무슨 죄냐고, 아이들 대신 자신에게 벌을 주라고 남편이 손이 발이 되게 빌어 대기 전에는 끝나지 않을 한바탕의 전투가 예상되었다.

"그만해. 제발 그만해라. 내가 한 번만 더 술을 마시면 진짜 저놈들 뱃속에서 나왔다. 엉? 인자 됐지? 엉?"

드디어 자식놈들 뱃속에서 나온 사람이 되겠다고, 옆집 남자는 또 한 번의 맹세를 하고야 말았다.

누구나 위기의 순간에 펼쳐 드는 주문 한 가지씩은 지니고 있기 마련인가? 옆집 남자가 독 오른 마누라의 서슬을 피할 때 쓰는 요술 방망이는 언제나 '피 같은 내 아들놈'이었다. 덕분에 옆집의 두 아이들은 툭하면 도마에 올랐다.

"아빠, 앞으로는 우리를 봐서라도 정말 술 안 먹고 열심히 연주해서 돈도 많이 벌어 오는 거다. 정말이다? 정말 우리 손가락 걸고 약속한 거다?"

옆집의 작은아이가 제 어머니에게 종아리를 맞으며 부르짖는 소리가 들려왔다.

시어머니는 개그맨들이 나와 배꼽을 잡으며 웃고 떠들어 대는 텔레비전 속에서 얼굴을 돌려 옆집의 소란 속으로 귀를 기울인다. 시어머니의 얼굴에 살풋 웃음기가 돈다. 그것은 이제 한여름 땡볕에 말라 가는 풀포기처럼 시들해지는 시어머니의 귀청을 뚫어 주는, 살아 있는 소리일까?

나도 오늘은 솜으로 귀를 틀어막지 않는다. 옆집 아이들에게 숙명처럼 할당된 매질은 행복한 생활을 위한 한 편의 짧은 쇼 같았다. 요란을 떨어 대는 것에 비해 전투는 언제나 길지 않았다.

7

서두르는 날은 꼭 일이 꼬인다. 종로까지 한 번이면 가는 버스를 두 대나 놓쳤다. 앞차는 내가 잠시 딴 생각을 하는 사이에 뒤에 섰다가 지나갔고, 뒷차는 내릴 사람이 없었는지 정차도 안 했다.

오늘 만나는 남자는 까다롭고 잘난 척하기 좋아하니 특히 신경쓰라고 박 실장은 단단히 주의를 주었다. 몸에서 식은땀이 흐른다. 결혼할 수 없는 조건들만 줄줄이 갖춘 사람들을 상대할 때가 차라리 마음이 편하다. 나는 긴장 속에서도 오늘의 내 역할은 결혼 경험이 한 번도 없는 서른셋의 여자라는 걸 기억해 내었다. 그것 말고도 박 실장이 특별히 당부한 말이 있었는데 떠오르지 않는다.

박 실장이 말한 커피숍은 반대편 길에 있었다. 대각선으로 보이는 그곳에 가려면 서둘러 횡단보도를 건너야 했다. 불이 바뀌기 전에 뛰려고 가방을 추스리다가 나는 땅에 발이 묶인 듯 멈춰 섰다.

바로 몇 걸음 앞에서 걸어가는 사람은 분명 남편이었다. 나는 눈을 똥그랗게 떴다. 지난달에 생활비를 건네주고 갔던 여자가 남편의 팔에 찰싹 달라붙어 가고 있었다. 나는 하마터면 남편을 부를 뻔했다. 지난번에 여자는 분명히, 남편은 일본으로 도망갔다고 했다. 때문에 그것이 마지막 생활비가 될 것이라고.

나는 여자의 손을 잡고 퇴근 인파 속으로 사라져 가는 남편의 뒷모습을 멍하니 바라보았다.

침대를 수입해 팔았던 회사가 불경기의 여파로 문을 닫는 위기에 처할 때마다 집을 줄이고, 적금 통장을 깨고, 결혼 예물까지 팔아 가며 함께 살길을 찾았던 그 남편이 맞단 말인가? 남편에게 여자가 있다는 사실을 처음 알았을 때보다도 깊은 절망감이 걸을 힘마저 앗아갔다. 그럴 수는 없다고, 남편일 리가 없다고, 나는 종로 한복판에 서서 오래오래 눈을 깜박거렸다.

옆집 남자가 취한 몸을 이끌고 저벅저벅 계단을 올라오는 소리가 들려왔다. 발걸음 소리가 질질 끌리는 걸 보면, 오늘도 그의 사랑 노래는 1000원 대신 소주 한 잔에 팔린 듯했다.

방 안은 인형들로 꽉 찼다. 아직 눈이 붙지 않은 인형, 본드가 접착력을 발휘할 때까지 기다리는 인형, 왕방울 눈이 다 붙어 나를 빤히 올려다보는 인형…….

시계가 새벽 2시를 알려 왔을 때, 나는 장식대 서랍 속에서 주민등록등본을 꺼내 보았다. 남편과 내가 부부로 올라 있는 문서였다.

어떤 악사가 천금을 받기로 약속하고 왕 앞에 나아가 정성을 다하여 음악을 연주했다. 연주가 끝난 후 악사는 연주료를 요구했다. 그러자 왕은 약속한 돈을 주지 않고 이렇게 말했다. "너의 연주는 훌륭했다. 그렇지만 한낱 나의 귀를 즐겁게 하였을 뿐이다. 내가 네게 천금을 주겠다고 한 것도 다만 네 귀를 즐겁게 한 것뿐이다."

내가 남편과 누렸던 사랑도 알고 보면 그토록 공허하고 무심한 게 아니었을까? 마치 악사의 음악과 왕의 약속처럼……. 나는 흠칫 몸을 떨었다.

몇 달 사이에 만난 여러 명의 남자들이 줄줄이 떠올랐다. 식사 때 상대방을 보지도 않고 걸신들린 듯 식사를 끝내 버리는 예의 없음과 대화 중에 상대의 말을 싹둑싹둑 잘라 버리는 무례함을 보이면서도 자신의 흠은 적녹 색맹인 것 한 가지라고 의심 없이 말하던 남자, 결혼하면 아이를 다섯 명은 낳아서 기르고 싶다던 마흔 살의 남자, 대면한 지 몇 분도 안되어 화려한 결혼 생활의 청사진을 펼쳐 보이던 남자……. 그들 대부분은 영원한 반려자를 찾겠다고 눈을 빛냈다.

나는 밤에 일을 마치고 나오다가, 불빛이 휘황한 24시 편의점 앞에서 박 실장에게 전화를 걸었다. 바닥을 보일 때까지 꾸역꾸역 마신 소주가 불러다 준 용기였다. "제게도 근사한 사람 한 명 소개시켜 주세요. 헛된 약속 따위는 않는 멋진 남자로요." 내 바람이 이루어진다면 나는 과감히 잊고 용서할 수도 있을 것 같았다. 내 도둑맞은 세월에 대해, 도깨비놀음처럼 허황된 사랑의 언약에 대해…….

자려고 침대로 올라가다가 나는 장식장 밑에 처박힌 인형을 보았다. 다시 내려와 꺼내 보니, 오른쪽 눈동자가 달아나고 없었다.

나는 본드를 흠뻑 짜서 인형의 왼쪽 눈동자도 다시 붙였다. 시장 구석에서든, 고급 상점의 진열장 속에서든 또록또록 세상을 보게 하고 싶었다. 내가 배불뚝이 인형을 처음 보았을 때, 무엇보다도 마음에 든 건 바로 그 왕눈이었다.

나는 빈속으로 잠들었을 시어머니의 팔에 두 눈을 딱 붙인 왕눈이 인형을 가만히 눕혀 놓았다. 시어머니의 입에서 흘러나온 침으로 흰 베개가 누렇게 얼룩졌다.

# 길고 검은 강

## 1

세 평짜리 가게를 떠나면서 왜 불쑥 아버지가 떠올랐는지 모르겠다.

나는 지금도 아버지의 진짜 꿈을 모른다. 성공할 거라고, 이대로 끝나지는 않을 거라고, 자신이 그렇게 호락호락한 줄 아느냐고 아버지가 술 정신으로 부르짖었던 대로, 하찮은 사람은 아니었을 거라고 생각하는 정도다.

작년 어느 날 아침, 아버지는 어머니에게 500만 원을 가로채 가면서도 "이까짓 게 돈이야? 내가 열 배로 불려 올게. 이번에 동업하는 사람들은 확실하다고. 이 정인수를 뭘로 보고 그래." 했다.

어릴 때부터 질리게 들어 온 그 말이 아버지에게서 듣게 될 마지막 말이라는 걸 나는 몰랐다.

500만 원, 그건 좀 더 넓은 전셋집으로 가기 위해 어머니가 한 푼 한 푼 불려 놓은 돈이었다.

어머니는 아버지 몰래 돈 간수를 하기 시작하면서부터 여자로서의 인생은 끝났다고 했다. 아들로 태어난 민석이 하나만은 어떻게든 대학을 보내겠다는 게 인생 최대의 목표가 되어 가면서야 다시 살아갈 힘이 생겼다던가. 그때가 언제인지는 몰라도, 아버지가 말하는 꿈에 어머니가 더 이상 속지 않게 되었다는 의미일 것이다.

아버지가 집에 돈이라는 걸 들고 왔던 때가 있긴 있었다. 어머니가 친정 쪽 친척에게 사정해서, 아버지에게 서점 카운터 보는 일을 하게 했을 때다. 그러나 월급을 단 한 번 받아 보는 것으로 끝난 일이었다. 그때도 아버지는 그랬다. "야, 이 인간 정인수가 서른 평밖에 안되는 책방에서나 굴러먹을 시시한 놈인 줄 아냐?"

액세서리들을 진열해 놓은 유리 장식장과 의자 하나가 덜렁 놓인 이곳에서 나는 10년을 보냈다. 7년간이나, 직원이 몇 안 되는 회사의 경리로 떠돈 연후에 차린 가게였다. 유리문을 통해 들어오는 건 맞은편의 사진관과 시장을 오가는 사람들뿐이었다. 손님이 없을 때마다 거리로 나와 사지를 비틀어 대고 들어가는 배불뚝이 사진관 남자를 나는 하루에도 몇 번씩 봐야 했다. 그의 뱃살은 겨울과 여름에는 알 밴 개구리처럼 튀어나왔고 봄가을에는 여치처럼 홀쭉해졌다. 그는 겨울에는 담요를 목까지 끌어올려 덮고, 여름에는 하나 입은 러닝셔츠를 들추어 부채 바람을 휙휙 집어넣는 게 일이었다.

이제는 세상 끝에 와서 묻혀 버린 듯한 느낌이 드는 이곳을 떠날 수 있다. 길가 아무 데서나 하품을 해 대는 사진관 남자를 더 이상 보지 않아도 되는 것이다. 어쩌면 나는 10년을 하루같이 이런 날을 꿈꾸어 왔는지도 모른다.

변두리 시장통 구석에 박힌 서너 평짜리 가게에 권리금을 주면서 들어올 사람이 어디 있겠냐고, 적당히 포기했던 돈을 700만 원이나 받았다. 가게를 계약하러 온 중년 여자는 척 보기에도 걸걸한 타입이었다. 자신이 보기에 딱 500만 원이면 될 것 같은데 행운의 7자 덕을 보려고 200만 원을 더 쓴다고 호탕하게 나왔다. 가방 속에서 수표 두 장을 거침없이 내놓는 여자에게 나는 "가게가 안 돼서 나가는 게 아니에요. 이곳에서 돈을 벌어 명동으로 나가는 걸요." 했다. 얼마나 뿌듯하고 자랑스러웠는지 말할 때 코끝이 다 찡해 왔다.

여자에게 말했던 대로 나는 이곳에서 돈을 벌었다. 변두리에서 액세서리가 많이 나갈까 싶어 모자나 가방 등을 레이스 실로 떠서 팔기도 했다. 내 손으로 짠 스웨터에, 큐빅이 촘촘히 박힌 고추잠자리 브로치를 달아서 주부들에게 팔 때마다 내가 꿈꾼 건 명동으로의 진출이었다.

월세에서 전세로 가고, 1평 땅을 2평으로 늘리고, '신촌이 10분 거리인 걸요'라며 사는 곳을 말해야 하는 지역에서 휘황하게 불빛이 번쩍대는 곳으로 이동하고……, 순차적으로 그렇게 이뤄 가는 게 성공이라고, 나는 망설임 없이 말할 수 있다. 그럴 때 떠오르는 아버지의 모습은 별수 없이 초라하고 허풍스럽고 억지스럽다. 기회만 닿으면 성공을 부르짖었던 사람, 성공을 담보로 하는 것이라면 이 세상 끝까지라도 갈 수 있었던 사람……. 아버지의 꿈은 '성공'이었다.

나는 의자를 들고 나오며 가게를 휘 둘러보았다. 진열장을 그대로 받았으면 하는 눈치를 보이던 중년 여자가 군데군데 색이 바래고 녹이 슨 이 철제 의자를 쳐다보면서 미간을 찌푸리던 모습이 떠올랐다.

사진관 남자가 부채를 확확 부치며 앉아 있는 게 유리문을 통해 보였다. 일요일에도 쉬지 않고 나오는 나를 그가 무슨 생각을 하며 보는지는 알 수 없다. 그래 봤자 '젊은 여자가 안됐어'거나 '사연이 있어도 단단히 있겠지, 저 고운 인물에' 정도일 것이다. 나는 그가 이 구석진 곳을 떠날 수 있는 날이 올까를 생각하며 엷게 미소지었다.

의자를 먼저 버려야 할지, 누렁이 사료를 먼저 사러 가야 할지 몰라 내 걸음은 자꾸 늦춰졌다. 내가 신촌까지 나가 누렁이 먹이를 사 온다는 것을 알면 어머니는 어떤 얼굴을 할까? "여편네가 볼 꼴 안 볼 꼴 다 봐 가며 벌어 오는 돈으로 애면글면 찌개라도 해 놓으면 육젓 들어가지 않았다고 투정한 위인이었다, 니네 아버지가." 오늘 아침에도 어머니는 그랬다. 된장찌개 남은 것에 술렁술렁 밥을 말아 준 걸 누렁이가 입도 대지 않아서였다.

2

누렁이는 탁구공이 굴러가는 대로 쫓아다니느라고 정신이 없다. 절룩절룩거리며 이리저리 뛰는 모습이 재미있는지 한 계집아이가 제 엄마가 부르는 것도 아랑곳 않고 누렁이를 지켜본다.

아이가 누렁이보다 재빨리 달려 탁구공을 주워 들고 제 엄마 곁으로 가는 걸 보며 나는 벤치에 앉았다. 신촌에서 누렁이를 발견한 순간부터 시작된 불안이 또 스멀스멀 올라왔다.

호텔 대신 공원에서 만나자는 제의는 남자 쪽에서 해 왔다. 그 말을 듣고 어머니는 대뜸 "선을 엄청 본 사람인 모양이다. 선을 하도 많이 봐서 서울 시내의 호텔들은 다 다녀 본 여자가 내 고객 중에도 있다. 스물여덟밖에 안 먹은 여자인데 이제 만날 장소가 없어서 선은 안 볼 거라고 하더라." 했다.

안개 낀 공원이라는, 유행가 가사에도 나오는 도심 한복판의 공원을 떠올려 보면서 나는 별다른 생각이 없었다. 이러쿵 저러쿵 토를 달지 않는 내게서 그걸 읽었는지 어머니가 "그만한 조건의 남자면 지구 밖에서 만나자고 해도 나가야지 장소가 무슨 대수냐? 서로 인연이면 길 가다가 만났어도 맺어지는 거다."로 매듭을 지었다.

서른일곱에 전자 대리점을 지녔다는 것만으로 어머니는 마음이 가는 모양이었다. "니 나이에 동갑짜리 총각 만나 볼 수 있는 것만도 행운으로 알아라. 내 딸이지만 서른일곱 먹은 여자라니, 겁도 안 난다."를 몇 번이나 했다. 뭐니 뭐니 해도 남자는 여자 하나 먹여 살릴 능력 있으면 되는 거라는 말도 놓치지 않았다. 어머니가 "나랑 종로 영업소에서 3년이나 함께 일했던 여자인데, 중매만으로도 수입이 짭짤해서 이제 보험 일은 집어치울 거라더라. 야물딱진 여자야. 사람 보는 눈도 있고 중간에서 일 처리도 잘해." 했을 때까지도 나는 선이라는 것을 보겠다고 나설 생각은 없었다. 명동에 가게 자리를 알아보느라고 분주한 나날이었다. 어머니가 "나가도 왜 하필 선 들어왔을 때 맞춰 나가는지 모르겠다. 그래도 가게 하나 갖고 있다고 하면 집에 있다고 하는 것보다야 점수 따고 들어가는 거 아니냐." 했을 때도 동의하지 않았다.

평일 오후의 공원은 나뭇잎 흔들리는 소리까지 들릴 만큼 한적했다. 공원으로 정하기를 잘했다는 생각이 들었다. 그 속에서라면 마흔이 다 되어 가는 나이에 짝을 찾겠다고 나온 내

행색이 드러나지 않을 것 같았다. 대학 초년생들도 아닌데 유난을 떨어도 보통으로 떠는 게 아니라고, 시큰둥한 마음이 없었던 게 아니었다. 어머니의 말대로 재취 자리가 나왔어도 얼굴을 붉힐 수 없는 처지가 아니었다면 콧방귀도 안 뀌었을 것이다.

내 무릎 위에 앉겠다고 달라붙는 누렁이를 밀치며 나는 솜사탕처럼 부풀어 오르는 불안을 꾸욱 눌렀다. 아침부터 낑낑거리던 누렁이의 울음소리를 듣고 어머니 몰래 줄을 풀어 놓은 게 잘못이었다.

"네 아버지가 그랬어. 크게 생각해서 선을 베풀면 언제나 뒤통수를 쳤다고." 근래 들어 필사적으로 누렁이를 미워하는 어머니의 야멸찬 눈빛이 떠올랐다. 누렁이를 상대로 핏발을 세울 때면 한여름의 파 뿌리처럼 생기가 오르는 어머니였다. "동네에 개장수가 다니더라. 언제든 오면 줘 버려라. 안 가져가겠다고 하면 돈이라도 얹어 주면서 가져가라고 해." 어제 저녁에도 어머니는 포악을 부렸다. 누렁이가 기를 써서 줄을 풀고 베란다에 놓인 단풍 분재를 찢어 놓은 게 화근이었다. "저게 꼭 내 속 뒤집어 놓으려고 우리 집에 들어왔지 싶다." 어머니는 누렁이에게 빗자루와 쓰레받기를 번갈아 가며 던지는 것으로는 분이 풀리지 않는 듯했다.

누렁이가 덤벼들면 금방 더러워질 만큼 내 소랏빛 원피스는 화사하다. 나는 누렁이를 멀리 떨어뜨려 놓고 앉았다.

개를 끌고 나타난 나를 보면 남자는 어떤 얼굴을 할까? 신촌 지하철역까지 나를 따라온 누렁이를 발견한 순간의 어이없음이 또 다시 살아난다. 다리 한 쪽을 절룩거리면서 달리기 경주라도 하는 것처럼 악착같이 쫓아오던 모습이라니…….

'저 애물단지를 어떻게 하지?' 절로 애물단지라는 말이 튀어올라 나는 흠칫 몸을 떨었다. 그건 어머니가 쓰는 표현이었다.

누렁이를 집에 데리고 왔던 날, 어머니는 들떠 있었다. 눈곱이 끼고 콧등이 쑥 꺼져 한눈에도 볼품없는 개를 목욕시키겠다고 보일러까지 틀어, 한여름인데도 집 안은 후텁지근했다. 덤벙거리기까지 하는 게 평소의 어머니답지 않았다. "아휴, 이 꾀죄죄한 얼굴 좀 봐라. 눈곱이 마를 새가 없네. 이러니까니 집 주인이 널 버리고 간 거야. 사랑을 받으려면 눈치 빠르게 굴었어야지……. 저런, 물이 너무 뜨거웠던 모양이네. 많이 놀랐어?" 개의 낑낑거림 사이로 들려오는 어머니의 목소리는 푸딩처럼 부드러웠다.

"그놈의 아이엠에프가 원수다. 이 개 주인이 저쪽 명일빌라에 살았는데, 어느 날 야반도주했대. 사업하다가 망했다네. 먹고살기도 힘들어지니까 저걸 버리고 갔나 봐. 함께 노래 교실에 다니는 여자들이 좋은 일 하는 셈치고 나더러 거두라고 해서 데려왔다. 보름 동안이나 명일빌라 부근을 떠나지 않았다는데, 누구도 데려가지 않았나 봐." 물기를 뚝뚝 떨어뜨리는 누렁이를 닦아 주는 어머니의 손에 새 수건이 들려 있었다. 꺼내 놓는 날부터 헌것이 된다고 여간해서는 새것을 꺼내지 않는 어머니였다.

어머니는 "저 개새끼야 무슨 잘못이 있겠냐. 시대를 잘못 타고난 것뿐이지."로 누렁이가 한식구가 되었음을 선포했다. 누렁이를 닦아 주느라고 시간 가는 줄 모르는 어머니를 대신해 나는 목욕탕을 치워야 했다. 얼마나 요란하게 목욕을 시켰는지, 목욕탕 여기저기 개털이 늘어져 발 디딜 곳이 없었다.

누렁이가 기형견임을 안 건 목욕 단장을 끝내고 나서였다. "어머, 이게 무슨 꼴이야?" 절룩대며 마루를 걸어 다니는 누렁이를 보고 어머니는 입을 쩍 벌렸다. 명일빌라의 계단참에 쪼그리고 있는 것을 그대로 안고 와서 절름발이라는 걸 몰랐다는 것이다.

어머니의 말대로 좋은 기회가 될지도 모를 일에, 누렁이가 사사건건 방해를 할 것만 같은 느낌이 든다. 제 명의로 된 전자 대리점을 가진 남자면 처자식 하나 먹여살리지 못해 끙끙대는 일은 없을 거라고, 나는 일주일 내내 그 생각만 했다. 목 좋은 가게 자리를 찾아 명동으로 뛰어다니는 일을 까닭 없이 쉬기도 했다. 여자에게, 방 안에 사지 편하게 누워서 걱정 없이 지내게 해 줄 남자를 만나는 일보다 더 중요한 게 어디 있느냐는 어머니의 말에 나는 어떤 반박도 하지 않았다.

이제 궁금한 건 남자의 반응이다. 느닷없이 나타난 이 혹덩어리를 놓고 남자는 어떤 태도를 취할까? 누렁이는 내가 자신을 떼어 놓으리라는 불안에서 말끔히 벗어난 듯 장난까지 치면서 논다. 한쪽이 짧은 발로 점프까지 하는 폼이 꽃들을 보고 좋은 모양이다.

약속 시간이 한 시간은 넘어 가는데 남자는 나타나지 않는다. 나는 남자가 말한 분수대 근처에서 멀리 가지 않으려고 누렁이와 함께 천천히 거닐다가 다시 벤치로 와서 앉았다. 개 때문에 늦은 걸로 치면 나도 30분밖에 안 기다린 셈이다. 아무리 쫓아도 내가 뒤돌아서기 무섭게 따라오는 누렁이를 안고 지하철역 안으로 들어섰을 때가 약속 시간 10분 전이었다.

서울이라는 도시에 살면서 30분 늦은 걸 탓하려고 들면 스스로 피곤해서도 못 살 일이다. 나는 조금씩 침울해지려는 마음을 그렇게 달래 보았다.

일부러 종로까지 나가 큼지막하게 찍은 사진을 보냈으니 남자가 나를 알아보지 못 해 돌아가는 일은 없을 것이다. 더더구나 지금 분수대 근처의 벤치에 있는 사람은 나밖에 없다.

나는 핸드백을 열어 남자의 사진을 다시 한번 들여다보았다. 검정색 선글라스를 쓰고 광활한 초원 한가운데에서 반쯤 누운 남자는 건강하고 활기차 보인다.

서로 사진을 교환하기로 했다는 말이 나오기 무섭게 중매쟁이의 수첩에서 남자의 사진이 나왔고, 어머니는 근래 들어 내가 사진 한 장 찍어 놓은 게 없다는 걸 알고는 되레 잘됐다는 얼굴이었다. "사진이야 최근 모습을 찍어서 보내야지. 내가 중매쟁이 노릇 한두 해 했나? 예전 사진 보내 놓고 직접 실물 보면 상대 쪽에서 속았다는 느낌 들어서 안 되지." 내게 사진을 받아 가겠다고 말하는 중매쟁이에게 그렇게 말한 어머니는 그녀가 가자마자 "가서 비싼 돈 들이고 찍는 사진 하나 찍어 와라. 요즘엔 얼굴이 더 예뻐 보이고 광대뼈도 덜 나와 보이게 하는 데가 있다더라. 너야 인물 나무랄 데야 없지만 조금이라도 젊어 보이면 좋지 뭘 그러냐." 했다.

어쩌면 남자가 나를 기다리다가 가 버렸는지도 모르겠다는 생각이 불쑥 들었다. 요즘 세상에 이렇다 할 이유도 없이 늦는 여자를 30분씩이나 기다려 줄 남자가 흔하겠는가.

3시 30분이다. 약속 시간에서 정확히 한 시간 반이 흘렀다. 혹 남자가 멀리서 개를 안고 하염없이 앉아 있는 나를 보고 뒷걸음질을 친 것은 아닐까? 꾀죄죄한 개 한 마리를 안은 내 모습이 청승맞게 보일 수도 있겠다는 생각을 나는 그제서야 할 수 있었다.

무릎 위로 갑자기 온기가 느껴졌다.

"어머, 이게 뭐야!"

내 목소리는 내가 들어도 경박스럽다. 주위 사람들 몇이 나를 흘깃거렸다. 금방이라도 땟국물이 흘러내릴 것 같은 누렁이를 화사한 원피스 위에 앉혔을 때부터 힐끔거리던 눈들은 있었다. 상황이야 어찌 되었건 하던 일은 마치고 보겠다는 듯 벤치 위에도 몇 방울 오줌을 떨군 누렁이를 끌고 나는 천천히 수도꼭지들이 도열한 곳으로 갔다.

치맛자락을 들어 올려 깨끗이 빨고 돌아올 때까지 남자는 오지 않았다. 나는 물을 적셔 온 손수건으로 오줌 방울이 떨어진 벤치를 닦았다. 서두를 건 없었다. 이제는 집으로 돌아가는 일만 남았다. 약속 시간 두 시간이 지나도 오지 못할 만큼 서울 시내의 교통이 엉망은 아닐 것이다.

오후 5시가 넘어가면서부터는 눈부시던 햇살의 기세도 약해져 갔다. 공원을 몇 바퀴나 돌고도 뭐 하나 얻어먹지 못해서인지 누렁이는 내내 끙끙거리며 내 무릎에 얼굴을 부벼 댔다. 나는 물기가 마르기도 전에 개를 안아 댄 탓에 앞자락이 시커멓게 변한 원피스를 우울하게 내려다보았다.

## 3

오후에 아래층 여자가 올라왔다. 부추 전 두 장을 달랑 올린 접시를 들고 있었다.

"아가씨 집에 있네요?"

스물일곱인 그녀가 나를 부르는 호칭이 언제나 '아가씨'인 게 나는 부담스럽다. 여자 역시도 그게 어색한지 어느 때는 호칭은 쏙 빼고 말을 했다.

"들어와요."

주방에 들어가 커피 물을 올려놓고 나올 때까지 여자는 어정쩡하게 앉아 있었다. "부추 전을 부쳐서 좀 드시라고 가져왔어요." 했을 때부터 석연치 않은 표정이었다. 필시 내게 용무가 있으리라.

"아이는 자나 봐요?"

두 살짜리 딸아이를 키우는 그녀에게 말을 붙일 때면 나는 늘 애를 들먹였다. 동네 여자들 틈에 끼어 수다를 떨 때나, 놀이터에 나가 앉아 있을 때 여자의 옆에는 언제나 혹처럼 아이가 있었다. 순간 여자의 눈빛이 섬광처럼 빛났다.

"저 개 말이에요. 너무 시끄럽게 굴지 않아요? 우리 아이가 밤에 잠을 잘 못 자거든요. 낮잠이라도 잘 자야 되는데 자주 깨서 울더라고요. 지금도 재워 놓고 왔는데 얼마나 잘지."

나는 보일 듯 말 듯 고개를 끄덕였다. 그건 난처할 때 나도 모르게 나오는 버릇이다.

"애가 유별나게 예민하기도 하고요."

염치없다는 듯 그 말은 작게 하는 여자를 향해 나는 조금 웃어 보였다. 똑똑하고 야무진 여자다. 얼마 전에 어머니가 악에 받쳐서 한 "저놈의 개를 오늘 당장 개장수한테 팔아 버려야지." 소리를 여자는 기억할 것이다. 그런 일이 없었더라면 아이가 잠을 못 잔다는 이유로 우리 집까지 찾아올 생각 따위는 하지 않았을 것이다.

"애기 아빠 하는 일은 잘 되지요?"

여자가 고개를 끄덕이며 웃는다. 아직 본론에도 들어가지 못해서인지 여자의 웃음은 불편해 보인다. 나는 내 입으로는 절대로 그 문제를 거론하지 않겠다고 다짐한다. 어머니보다는 내가 마음이 약하다는 걸 아는 여자가 무슨 일이 있을 때마다 나를 찾게 할 수는 없다. 이 3층짜리 양옥 주인은 평창동에 산다. 어차피 객들이 모인 덕에 서로서로 편하게 지낸다. 그 주인이라는 자는 계약할 때도 보지 못했으니 간섭받을 일은 앞으로도 없을 터였다. 3층에는 대학에 다니는 남매가 사는데 언제 나가고 언제 들어오는지도 모를 정도였다. 그래서인지 어머니는 가끔씩 주인 행세를 하려고 들었다. 나이로 보아도 자신이 제일 어른이라는 것이었다. 한밤중에 개가 시끄럽게 울어서 위아랫집에 다 들리겠다고 내가 걱정을 해도 어머니는 태연했다.

"아줌마가 개 좀 누가 가져갔으면 좋겠다고 하던데요……."

여자가 부추 전을 떼 한 입 먹더니 흘리듯이 말했다.

"그래요?"

나는 대수롭지 않다는 듯 억양을 낮추었다. 이유야 어디 있든 어머니가 아랫집 여자에게까지 누렁이에 대한 미움을 드러냈다는 게 유쾌하지 않았다.

어머니가 누렁이를 상대로 벌이는 변덕에 나는 일찌감치 두 손을 든 상태였다. 다리는 좀 절어도 귀태가 흐르는 것으로 보면 똥개는 아니라고 했다가도 수틀리면 금방 "하는 짓 가만히 보면 영락없이 니 아버지 같지 않냐? 망둥이 뛰듯 하는 저 꼴 좀 봐라." 해 가며 어머니는 목소리를 높였다.

나는 애완견을 파는 충무로에 가서 우리 집 누렁이가 어떤 종자인지 알아봐야겠다고 생각했다. 나날이 먹어 대는데도 살이 오르지 않는 것만 봐도 똥개는 아니라고, 고동색 털도 물을 들인 듯 우아하고 품위가 흐르지 않느냐고 애완견 쪽으로 밀어붙이고 싶은 마음이 간절했다. 어머니 입에서 생급스럽게 튀어나온 '아버지'가 아니었다면, 누렁이가 똥개인지 애완견인지 따위에 관심을 갖지는 않았을 것이다.

아버지라니……. 그러고 보니 어머니가 아버지 얘기를 꺼낸 건 아버지가 죽고 처음인 듯도 싶었다.

"저 개 좀 이상하지 않아요? 가끔 빨래를 널러 올라와서 보면, 목에 묶인 줄을 풀려고 발광을 한다고요. 어제는 내가 세 번이나 봤다니까요. 이불 널러 와서 한 번 보고, 뒤집어 놓으려고 와서 한 번 보고, 걷으러 와서 한 번 보고요. 다리도 불편하니까 얌전히 굴면 저도 좋을 텐데 왜 그럴까요?"

나는 대꾸 없이 가만히 있었다. 누렁이가 불구인 것을 들먹이는 건 참을 수 없는 일이다. 햇볕이 더 잘 든다는 이유로 여자가 우리 베란다를 이용하는 걸 어머니는 늘 못마땅해했다. "베란다가 밖으로 나온 게 어디 저 좋으라고 그런 거냐? 어떻게 양해 한 번 구하는 법이 없어. 아직 젊은 여자라 뭘 몰라도 너무 모르더라." 할 때가 한두 번이 아니었다.

내가 시큰둥했기 때문인지 여자는 커피를 다 마실 때까지 누렁이에 대해서는 더 말하지 않았다.

아랫집 여자가 가고 나서 나는 남은 부추 전을 누렁이에게 던져 주었다. 황급히 달려와 킁킁 냄새를 맡더니 뒤로 다시 물러나는 걸 보면 그다지 구미에 당기지 않는 모양이었다.

한 백만장자가 '이제 이만하면 됐겠지.' 하며 안락한 노후를 보내려고 아름다운 바닷가에 근사한 저택을 마련했단다. 그리고 오후가 되면 한가롭게 바닷가를 거니는 것이 큰 일과였지. 노인이 산책을 즐기는 시간이면 백사장에서 한가롭게 낮잠을 즐기는 젊은 어부가 있었대. 그 노인이 젊은 어부를 딱한 듯이 바라보며 말했단다. "여보게, 그렇게 낮잠 자는 시간에 고기를 더 잡지 그러나." 그러자 젊은 어부가 노인을 물끄러미 바라보며 묻더래. "고기를 더 잡아서 뭐 하게요?" 노인은 그런 질문을 하는 젊은 어부를 향해 혀를 끌끌끌 차며 대답했지. "뭐 하다니, 돈을 더 벌지." 그러자 젊은 어부가 또 묻더래. "돈을 더 벌어서 뭘 하지요?" 노인이 답했지. "더 큰 배를 사서 더 많은 고기를 잡지." 젊은 어부는 또 "그래서요?"라고 물었고 노인은 얼굴에 득의만만한 웃음을 띠며 "나처럼 이렇게 여유롭게 노후를 보내는 거지." 했대. 그러자 젊은 어부도 입가에 미소를 띠며 그랬다는구나. "저는 바로 지금 그렇게 살고 있습니다."

나는 서랍을 열어 이제는 펜글씨가 번져 가는 편지지를 꺼내 보았다. 밥 먹을 틈도 없이 바쁘다는 동생에게 보내려고 썼던 편지였다. 남동생이 보내온 편지 어느 구절에도 행복하다는 얘기는 없고, 온통 많은 돈을 모을 결심이라는 말만 있어서였다. 가게에 손님 한 명 없어 그렇잖아도 무료한 날, 정기 구독을 권하던 남자가 주고 간 잡지에서 본 글이었다. 평범한 사람들의 평범한 세상살이가 잔잔하게 펼쳐진 월간지였는데, 처음부터 나는 돈까지 내 가며 그걸 구독하고 싶은 마음은 없었다. 도처에 깔린 일상적인 얘기들, 아옹다옹거리며 사는 주변의 얘기들을 책을 통해서까지 볼 필요가 있단 말인가? 그래도 시큰둥한 손길로 넘겨 보다가 그 글을 발견했을 때 나는 대번에 민석이를 생각했다. "누나가 꼭 해 주고 싶었던 말이야."를 써 놓고도 아직까지 부치지 못한 건 민석이가 먼저 "누나가 그 좁은 가게에서 종일을 보낸다는 걸 생각하면 가슴이 아파." 하는 내용의 편지를 보내왔기 때문이었다. 그러나 민석이가 내 걱정을 해 주는 것도 아이를 낳기 전의 얘기였다. 그 애의 편지를 받아 본 지가 벌써 해를 넘기고 있었다.

남동생이 산다는 밴쿠버가 어떤 곳인지 나는 알지 못한다. 하루라고 불리는 그 숱한 날들이 지나가는 동안 교통 상황이나 일기예보, 주식시세 따위가 궁금해 본 적도 없고, 궁금해할 필요도 없이 살아가는 내게는 당연한 일인지도 모른다.

똑같은 사람들을 아버지, 어머니로 두고 살았어도 남동생은 나와 달랐다. 그 애는 중학교에 다닐 때도 곧잘 "누나, 1년 내내 차를 몰고 다녀도 끝을 볼 수 없는 곳이 있을까? 우리가 몰라서 그렇지 분명히 그런 곳이 있을 거야. 우리 세계사 선생님한테 그런 곳이 어디에 있느냐고 물어 볼 거야." 하곤 했다.

그 애가 지구 한 바퀴인 4만 킬로를 뛴 자신의 소형 자가용을 팔아 치우고 밴쿠버로 떠나간 날에도 나는 가게에 진열장 하나를 옮기는 일을 걱정하고 있었다. 집안일에 무관심한 아버지를 믿기는 어려웠고, 어머니와 둘이서 낑낑대며 난리치고 싶지도 않았다. 운전대 잡고 몇 바퀴 돌리면 당도하는 거리를 가자고 용달차를 부르면서야 나는 그 애가 우리를 버리고 떠났음을 실감했다. 그러고 보면 밴쿠버 얘기가 나왔을 때부터 그 애의 바짓자락을 붙들었던 어머니는 나보다 빨랐다.

그러나 지금은 내가 어머니보다 빠르다. 어쩌다 민석이의 편지를 받을 때마다 혹 귀국하겠다는 말이 없나 해서 편지지가 닳게 들여다보고 또 들여다보는 건 어머니였다.

남동생은 처음부터 제 멍에가 되는 것들로부터 떠나는 것이 인생의 목적이었던 사람이라고, 산다는 것에 문득문득 두려움이 일 때마다 나는 녀석을 원망했다. 그럴 때면 남동생이 캐나다 여자를 만나 낳았다는 아이를 사진으로만 보고도 그리워하는 어머니가 신기하기까지 했다. 어머니는 분명 감정 주파수가 나와는 다른 것 같은 생각마저 들었다. 어머니의 건강과 노후 때문에 나는 때때로 잠까지 설치는데 어떻게 엉덩이짝 한 번 두들겨 본 적 없는 손주가 그리워 눈물을 흘릴 수 있단 말인가.

비가 오려는지 창문 밖이 거무스름했다. '보고싶은 민석아' 만을 쓴 편지지를 서랍에 넣어 두고 나오면서 나는 간밤에 어머니가 온몸이 쑤신다고 유난스럽게 앓는 소리를 냈던 것을 기억해 냈다. 비 올 기미를 언제나 몸으로 감지해 내는 어머니였다.

어머니가 가슴 위에 큰 바위 덩이가 놓인 것처럼 답답하고, 시시때때로 우울해진다는 말을 한 것은 오래되었다. 근래 들어서는 식은땀이 자주 흐르고 가슴의 통증이 목과 왼쪽 어깨로 옮겨 가서 아프다고도 했다. 늙으면 누구에게나 오는 증상이고, 열심히 운동하면 없어진다는 말을 듣고 와서는 대수롭지 않게 여기더니 어느 날부터는 "이게 뇌졸중의 전조증상이지 싶다."며 겁먹은 얼굴을 보였다. 신문에서 여성 돌연사 주범은 순환기 질환이라는 기사를 읽었다는 것이다. "가임기 때에는 여성호르몬이 분비되어 혈관벽이 좁아지거나 막히는 것을 예방하기 때문에, 이제까지 심장 질환은 남성의 병으로 인식돼 왔다. 그러나 폐경을 전후한 시기에는 여성 호르몬이 점차 감소하고 몸무게가 증가하며 혈압과 콜레스테롤 수치가 점차 변하면서 발병률이 남성만큼이나 높아진다." 나는 어머니가 빨간 색연필로 밑줄까지 친 부분을 마지못해 읽었다. 스크랩까지 해 둔 걸 어머니가 내 눈앞에 내밀어서였다.

어머니가 정작 하고 싶은 말은 외할머니와 이모가 뇌졸중으로 세상을 떴다는 것이었다. 둘 다 고혈압이었고, 고혈압은 100퍼센트 모계로 유전된다고 어머니는 심심찮게 되뇌었다. 사실 어머니도 혈압 체크와 약 복용을 하루도 빼놓지 않는 고혈압 환자였다.

보건소에서 고혈압 판정을 받고 왔을 때 죽음 선고라도 받고 온 사람처럼 땅이 꺼져라 한숨을 쉬던 어머니 생각을 하면 슬그머니 웃음이 나온다. 그날 어머니는 무거운 낯빛으로 "돼먹은 남자여야 한다. 뭐니 뭐니 해도 착하고 인간이 돼야지. 사람 사는 일이 그리 간단해야 말이지. 살다가 무슨 일을 겪을 줄 알고……." 했다. 어머니는 분명히 중풍으로 쓰러져 누워 내 간호를 받아야 하는 상황을 상상하는 듯했다. 그럴 때 옆에서 말없이 지켜봐 줄 수 있는 남자가 어머니에게는 최고의 신랑감인 것이다. 그런 이유로 어머니가 나보다도 내 남편감을 까다롭게 고르는 걸 나는 알면서도 모른 척했다. 어느 구석을 캐서 찾아내는지 심심찮게 새 명단이 생기는 어머니의 파일 속에 내 신랑감으로 점찍을 사람이 한 명도 없다는 것, 그건 그다지 대단한 이유가 아니었다. 그러면서도 내게는 그 돼먹은 인간을 꼭 찾아낼 힘이 있을 거라고 철석같이 믿는 듯한 어머니를 볼 때면 기도 안 찬다. 없는 행운이라도 만들어 잡아오라는 심보 같다. 우리네 인생 어디쯤엔가 바늘귀만 한 크기로라도 그런 행운이 숨어 있다면 나 역시도 이 잡듯 잡아 어머니에게 대령시키고 싶은 마음이 없는 건 아니다.

비가 오려나 보다. 나는 또 까닭 없이 불안하고 우울해진다. 어머니가 일기예보 없이도 비 올 날을 알아내는 것처럼 내 어느 뇌파에서도 귀신처럼 그것을 잡아낸다. 먼저 빨래를 걷어야 할지, 누렁이를 안으로 들여놔야 할지 몰라 나는 두서없이 덤벙거린다.

## 4

카페 안에는 남자와 나밖에 없는 듯했다. 40은 넘어 보이는 주인 여자가 무료한지 가끔씩 우리 쪽을 흘깃거렸다.

통유리 창으로 6월 한낮의 햇살이 폭포처럼 쏟아져 들어왔다. 인접한 인도에는 사람들이 쉴 새 없이 오갔고, 바로 옆의 도로로는 차들이 쌩쌩 내달렸다. 모두들 바쁘게 움직이는 시간에 일생을 함께 할 짝을 찾겠다고 죽은 듯 앉아 있는 나 자신이 비현실적으로 느껴졌다.

나는 고개를 돌려 유리 칸막이 너머의 좌석 쪽을 바라보았다. 그와 앉아서 차를 마시고 스파게티를 먹던 자리였다. 진초록빛 코팅을 입힌 유리 칸막이 안 벽에는 여러 모양의 파이프가 여기저기 붙어 있었다. "저 파이프들을 보면 누구라도 담배를 피고 싶어질 것 같아." 10년도 더 된 옛날에 그에게 했던 말이다. 그가 별 대꾸 없이 그윽하게 웃었던 걸 나는 기억해 냈다. 그 말끝에 그가 그랬을 것이다. "맞아. 멋있는 차들이 있고, 감미로운 음악이 있고, 화려한 옷들이 있고, 수많은 종류의 술들이 있어서 어쩌면 우리가 의미 없이라도 생을 이어갈 수 있는 건지도 몰라."

"전엔 이 카페 찻잔들이 참 예뻤어요. 활 쏘는 남녀가 그려진 도자기 컵들이었죠. 들판에서 남녀가 한떼로 뭉쳐 활을 쏘는 장면요."

남자는 치킨 가게를 했을 때 본 별스러운 술주정에 대해 얘기하던 중이었다. 어떤 작자는 맥주 한 잔 마시고서 취해 제 마누라한테 하듯 온갖 심부름을 다 시킨다고 했다. 신경 써서 듣지 않았기 때문에 나는 얘기의 핵심을 찾지 못했다.

내가 갑작스럽게 꺼낸 찻잔 얘기 때문에 중도에 말이 끊긴 남자는 잠시 어찌할 바를 모르는 듯했다. 대체 나는 지금 뭘 하는 건가? 하필이면 이곳에 나와 앉은 내가 거대한 정물처럼 느껴졌다.

이 카페를 약속 장소로 잡은 건 처음부터 그가 머릿속에 들어와 있어서였던 것 같다. 그래서 내키지 않는 만남이었지만, 즐겁게 외출 준비를 할 수 있었다. 지난번에 장충단 공원에서 제 진가를 발휘하지 못했던 원피스를 세탁해서 다시 입었고, 미장원에서 머리 손질도 했다.

잘 굴러가던 차가 퇴계로에 다 와서 갑자기 멈추어 섰다고,

남자는 나를 오래 기다리게 한 변명을 힘도 들이지 않고 했다. 우리 집 전화번호까지 알아내 다음 약속을 잡자는 남자에게 삐삐도 휴대폰도 없었던 나는 고분고분 대꾸할 수밖에 없었다. 누렁이까지 데리고 나가 내 꼴이 우스웠으니 차라리 잘된 일이라고, 남자 쪽 중매쟁이에게 미리 연락을 받았던 어머니가 옆에서 잡음을 넣어서, 내가 선심이나 쓰듯 해 댄 괜찮다는 말은 빛도 나지 않았다.

"광화문 한복판에 있어서 찾기는 쉬웠는데, 여기 잘 아는 카페인가 봐요?"

카페보다 더 엉뚱한 공원을 맞선 자리로 내세웠던 남자는 꼭 알아야겠다는 듯이 물었다. 아니, 어쩌면 그건 그저 내 생각일 수도 있었다.

"오래된 곳이거든요. 자주는 아니고 가끔 와요. 집에서도 가깝고 호텔보다는 나을 것 같아서요. 편하잖아요."

나는 지난번에 남자가 했다는 대로 '편하다'를 강조했다. 자신이 던진 질문에 꼭 대답을 듣겠다고 구는 남자가 편치 않다.

오래 햇볕을 쬐어서인지 몸이 나른하다. 집에 가서 실컷 낮잠이라도 좀 자고 싶다. 세상 모르게 한바탕 자고 일어나면 내가 정물처럼 느껴지는 이 이물감이 깨끗이 사라질 것 같다. 처음부터 이곳을 떠올린 것부터가 잘못이었다. 이 낯설고 부담스러운 남자 대신 소영을 만나, 이미 할 필요가 없어진 말이라도 실컷 퍼부으면 기분이 좀 나아질까? '1년 내내 이런 기분이 계속된다면 나도 견디지 못하겠지. 가끔씩은 내가 물 위에 뜬 기름 같은 존재가 아닐까 하는 생각을 해. 물 위에 뜬 기름은 물속을 모르니까 홀로 겉돈다는 생각은 안 해도 되겠지. 사람이 사랑 때문에 앓을 수 있다는 것 자체가 사치스럽게 느껴지는 나이를 내가 살고 있는지 모르겠어. 그도 가끔씩은 내 생각을 할까? 그래 그건 진작부터 중요하지 않은 일이 되어 버렸어. 그리도 절절하면 한 번 만나 보면 되지 않느냐고, 다소 낭만적인 사람들은 말하기도 하지. 절절하지 않아서가 아니라 현실적으로 필요성을 못 느껴서라고 하면 그네들 모두 웃어. 그런 사람이 왜 10년도 더 지난 일에 애달파 하느냐고. 어느 누군가에게는 추억이 곧 삶 자체가 될 수도 있다는 걸 아는 사람이 몇이나 될까? 그래서 나는 때때로 가슴이 무겁고 막막하고 외롭고 그래. 그를 사랑하지 않아서가 아니라 두려웠다니까. 그도 세상살이에 겁을 내는 사람이었거든. 쉽게 지치고 자신 없어하고. 난 내가 그에게 힘이 되어 줄 수도 있는 여자라는 걸 그때는 몰랐어. 여자는 어떤 일이 있어도 "너 하나는 책임질 자신이 있어."라고 말해 주는 남자가 주는 면사포를 써야 한다고 생각했으니까. 그래, 철들면서 나는 그 생각부터 했다고.'

"공주에 마곡사라는 절이 있는데 다음주 일요일에 함께 갈까요?"

담배를 꺼내 물며 남자가 나를 힐끗 바라본다. 나는 얼른 대답을 하지 못했다. 그다지 흡족한 제안은 아니었다. 이 남자도 나름대로 원칙 같은 걸 세웠는지 모른다. 어떤 일이 있어도 사람을 세 번은 만나 보고 나서 싫다 좋다를 결정하겠다는 내 신조처럼 말이다. 어떤 일이 있어도 장거리 여행은 꼭 한 번 떠나 본다라거나, 멀리 오랜 시간 돌아다녀 본다라거나. 세 번은 만나겠다는 내 원칙보다는 까다롭고 번거로운 것임이 틀림없다.

"별로 내키지 않으십니까?"

내 얼굴에 심란한 표정이 드러났던가?

"휴일이면 가끔 내려가는 곳인데 바람 쐬고 서울 올라오기도 시간이 딱 맞아요. 이번 주말에 꼭 한 번 같이 내려갑시다."

남자의 목소리는 사뭇 명령조다. 어차피 선을 보러 나온 이상 제 원칙을 고수하는 데 협조하라는 투로 들린다. 하긴 나도 엄청난 문제가 아니라면 필히 세 번은 만나기를 고수하는 데 남자가 호응해 주기를 바라는 마음이다. 내가 거부반응을 일으킬 만큼 싫지 않다면 그 정도는 선을 보러 나온 사람 입장에서 해 줘야 하지 않겠는가. 그게 늦은 나이의 남녀가 선보러 나온 대가로 응당 베풀어야 하는 예의일 것이다.

"몇 시에 출발하는 건데요?"

나는 시간을 묻는 것으로 자연스럽게 승낙을 표하고 만다. 두 번째 만남이 지방으로의 나들이라고 해서 나쁠 건 없다. 집을 떠나 하루쯤 바람을 푹 쐴 생각을 하니 기분까지 좋아진다. 커피 잔을 내려놓으며 몇 시에 만나서 떠날 것인지를 내 앞에서 궁리하는 저 남자와 동행한다는 사실과는 무관하게 그저 좀 좋다.

"아침 8시쯤 출발하는 게 좋겠군요. 휴일이라 너무 늦으면 길도 막히고. 차들이 지체하면 돌아오는 길이 즐겁지 않거든요."

나는 고개를 끄덕였다. 떠나기 전에 귀가 상황까지 염두에 두는 남자인 게 싫지 않다.

## 5

"오늘도 아래층 여자가 다녀갔어요."

집에 들어오자마자 부리나케 옷을 벗어젖히고 욕실로 들어간 어머니를 향해 나는 크게 소리 질렀다.

"개가 너무 시끄럽게 울어서 아이가 잠을 잘 못 자나 봐요."

대꾸가 없어 나는 또 한 번 소리를 질렀다.

"지 애기가 시도 때도 없이 울어 대는 건 안 시끄럽고 우리 개 우는 거만 시끄럽다던?"

욕실 문이 벌컥 열리면서 드러난 어머니의 얼굴에는 노기가 서렸다.

"아이가 좀 예민한가 봐요."

퍼렇게 서슬이 오르는 어머니를 보며 나는 변명조로 말했다.

"개 때문에 시끄러워서 못 살겠으면 이사 가라고 해라. 절이 싫으면 중이 떠나야지."

어젯밤에도 누렁이를 버리고 오겠다고, 당장 실행에 옮길 듯이 설쳤던 어머니가 아니던가. 어쩌면 어머니는 개를 내다 버릴 생각 따위는 해 본 적이 없는지 모른다. 어머니의 입에서 나오는 말만 믿고 은근히 무언가를 기다리던 아랫집 여자나 내가 미련했다.

"배고파 죽겠다. 밥먹을 준비나 좀 해라."

목욕탕 문을 닫고 들어가며 어머니가 말했다.

나는 타일 바닥을 쫙쫙 때리는 물소리를 들으며 부엌으로 가 조기 매운탕 냄비를 올려놓았다. 아침에 먹고 남은 찌개였다. 집에 누렁이가 오고부터는 국이든 찌개든 언제나 너무 많이 하는 어머니였다. 나는 음식을 데울 때마다 짜증이 일었지만 지금까지 그것에 대해서는 한마디도 하지 않았다. 되레 어머니가 내게 국을 너무 알맞게 끓인다고 타박하는 입장이었다.

"아랫집 여자가 누렁이를 어떻게 해 달라고 한 건 아니에요. 그저 그렇다는 거였죠."

나는 마루로 나와 욕실에 대고 크게 소리 질렀다. 아랫집 여자에게 슬그머니 미안한 마음이 든다. 여자가 오늘도 올라왔다는 건 거짓말이다.

"개 목욕시키게 좀 데려와라."

목욕을 마치고 나온 어머니는 수건으로 아랫도리만 간신히 가린 채였다.

"발톱이 날카로울 텐데요."

누렁이를 넘겨주며 나는 불안한 표정을 지었다. 어머니의 앞가슴이 유난히 풍만해 보인다.

"가서 보일러나 좀 틀어 놔라."

안 그래도 더운데, 보일러까지 켜 놓으면 안 될 것 같다는 말을 할까 말까 망설이며 나는 작동 스위치를 눌렀다. 온수와 난방이 구분되지 않은 지 오래된 보일러였다.

어머니는 몸에서 물기를 뚝뚝 떨어뜨리며 방으로 들어가더니 장롱 문을 하나하나 열어젖혔다. 새 수건을 찾는 모양이었다. 나는 어머니의 몸에 딱 달라붙은 누렁이와, 배고프다고 성화였으면서도 개 목욕을 시키겠다고 나서는 어머니를 멍하니 바라보았다.

처음 얼마 동안은 10년 기도로 얻은 자식 대하듯 했던 어머니가 누렁이를 베란다 밖으로 내쳤을 때부터 나는 종잡을 수가 없었다. 어느 날 여동생이 전화로 "집에 개새끼 한 마리 들어왔다며? 엄마 참 웃긴다. 아버지가 죽어서 그 개로 다시 태어난 거래." 했을 때는 어안이 벙벙했다. 여동생 말에 의하면 어머니가 매일 전화를 해서 개가 하는 짓이 꼭 아버지를 닮아서 섬칫한 생각이 든다고 했다는 것이다. "그 인간이 죽어서까지 나를 괴롭히려고 내 곁으로 돌아왔다."는 말을 어찌나 심각하게 하는지 집에 개를 보러 오고 싶을 정도였다고 했다.

아버지의 이름을 강원도의 작은 암자에 올리자는 할머니에 맞서 기독교 식으로 장례를 치러 낸 어머니가 왜 그런 말을 했는지 알 수가 없었다. 십수 년간 절에 다니며 불공을 드린 할머니가 연을 끊자고 했을 만큼 싸움이 질겼던 문제였다.

어머니가 왜 누렁이를 본 적도 없는 여동생에게만 그런 말을 했을까를 생각하느라고 나는 며칠을 보냈다. 아버지에 대해 성토할 때마다 여동생과 어머니가 손발이 척척 맞았다는 사실을 감안해도 흔쾌히 고개가 끄덕여지지 않았다. 그래도 어머니가 내게는 말하지 않은 사실이라 나는 끈덕지게 여동생에게 들은 말을 모른 척했다. 그런 내 냉정함에 항의하듯 어머니는 여동생에게 전화를 해 댔고, 그때마다 반드시 원했던 만큼의 위로를 얻어 내는 것도 같았다. 전화 통화를 끝내고 나면 "그래도 희진이가 결혼한 년이라 말하는 게 다르다. 서로 원수처럼 으르릉거렸어도 엄마도 아빠랑 좋았던 때가 전혀 없었던 건 아니잖아요, 그런다. 그래도 일부종사한 거니까, 모진 세월 잘 넘겼다 여기라잖니." 해 가며 흡족해했다. 옆에서 내가 빈말로라도 '희진이 말이 맞아요.'라고 해 주지 않는 것에 복수하듯 내게 보내는 눈빛은 냉랭했다.

아버지가 살아 있을 때도 "원수도 그런 원수가 없다. 필시 내 애간장 녹이려고 태어난 인간이지. 으드득 으드득 씹어 사방천지에 살점을 뚝뚝 널어 놓고 다녀도 내 분이 풀리지 않을 인간이다." 하며 우는 어머니 옆에서 "엄마, 아빠 때문에 엄마 건강까지 해치겠어. 내가 참기름 넣어서 맛있게 밥 비벼 줄까?" 하며 비위를 맞췄던 건 언제나 희진이였다. 얼마 전에도 여동생은 내게 전화해서 "엄마가 아빠 얘기 하거든 싫어도 마음 좀 맞춰 주고 그래 봐라. 아빠 그렇게 보낸 게 얼마나 한스러웠으면 아버지가 개로 태어나서 다시 왔다고 생각하겠냐." 했다.

어머니에게 뺏다시피 한 500만 원으로 꼭 성공하겠다고 나간 아버지가 3개월 만에 시체로 돌아왔을 때 어머니는 울지도 않았다. 아버지와 함께 건축설계 사무소를 차렸던 세 명의 남자들은 아버지가 아픈 몸으로도 한사코 집에 가지 않으려고 해서 가족들과 등지고 나온 사람인 줄 알았다며 어머니 보기를 피했다. 두 시간이면 집에 올 수 있는 타지에서 간경화로 죽어 간 아버지를 앞에 놓고 어머니는 "처음부터 나는 돈 벌어서 온다는 말은 믿지도 않았지. 내가 무슨 복이 터졌다고 남편 덕을 보겠어. 아무리 그래도 집에는 와서 눈을 감았어야지." 만 넋 나간 듯 읊어 댔다. 그때도 어머니가 순순히 돈을 내주었던 건 아니었다. "지금 나라가 온통 난리야. 보험 해약하겠다고 오는 사람이 줄을 섰다고. 없는 사람들은 이제 밥술이나 뜨게 되면 다행이야. 이런 세상에 대체 뭘 믿고 그래? 그쯤 했으니 이제 제발 죽은 듯 좀 있어 봐." '죽은 듯'을 강조하며 새 사업 구상을 만류하는 어머니에 맞서 아버지가 한 말은 "남자인 내가 나서야지. 남자가 달리 남잔가."였다. 만기가 몇 달

남지 않은 통장을 해약하고 꺼내 간 500만 원이 아까워서라도 속는 셈치고 믿어 볼 '남자'에 어머니는 끝내 기대지 않았다.

부엌에서 조기 매운탕 끓는 냄새가 진동해 올 때까지 나는 목욕탕 앞에 멍하니 서 있었다.

어머니는 밥을 먹다 말고 잡은 전화기를 내 밥그릇이 빌 때까지 잡고 있었다.

"엄마, 식사 먼저 하세요."

조기 매운탕이 식어 가, 나는 할 수 없이 참견을 했다. 어머니는 수화기를 한 손으로 막고 내게 조용히 하라는 손짓을 했다.

"내가 사람을 한 번 봐서는 모른다고 안하더나. 여자 나이 스물여덟이면 만만치 않다. 웬만하면 눈 꾹 감고 한 번 더 봐라. 남자 쪽에서 여자가 마음에 쏙 든다고 한 번만 더 보게 해달라고 하더라."

나는 젓가락 부딪치는 소리도 내지 않으려고 주의를 했다. 하필이면 식사 시간에 그런 일로 전화를 잡을 게 뭐냐고 못마땅한 마음은 여전하다.

"그렇게 마음에 안들더나? ……그럼 서른셋이나 먹은 남자가 다 그렇지 뭐. 동갑짜리 남자 만난 것도 아닌데 그런 것까지 기대하면 안 되지. 하여튼 일단 한 번 더 만나 봐라. 한 번 더 보면은 좋은 점도 보이고 그런다. 선이란 게 원래 그렇지."

나는 숟가락을 내려놓았다. 아마도 어머니는 수화기를 놓기 무섭게 여자를 험담하고 나올 것이다. 어머니는 언제나 그랬다. 한 번 보고 사람을 어떻게 알겠느냐고, 상대가 싫다고 말하는 쪽에 맹렬히 험담을 해 대야 직성이 풀렸다.

"어렵다, 어렵다. 세상에서 중매만큼 어려운 일이 또 있을까 싶다. 정말 이보다 더 힘든 장사가 없어. 내가 파는 물건들이 어디 보통 물건들이냐? 잘못하면 어느 한 사람의 인생이 박살나는 일이니 말이다. 하기야 요즘 젊은 것들은 어제는 김밥 먹고 오늘은 냉면 먹는 것처럼, 이혼도 선택의 문제라고 생각한다더라만. 멋모르고 저질러 대는 일이다 그게."

어머니가 밥을 한 술 떠서 입으로 가져가다 말고 심란한 표정을 지었다.

"혹 결혼 얘기 나오거든 생년월일 물어봐라. 먼저 궁합을 봤어야 하는 건데 내가 딸 일이라 실수했다."

나는 밥을 푸다 말고 어머니를 바라보았다.

"결혼이 그렇게 쉬운 건가요?"

한 번 봤을 뿐인 남자를 두고 너무 앞서 가는 어머니가 어처구니없어 나는 약간 빈정대기까지 했다.

"그게 어디 결혼이 어려워서냐? 니가 맹꽁이 같아서지."

어머니는 후닥닥 입을 다문다. 맹꽁이 같아서라는 말이 무슨 뜻인지 나는 알고 있다.

"그놈만 아니었으면 니가 지금 이렇게 살겠냐?"

지금껏 내가 혼자인 걸 그 사람 탓으로 여기는 어머니가 새삼스러울 것은 없다. '그 사람 잘못만은 아니에요. 남자가 맥없어 보인다고 엄마도 반대를 했고, 그 말이 틀리지도 않는 것 같아 둘 다 관두기로 한 것뿐이잖아요. 엄마 말이 맞았어요. 그 사람은 다부지지도 못했고, 여자 덕으로나 살아갈 사람처럼 연약하기까지 했다고요. 그래요, 무엇보다도 든든한 아버지 밑에서 반듯하게 자라지 않은 남자라 책임감이 뭔지도, 여자 아끼는 게 뭔지도 모르는 사람이었어요. 엄마 말대로 세상 꼴 볼 것 안 볼 것 다 본 사람은 한눈에도 알아볼 수 있을 허약한 사람이었죠. 그래서 헤어졌잖아요. 그러면 되었잖아요. 소영이가 그러는데 그 사람은 아주 잘 살고 있대요. 아들딸 둘이나 낳아 나란히 유치원 보내고, 가끔씩은 자가용으로 부인을 꽃꽂이 학원에 데려다 주기도 한대요.' 예전 같으면 어머니가 미워서라도 쏟아 부었을 말을 나는 꾸욱 눌러 참는다. 10년은 세월이라고 불러도 좋은 기간이 아닌가?

"세상에 인간 종자만큼 알 수 없는 것도 없다."

"갑자기 무슨 말이에요?"

"그 남자 잘 알아보면서 만나라는 말이다. 벌써 두 번이나 만났으면 결혼 얘기도 한 번쯤은 나왔을 것 아니냐."

나는 어이없다는 눈으로 어머니를 바라보았다.

"서로 나이가 만만치 않은 사람들이니까 하는 소리야."

어머니는 내 입에서 무슨 말인가가 나오기를 기다리는 눈치다. 나는 냉장고에서 방울 토마토를 꺼내 다시 식탁에 앉았다.

"내가 이 노릇 한 해 두 해냐? 별사람이 다 있다. 언젠가 한 번은 3층짜리 빌딩을 가진 남자가 있다고 참한 여자 하나 소개하라더라. 예전에 나랑 같은 영업소에 있던 여자인데 남자 칭찬이 이만저만이 아니더라고. 약국도 하나 있는 약사인데다 학벌도 좋다더라. 나이만 맞으면 내가 널 들이밀고 싶은 마음이 굴뚝 같았어. 서른다섯 먹은 남자라기에 콧대 세우다가 나이 먹은 서른두 살짜리 처녀를 골라 소개를 시켜 줬잖냐. 3년째 내가 주선하는 선을 봤던 여자였어. 돈도 많고 똑똑한 남자라니까 잘되면 한몫 단단히 내놓으라고 미리 엄포를 놓고 내보냈다. 그랬는데 그날 저녁에 그 처녀 엄마가 전화를 해서는 노발대발하더라. 남자가 키도 작고 팔도 짧고 다리도 짧은 병신이라는 거야."

어머니는 무슨 말을 하고 싶은 것인가? 나는 어머니가 중매쟁이 노릇을 해 온 경험을 얘기할 때가 제일 곤혹스럽다. "요즘에 누가 보험 드냐, 먹고살기도 힘든 판국에. 들었던 보험도 해약하겠다고 앞다투어 오는 사람들로 북적거린다." 할 때마다 어머니는 일찌감치 중매쟁이로 나선 걸 천만다행으로 여기는 표정이었다. 하지만 그것에서도 뾰족한 수입을 올리지 못한다는 걸 내가 모르는 게 아니었다.

"염병할 인간, 내가 왜 아직도 이렇게 먹고사는 일에나 연연하면서 하루도 다리를 못 뻗고 살아야 하는지 모르겠다. 이 일이 어디 보통 힘든 일이냐? 두 손 두 발 다 들고 뛰어도 1년에 한 건 성사될까 말까 하다. 이 지겨운 노릇을 언제까지 해야 될지 모르겠다. 지 마누라 관 속에 들어갈 때까지 먹고살 재산을 만들어 놓는 사람도 있다더구먼. 하여간 남자 하나 잘못 만난 죄로 내가 이날 이때까지 맘 한 번 편할 날이 없다. 내가 환갑을 눈앞에 두고서 이런 일로 밥 빌어먹고 살지 꿈엔들 생각했겠냐? 아이고, 지겨운 남자……."

어머니는 몸에 수건을 감고 앉아, 물끄러미 우리를 보는 누렁이에게 힐끗 눈길을 줬다. 어머니의 푸념은 어찌나 절절한지 늘 장본인인 아버지가 옆에 있는 듯하다. 몸의 물기가 다 빠지지 않아서라고 하지만, 어머니의 기분이 이 상태에서 더 변하지 않는다면 누렁이는 오늘 마루에서 잠을 자는 호강을 누릴 것이다. 밥 먼저 먹겠다고 주방으로 온 어머니를 졸졸졸 따라들어온 누렁이를 어머니가 모른 척한 것만 봐도 알 수 있었다.

"겉만 번들번들한 종자 아닌지 잘 보고 만나야 된다."

마루로 나오는 내 뒤에 대고 어머니가 소리쳤다.

## 6

전화를 하면서도 희진은 큰아이를 야단치느라고 대화에 집중을 못 한다. "너 엄마가 청소기는 가지고 노는 거 아니라고 했지?"를 벼락치듯 해 놓고 "아이구, 말도 징글징글하게 안 듣는다."는 나를 향해 내뱉었다. 나는 그쯤에서 전화를 끊고 싶지만 희진이 먼저 끊자고 하기를 기다린다. 중요한 말을 하다가도 "어머, 우리 작은애 응가 하나 보다." 하면서 전화를 끊는 건 언제나 희진이였다.

"그래서 그 남자가 언니 마음에 든대?"

한동안 말이 없더니 희진이 불쑥 물었다.

"청소기 빼어서 넣어 놓고 왔어."

내가 대답을 않는 걸 달리 해석했나 보다.

"우리 작은애는 정말 왜 그렇게 말을 안 듣는지 모르겠다. 기집애가 하는 짓을 보면 꼭 지 할머니 닮은 거 있지. 우리 시어머니 말이야. 나이가 일흔이 넘었는데도 오기가 말도 못 해. 자식들이 좀 듣기 싫은 말을 하면 애들처럼 고집을 피우면서 일부러 미운짓 해. 나한테 맨날 시집 잘 온 줄 알래. 지 아들이 작은 무역 회사 과장 자리 하나 꿰찬 게 큰 벼슬인 줄 알아."

나는 정말 전화를 끊고 싶다. 희진이 입에서 시어머니 얘기가 나온 이상 다른 얘기는 아무런 흥미도 위력도 발휘하지 못한다.

"그래, 그 얘기나 계속해 봐. 그러니까 그 남자가 뭐래? 언니한테 관심이 있는 것 같기는 하냐고."

희진에게 선본 남자 얘기를 하려던 건 아니다. 누렁이를 좀 데려다 키우면 어떻겠느냐고, 부탁할 작정이었다. 어머니는 오늘도 신발을 벗어 들고 쩍쩍 소리가 날 만큼 누렁이를 패 댔다. 베란다에 널어 둔 빨래들이 하필이면 누렁이가 있는 곳까지 날아가 절단이 나 버린 탓이었다. "봐라. 저놈의 개새끼가 일부러 내 옷만 골라서 발기발기 찢지 않았냐? 병신이 풍장한다는 게 바로 저런 거다." 어머니는 내가 끼어들기를 바라기라도 하는 듯했지만 나는 끝내 모른 척했다.

어머니가 너무 준비 없이 아버지를 보낸 한스러움 때문에 억지를 부리는 것 아니겠냐고, 어머니를 가엾게 여기고 싶은 마음이 내게는 없다. 철들면서부터 인정하지 않았던 아버지를 저세상에 가고 없는 지금에 와서까지 끌어올리는 어머니가 밉다 못해 원망스럽다. 누렁이가 어머니가 오면 야단스럽게 꼬리를 치며 좋아하는 것을 보면 요즈음은 나조차도 섬뜩해진다. 어머니가 오는 것을 멀리서도 알아채고 짖어 대는 것을 봐도 그렇다. 어머니가 제가 있는 곳을 들여다보지 않고 마루로 그냥 올라서면 집이 떠나가게 짖어 대 기어이 어머니를 밖으로 끌어내기도 했다. 그때마다 어머니는 머리 꼭대기까지 올라오게 술을 마시고서도 일 나간 어머니를 기다리곤 했던 아버지를 들먹였다. "50명도 넘는 공장 사람들 야식까지 챙겨 주고 오는 게 어디 쉬운 일이냐. 파김치가 되어 들어온 여편네 어깨는 못 주물러 줄 망정 술주정이 웬말이냐? 나 못살게 구는 재미로 잠도 안 자고 기다리던 니 아버지 생각을 하면 지금도 사지가 떨린다. 하여간 그런 날은 밤새도록 나를 볶아 먹었다."

내가 보이는 무관심과는 상관 없이 나쁜 기억을 일일이 헤집고 나서야 직성이 풀리는 어머니였다.

"어른들 말 틀리는 거 하나도 없다, 언니. 아무리 그래도 남자가 더 좋아해야 결혼해서도 여자가 편해. 그 남자도 나이가 있으니까 웬만하면 결혼할 생각 하고 있겠지 뭐. 그러니까 언니도 남자가 좋다고만 하면 눈 딱 감고 결심해 버려. 언니도 곧 마흔이다. 어찌됐든 토끼 같은 자식이라도 하나 낳아서 키워 봐야 할 것 아냐."

나는 또 가슴이 갑갑해진다. 어머니 때문에 다친 마음을 여동생에게라도 위로받고 싶었다. 절름발이라 잘 피하지도 못하는 누렁이를 인정사정없이 두들겨 패던 어머니의 싸늘한 얼굴이라니…….

"잠깐만 있어 봐. 저게 또 말썽 부린다."

갑자기 수화기를 내려놓았는지 지지직거리는 소리가 어지럽게 들려왔다. 나는 별수 없이 얼굴을 찡그렸다. 곧이어 "이리 내놔. 누가 인형 머리를 가위로 싹둑싹둑 자르래. 어이구, 이 웬수." 소리가 새어 나왔다.

"재 정말 왜 저렇게 말을 안 듣냐? 다른 애들은 유치원 들어가면 장난감 같은 건 쳐다보지도 않는다고 하던데, 재는 아직도 집에 오자마자 장난감 바구니 끌어안고 저런 장난이나 한다. 정말 속상해 죽겠어. 애가 늦된 거니?"

나는 대꾸 없이 듣고만 있다.

"참, 근데 어디까지 얘기했지? 그러니까 그 남자가 애프터 신청을 했어?"

나는 전화선이 지지직거릴 때 슬그머니 전화기를 놓지 않았던 게 후회되었다.

"언니, 그 남자 두 번이나 만났다면서? 그렇잖아도 내가 걱정되어서 전화하려고 했어. 언니, 행여라도 이 다음에 어머니 모셔야 되네 어쩌네 하는 말 내비치면 안 된다. 혹시 남자가 묻더라도 딱 잡아떼. 막말로 이다음에 결혼해서 살다가 그 문제 때문에 헤어지자고 하지는 않을 것 아니냐. 그렇지만 언니 쪽에서 그 문제 확실하게 하려고 고지식하게 굴면 결혼 성사되는 거 쉽지 않다. 언니 같으면 안 그렇겠냐? 시댁 부모도 싫어서 장남은 기피하고 나오는 판국에 장모 모셔야 하는 조건이라면 어떤 남자가 상관없소, 하겠냐고. 그러니까 제발 그 얘기는 입도 뻥긋하지 마. 남자가 굳이 짚고 넘어가려고 들면 외국에 들어간 동생이 나중에 나올 거라고 해. 자식새끼 낳고 살면서야 장모 모시는 문제 때문에 이혼하자고는 못 하겠지."

희진이가 하는 말은 거의 어머니가 해 주는 말들과 비슷하지만 이번만은 다르다. 어머니는 절대 그 부분에 대한 코치는 하지 않았다. "한때 갑상선 수술을 했다는 얘기는 할 필요 없다. 지금은 아무렇지도 않은 목을 괜히 들먹일까 봐 걱정이다. 넌 어째 그렇게 쓸데없이 솔직해서 일을 만드냐." 어머니가 두 번씩이나 한 얘기는 그것이었다. 예전에 구청에 다닌다는 남자와 선을 봤을 때 있었던 일을 지금도 기억하는 어머니가 나는 좀 놀라웠을 뿐이다.

3~4년 전쯤의 일이었을 것이다. 서너 달 정도 교제를 했을 때 남자가 느닷없이 건강진단서를 내밀었고, 나는 대수롭지 않게 갑상선 수술을 했다고 말했다. 그날 집에 왔을 때, 서른다섯이라 결혼이 급하다고 했던 남자가 집안에 사정이 생겨 결혼할 수 없다는 말을 전해 왔다.

어이없긴 했지만 나는 그 말을 의심하지 않았다. 살다 보면 그런 일이 있을 수도 있겠다고, 왜 아니겠냐고, 나만 해도 동생이 불쑥 외국으로 가 버려 졸지에 어머니를 책임져야 하는 상황이 되어 버리지 않았느냐고. 좋은 일은 아니었지만 땅이 꺼질 일도 아니라고 생각했다. 그런데 다음 날 중매쟁이가 어머니에게 득달같이 전화를 해 왔다. 그렇게 큰 수술을 했으면 진작에 말했어야지 중간에서 자기만 곤란하게 되었다고 따진 모양이었다. "갑상선이라는 게 힘든 일을 하면 또 도지는 무서운 병인데 왜 그걸 숨겼느냐고 나를 아주 잡으려고 들더라. 아니 그게 몇 년 전 일인데 그걸 이유로 퇴짜를 놓냐, 놓기를. 보아하니 인물도 영 볼품이 없더구만, 또 선보면 일이 쉽게 될 줄 아는 모양이지. 내 딸이어서가 아니라 솔직히 니가 나이가 많아서 그렇지, 어디 가서 너만 한 인물 만나겠냐. 쥐꼬리만 한 월급이나 가져올 공무원 주제에 아무 타박 안 하면 복에 겨운 줄 알아야지." 그러면서도 어머니는 내가 답답해서 상종도

하기 싫다는 표정이었다. 공무원이니 돈을 많이 가져 오지는 않더라도 속은 편치 않겠냐고, 여자한테 그것만큼 좋은 게 없다고 침이 마르게 남자의 직업을 호평했던 어머니였다. 그날 저녁 어머니가 마지막으로 내게 한 말은 "그놈 못 잊어서 엉뚱한 수작 한 거 내가 다 안다. 못난 것."이었다.

저녁을 지어야 한다며, 서둘러 전화를 끊었다. 누렁이를 버리는 것보다는 나을 거라고, 여동생에게 부탁할 생각을 한 것부터가 잘못이었다. 아파트에 살고 있는데 어떻게 누렁이를 키울 수 있단 말인가.

'잘못이라면 그렇게 오래 만나 오고도 내가 그에 대해서 너무 많은 걸 몰랐다는 것이지. 그래, 난 그 남자에 대해서 정말 너무 몰랐어. 참 소박한 남자인 줄 알았지. 왜 아니겠니. 그가 그랬거든. "난 냉장고에 떨어질 틈 없이 그득그득 음식을 채워 넣는 여자를 신부로 얻을 거야." 난 그의 어머니가 바깥일을 하는 사람이었기 때문에 그가 가정에서 살림만 하는 여자를 원하는 거라고 생각했지. 그럴 때마다 그를 따스하게 어루만져 주고도 싶었고. 철에 맞게 과일을 사다 넣어 두고, 여름이면 아이들에게 줄 셔벗을 만들고, 식혜와 수정과를 만들고. 나는 상상만으로도 행복했어. 그래, 어쩌면 사랑은 그런 오해에서부터 시작되는 것인지도 몰라. 난 그 한마디로 그를 다 알아 버린 양 착각을 했으니까. 그래서 지금은 생각하곤 하지. 그가 원했던 건 그의 어머니처럼 희생을 감수하며 한 가정을 이끌어 가는 배포 큰 여자였을 거라고. 끊임없이 남자의 따뜻한 손길을 요구하고 남자의 넓은 가슴이나 갈구하는 나 같은 여자를 부담스러워했던 남자였다고. 너는 또 지난번처럼 그러겠지. 얼른 좋은 남자 만나서 결혼해라. 결혼해서 남편 사랑받고 애 낳고 살다 보면 그런 생각은 하고 싶어도 못 해. 그래, 서른일곱이나 먹은 여자가 한없이 과거를 되씹는다는 건 한심한 일일 수도 있겠지. 남이 볼 때는 충분히 그럴 수 있어.' 지나간 사랑도 삶의 일부 아니겠냐고, 억지스럽게 지워 내려고 노력할 것들이 따로 있는 것 아니겠냐고, 쌀을 씻으면서 나는 생각했다. 아이들에게 들볶이면서도 행복한 비명을 내지르는 것 같은 여동생이 부럽다.

"죽음이 별것이라더냐? 눈 한 번 딱 감고 잠자듯이 세상 것들 등지는 것뿐이겠지." 하는 말을 자주 했던 어머니가 왜 새삼 아버지의 죽음에 거창한 해석과 의미를 부여하는지 알 수가 없다. 더더구나 얼토당토않은 비약과 억지스러운 주장까지 끌어다 붙이면서 말이다. "나는 니 아버지가 나보다 먼저 죽으리라고는 꿈에서도 생각해 본 적이 없다."고 말할 때 어머니의 얼굴 가득 흘러나오던 회한이 무엇에서 기인한 것인지도 알 수 없다. 그 별것 아닌 죽음을 아버지 때문에 여러 차례 시도해 본 어머니가 아니었던가.

지금까지도 비 올 기미로 날이 꾸물거리면 내가 까닭 모를 불안감에 떨어 대는 걸 어머니는 알지 못 할 것이다. 일요일 아침부터 검은 비가 주룩주룩 내렸던 그때, 내 나이 일곱 살이었다. 옥수수를 쪄 주겠다는 어머니의 말에 굵은 빗방울 소리마저도 행복의 화음으로 들려왔다. 두 동생과 배까지 두드려 가며 옥수수를 먹고, 빠져든 잠 속으로 들려온 외마디 비명들…… 꿈속에서인 양 들려온 소리에 몸을 떨면서도 나는 모처럼 만끽한 포만감으로 눈을 뜰 수가 없었다. 한 달에 두 번 쉬는 인형 공장에 나가는 어머니가 그날은 집에 있었고 아침부터 청량리 시장에 가서 사 온 옥수수가 바구니 가득이었다. 일을 찾아 집을 나간 아버지가 열흘 넘게 들어오지 않았지만 그건 어머니에게나 우리에게나 익숙했다. 민석이와 희진이가 뛰어 들어와 나를 흔들어 댈 때까지 나는 꿈속에서도 그 꽉 찬 행복감을 누렸다. 그리고 눈을 뜸과 동시에 요란한 소리를 들었다. 마루의 유리창 네 개가 아버지가 휘둘러 대는 의자에 박살났다. 밖은 한밤중인지 낮인지 모르게 어두웠고, 어머니는 마루 한쪽 귀퉁이에 허깨비처럼 서 있었다. 찬장에 감춰 둔 쥐약 봉지를 꺼내며 죽겠다고 울부짖는 어머니에게 매달려 울다가 어린 민석이는 졸도를 했다.

그날 어머니는 민석이만을 데리고 집을 나갔다. 어머니가 보따리를 싸는 것을 보면서도 말리지 않고, 유리 조각이 낭자한 마룻바닥에 벌렁 누워 버린 아버지 옆에서 희진이가 질긴 울음을 터트렸다. 달콤했던 한낮의 잠이 꿈처럼만 여겨졌다. 희진이가 "언니, 아빠가 엄마더러 일하러 나가지 말라고 그래서 싸운 거야. 엄마가 일 나가면 아빠가 우리 집에 불 질러 버린다고 했어." 희진이가 울음을 그쳤을 때도 나는 치아 사이에 낀 옥수수 때문에 곤란을 겪었다. 우리들 삶 곳곳엔 그런 예기치 않은 불순물들이 끼어들 수도 있다는 것을, 죽은 듯 누워 있는 아버지를 내려다볼 때는 몰랐다.

나는 씻은 쌀을 한 움큼 덜어 냄비에 안쳤다. 누렁이에게 쌀죽을 쑤어 줄 작정이었다. 피하지도 못 하고 어머니에게 흠씬 두들겨 맞아 겁먹었는지 누렁이는 내가 던져 준 사료에 지금껏 입도 대지 않았다.

## 7

'솔직함도 나이에 맞아야 호평을 받는 법이야.' 나는 형에게 빌려 온 차라고 말하는 남자의 얼굴을 티 안 나게 피하기 위해 창밖으로 고개를 돌렸다.

"우린 가진 건 없지만 형제 간의 우애 하나는 내세울 만하죠. 우리 형은 내가 오늘 차를 쓰겠다니까 얼굴 한 번 찌푸리지 않고 오랜만에 잡은 가족 피크닉을 취소합디다. 지난번에도 내가 가지고 나갔다가 사고를 냈는데, 수리비가 얼마 나왔다는 말조차 안 했던 사람이오. 그나저나 오늘 이 차로 사고가 나면 우린 보상 한 푼도 못 받고……."

남자가 말을 멈춘 건 옆 차선에서 갤로퍼 한 대가 갑자기 끼어들었기 때문이었다.

"저런 저 돼먹지 않은 인간들 때문에 내가 이 차 끌고 어디 좀 가는 게 겁난다니까."

남자는 도로 질서를 잘 지키지 않는 인간들이 어떤 작자들인지 빤하다는 투의 욕을 한참 퍼붓고 나서야 옆에 내가 앉아 있는 걸 의식한 모양이었다.

"너무 걱정은 마쇼. 이래 봬도 내가 모래 퍼 나르는 트럭을 3년이나 몬 경력이 있으니까. 이딴 자가용 정도야 식은 죽 먹기요."

어머니에게, 남자가 한때는 유명 상표 옷들을 할인해서 파는 상설 매장을 했다가 망했다고 들었다. 모아 놓은 돈이 없는 건 그래서라고 했다. 옷 가게를 해서 망한 건 언제고, 트럭 기사를 한 건 언제란 말인가. 트럭 기사를 하다가 때려치우고, 옷 가게를 하다가 집어치우면서 이 남자는 서른일곱이 되었을까? 지금 하는 전자 대리점이 잘 되지 않아 또 그만둘 때 이 남자는 몇 살이 될까? 그때 이 남자 옆에서 나이를 먹어 가는 나를 상상해 보다가 진저리를 쳤다. 최소한 세 번은 보겠다는 결심을 지키기 위해 오늘 하루를 내놓은 것뿐이라고, 나는 재차 다짐을 두었다.

"무슨 노래를 좋아해요? 노래라면 여기 웬만한 것들이 다 있소. 우리 형이 노래광이거든."

"노래라면 아무 거나 다 좋아해요. 아무 거나 틀어 주세요."
"그 아무 거나라는 말 아무 곳에서나 하지 마쇼. 신세대들 사이에 가면 바로 왕따감이오."
남자가 한 손으로 테이프들을 고르면서 말했다.
'한때 저 남자도 분명 젊었겠지.' 나는 좀 씁쓸해진다. 아니 주책없이 슬퍼지려고까지 한다.
"무슨 생각을 그렇게 골똘히 합니까?"
남자가 반은 장난스럽게 물었다.
"경치가 너무 좋아서요."
10대 가수들이 그룹으로 나와 혼을 빼놓을 듯 무대를 휘젓고 다니면서 부르던 랩이 흘러나와 나는 얼굴을 찡그렸다. 남자는 어느새 그 요란한 리듬에 맞춰 고개를 흔들어 댔고, 오른손으로는 핸들을 탁탁 치며 신이 났다.
"시대에 맞게 살아야 돼요. 랩이 유행하면 랩을 부르고, 한겨울에도 반팔이 유행하면 반팔을 입어야 하고."
음악에 맞춰 몸을 흔들며 남자가 말했다.
"안 그렇소?"
새삼 느끼는 것이지만 남자는 목청이 크다.
"너무 뒤처져도 따라잡기가 힘들더라고요. 숨이 차서 말이오. 안 그렇소?"
남자가 혹 결혼에 대한 말을 하려는 것일까? 두 번 만난 남자와 내키지 않아도 결혼에 대해 평소 생각하던 바를 나누어야 한다는 것, 그건 역시 숨찬 일이다. 그는 가끔 가다 생각난 듯 말하곤 했다. "내가 실없는 놈처럼 보이진 않지? 실없는 사람으로 보이는 것까지는 괜찮아도 실없는 남자로 보이는 건 견딜 수 없을 것 같아서." 그와 더는 그럴 수 없을 만큼 편안한 얼굴로 마주 앉아 차를 마시며 나는 행복했던가? 그가 자신 없어 하는 것만큼 삶에 대해 자신이 없었던 나는 그에게 모든 걸 맡기는 쪽을 택했다. 처음부터 끝까지 그가 하는 대로 따라가며 슬그머니 팔자 좋은 여자가 되어 보고 싶었다. 어머니나 희진이가 밤낮없이 주장하는 사랑받는 여자 말이다.

"언니, 나는 그냥 단순하게 살기로 했어. 우리 그 사람이 하루에 만 원 벌어 오면 딱 만 원에 맞게 살고, 2만 원 벌어 오면 2만 원에 맞게 살고. 만 원 벌어 오는 남편 성에 안 차 발 벗고 나서면 그때부터 그 여자 팔자는 사나워지는 거야. 언니도 이다음에 결혼하게 되면 내 말을 꼭 명심해야 돼. 남자한테 처음부터 그렇게 말해 줘. 안 벌어 오면 아예 함께 굶어 죽을 작정이라고."

여동생은 전화로 자주 나를 교육시켰다. 그녀는 아버지가 세월이 갈수록 더 형편없는 남자로 변해 간 게 어머니가 너무 드셌기 때문이라고 생각했다. 어머니 앞에서는 한결같이 "엄마도 아빠 같은 남자만 만나지 않았더라면 얼마나 멋지게 살았겠어요. 그래도 내 복이 이것 뿐인가 보다, 라고 생각하세요." 했지만 어디까지나 입에 발린 소리일 뿐이었다.

"지금까지 사랑해 본 남자 없소?"

남자가 갑자기 볼륨을 대폭 줄이더니 크게 물었다. 일부러 목소리를 크게 낸 티가 역력히 느껴졌다.

"하긴 없다면 이상한 거지."

아무 대꾸 없이, 그다지 대꾸할 필요도 없이 냉정하게 앉아 있는 내 얼굴을 쓰윽 보고 나서 남자가 말했다. 말하지 않아도 안다는 듯 혼자 고개까지 끄덕끄덕거린다.

"나는 무지무지하게 좋아했던 여자가 있었는데, 나랑 결혼하면 굶어 죽게 생겼다고 그 여자 아버지가 떼어 놨소. 남자가 남자 보는 눈이 그렇게 없어서야 어디. 나 말이요, 내 사지가 잘려 나가는 한이 있어도 여자 밥 굶길 놈은 아니오."

끝내 말이 없는 나를 한 번 보고 나서 남자는 또 볼륨을 높였다.

"하긴 지금 생각해 보면 그 여자, 밥을 많이 먹게 생기긴 했어."

제가 해 놓고도 우스운 농담이라고 생각했는지, 남자는 유쾌하게 웃는다.

서로 사랑했던 모습에 아름다운 날들이 왔던 거라고, 때로 외롭거나 지쳐 견딜 수가 없을 때 나를 일깨워 준 건 우리 하나라는 것이었다는 가사를 들으며 나는 창밖으로 시선을 돌렸다. 어찌나 리듬이 빠른지 정신이 쏙 빠져나갈 것 같다.

"여자는 남자 잘 만나야 한다. 남자 잘못 만나면 신세 조지는 거 순간이다.” 생활에 찌든 목소리로 간곡히 말하는 어머니를 뒤로 한 채 내 여학생 시절은 아름다웠다. 서로 사랑하는 남녀가 만발한 벚꽃 길 아래를 거닐며 첫 키스를 나누는 소설을 읽으며 가슴이 설레었고, 그런 장면이 나오는 페이지에는 교정에서 주워 모은 단풍을 끼워 넣었다. 늦은 밤까지 일하고 들어와 밀린 빨래를 하느라 등골이 휘어 가는 어머니와, 그런 어머니에게도 매질을 해 대는 아버지의 생활과는 비교도 할 수 없을 만큼 맑고 찬란한 사랑을 꿈꾸었다. 그 속에서는 사랑의 눈빛만 간직하면 성격이 괴팍한 절름발이 남자도 다 아름다웠다. 그러나 서로 사랑하는 남녀의 애틋한 눈빛이 불꽃을 터트리는 페이지마다 꽂아 둔 그 곱던 단풍잎이 누렇게 변색되면서 나 역시도 힘주어 말하는 사람이 되어 갔다. “희진아, 아무 남자나 함부로 사귀면 인생이 불행한 거야.”라고.

“아휴, 이 차 이거 왜 이렇게 말을 안 들어. 타이어를 너무 오래 굴렸나?”

남자가 쾅쾅 울려 대는 음악 소리를 한껏 줄이며 인상을 구겼다.

“차가 이상해요?”

“똥차 티 팍팍 내네 정말. 하, 이거 나, 정말 미치겠네.”

나는 금방 인상을 구기며 험악하게 변해 가는 남자를 보는 게 불안해 창밖으로 시선을 돌렸다. 마음이 편치 않다. 대체 이 남자의 뭘 믿고 불쑥 장거리 여행에 동의해 버렸단 말인가?

"뭐 고무 타는 냄새 같은 거 안 나요?"

남자가 고개를 이리저리 갸웃거리며 물었다. 나는 고개를 흔들었다. 차 안이 갑자기 더워진 느낌은 있었지만 무슨 냄새를 맡지는 않았다.

"이거 뭔가 이상한데."

남자가 음악을 끄며 말했다. 심각한 낯빛으로 변해 가는 남자를 보며 나는 또 불안해졌다.

옆 차선에서는 차들이 쌩쌩 내달린다. 나는 창밖으로 고개를 돌리며 절로 한숨을 내쉬었다. 가야 할 길이 멀게만 느껴진다.

## 8

'이 세상에 있지도 않은 사람에게 망발을 일삼는다는 건 죄를 키우는 일이야.' 나는 삼복더위에 개를 끌고 나온 나를 어떻게든 옹호해야 했다. 그렇지 않고는 점심 식사 하기 무섭게 개를 안고 나온 나를 스스로도 이해할 수 없었다. 처음엔 어머니가 개를 데려왔다는 명진빌라 근처에 두고 오자고, 단순하게 생각했다. 어머니와 노래 교실에 다닌다는 여자들이 그 빌라에 산다는 생각을 얼른 하지 못해서였다.

동네 남자 하나가 술주정을 하며 제 안방처럼 뒹구는 가게 앞 공터에서 나는 걸음을 멈추었다. 파라솔이 세 개나 있고 사람들이 들끓는 곳이라 안성맞춤이었지만 집에서 멀리 떨어지지 않은 게 걸렸다.

우리 집과 가까운 곳에서 누렁이가 살게 되는 것, 그건 막아야 할 일이다. 제가 어떤 운명에 처했는지도 모르고 내 품에 안겨 온갖 재롱을 떨어 대는 누렁이의 등을 나는 천천히 쓰다듬어 주었다. 줄을 매어 천천히 끌고 오다가 세상 구경은 혼자 다 하겠다는 심보로 느리게 구는 녀석이 얄미워 품에 안았더니 이쪽저쪽 고개를 흔들며 좋아했다. 어머니가 보았으면 "조금 좋다고 저 낯짝 내두르는 꼴 좀 봐라. 영락없이 니 아버지다." 했을 행동이었다.

"어머 아가씨, 어디 가나 봐요?"

차들이 다니는 도로까지 나와서 아랫집 여자를 만났을 때 나는 도둑질하다 들킨 것처럼 가슴이 내려앉았다. 버스가 다니는 도로까지 다 나왔던 터라 안심이 되었는데……. 종로로 나가는 버스가 수시로 지나다니는 그 도로가 나오면 동네를 다 벗어난 느낌이 들곤 했다.

여자가 어서 지나가기만을 바라며 나는 어색하게 웃었다. 그러나 여자가 내 품에 안긴 개를 대수롭지 않게 여기는 듯해 다행이라고 여기는 순간 누렁이가 컹컹컹 짖어 댔다.

"어머, 누렁이 산책시키나 봐요. 나를 보고 반가운 모양이네."

나는 또 한 번 웃지 않을 수 없었다.

어느새 신촌이 눈앞에 다가왔다. 누렁이를 안은 오른쪽 가슴 밑이 땀으로 끈적거렸다. 아래층 여자를 만난 뒤부터는 마땅한 장소를 찾겠다는 목적도 잊고 무작정 걷고 또 걸어 댄 탓이었다.

서강대교 공사로 도로가 넓어지고 밤이면 포장마차들이 줄을 서는 곳까지 와서 나는 주위를 둘러보았다. 신촌로터리까지 나가면 슬쩍 누렁이를 놓고 나올 길은 영 막히는 것이었다. 차와 사람들로 번잡스러운 곳에 누렁이를 내버리는 짓만은 할 수 없었다. 그건 어머니가 온갖 말로 퍼붓는 학대에서 벗어나게 해 주겠다는 내 선의에도 어긋나는 일이었다.

"개가 덥나 봐. 아휴, 저 혓바닥 내민 것 좀 보소." 굴다리 밑에서 시금치며 아욱 등을 파는 할머니가 내 얼굴을 빤히 올려다보며 말했다. 그제야 나는 한곳에 너무 오래 서 있었음을 알았다.

"이 아욱 좀 안 사시려우? 무공해야. 우리 작은 아들네가 시골에서 직접 기르는 걸 뜯어 온 건데."

노인은 내가 개를 데리고 한가하게 시장을 보러 온 줄 아는 모양이었다. 나는 서둘러 그곳을 벗어났다. 노인의 말대로 누렁이는 축 처져서 헐떡거렸다.

강화터미널 부근에 있는 자판기에서 나는 쌕쌕오렌지 하나를 빼내었다. 시외버스를 타는 사람들을 위해 배치해 놓은 긴 나무 의자에 앉아 누렁이의 입을 벌렸다. 참 할 일이 없는 여자처럼 퍼져 앉아서 먹여 주는 오렌지 주스를 누렁이는 잘 받아먹었다.

땀을 식힌 내가 좋은 장소를 찾는 일로 또다시 고민하는 동안, 누렁이는 한 아이가 굴리다 둔 농구공을 혓바닥으로 핥기도 하고, 팔짝팔짝 재주도 넘으면서 놀았다. 더없이 행복한 얼굴이었다.

중매쟁이 노릇에 염증이 날 때마다 "마음대로 되는 게 아니다. 부부 연은 다 정해져 있는 거다." 하면서도 아버지에 대해서는 아직도 마음을 비우지 못하는 어머니에게서 나는 좀 자유롭고 싶다. "한번은 내가 도망을 나오려고 너를 들춰 업고 희진이 손을 단단히 잡고 한밤중에 집을 나오지 않았겠냐. 그런데 어떻게 귀신같이 알아채고는 벌써 니 외갓집 들어가는 길 앞에 버티고 있더라. 술을 처먹고 방이 떠내려가게 코를 고는 걸 보고 보따리 쌀 새도 없이 나왔는데 말이다. 외할머니한테 여비만이라도 얻어서 새벽녘에 차를 타려고 했는데 그길로 머리끄덩이 잡혀서 집으로 들어갔다." 할 때는 아직도 분한지 목소리까지 떨렸다.

나는 어머니의 그 어떤 말도 다 들어 줄 수 있지만 "집 나갔다가 너나 희진이가 눈에 밟혀서 할 수 없이 들어왔다." 소리는 견딜 수가 없었다.

반쯤 입을 벌리고 잠든 어머니 주위를 파리 한 마리가 빙

빙 돌았다. 어머니가 숨 쉴 때마다 풍어져 나오는 단내 때문이었다. 어머니 머리맡에, 먹다 남긴 통닭이 포일에 싸여 있었다. 뜻하지 않게 한 건 했거나, 운 좋게 혼담 하나가 성사되었을 것이다. 아침까지만 해도 "종일 다리품을 팔면 굶어 죽지는 않는다는 말도 옛말이다. 맨 해약하러 오는 사람들뿐이다. 계약 하나 하면서 온갖 생색 다 내고 큰 선물까지 챙긴 것들이 보험료 한 번 내고 해약할 때는 왜들 그렇게 당당한지 몰라. 정말 이 짓도 못 해 먹을 노릇이다."며 나간 어머니였다.

요즘 들어 어머니는 건강에 유난히 집착을 보인다. 3일 전에는 100만 원이 넘는 물리치료기를 팔려고 사람을 끌어 모아 선전을 하는 곳을 다녀와서는 당장 그것을 사지 못 해 안달을 부렸다. 물건이 워낙 딸려 할부도 안 된다는 어머니 말을 들으면서 나는 복장이 터지는 듯했다. 물건 파는 수법이라면 도가 트고도 남는다고 말하는 보험 설계사 노릇을 어머니도 10년이나 한 사람이 아니던가. 그런데도 자신의 몸을 챙기는 일에는 가끔 그렇게 말도 안 되는 억지를 부리고 나왔다. 혈액순환에 엄청나게 효과가 좋은 치료기였으면 병원 같은 곳에서 고가로 구입해 갔을 거라고, 입에 침이 마르게 만류해도 어머니는 막무가내였다. 그날 밤 어머니는 조금도 늙은 여자 티가 나지 않는 목소리로 "너도 한번 늙어 봐라."며 쏘아붙였다.

나는 누렁이에게 주려고 포일을 펼쳐 닭고기 살점들을 골라내다가 흠칫 몸을 떨었다. 백마역으로 가는 기찻길 옆에 누렁이를 버리고 들어오는 길이라는 걸 어쩌면 그렇게 까마득히 잊을 수 있단 말인가? 갑자기 불이라도 난 듯 가슴 속이 확확 거렸다.

'남자로 태어나지 않았더라면 아버지도 그럭저럭 한세상을 살다 갈 수 있었을 거예요. 내가 아는 아버지는 1평 공간에서도 충분히 자족할 수 있는 사람이었어요. 30평 책방에서 일을 보는 것도 아버지에겐 벅찼던 거라니까요. 누군가 아버지에게 "자네 능력대로 살게나."라고 한마디만 해 줬어도 아버지는 그 버거운 방황을 끝냈을 거예요. 마지막까지도 실패한 모습을 보이는 게 두려워 객사한 사람이잖아요. 삼우제를 지내고 오던 날, 나는 아버지가 이 세상 사람이 아니라는 게 그렇게 홀가분할 수가 없었어요. 그 작은 체구와 허약한 몸으로 더 이상 버둥거리지 않아도 되겠구나 하고요.'

고단했던지 코까지 고는 어머니를 나는 물끄러미 내려다보았다. 두 달이나 함께 했던 누렁이가 없다는 것을 알고나 있는 것일까?

9

"너 가서 저 개새끼 좀 한 대 콱 쳐 주고 와라. 신경이 쓰여서 당최 잠을 잘 수가 없다."

잠이 들락말락할 때 어머니가 내 방 문을 벌컥 열어젖혔다. 새벽 2시가 넘을 때까지 뒤척이다 누운 지 얼마 되지 않아서였다. 마루의 불빛으로 드러난 어머니의 얼굴에도 피곤기가 절어 있었다.

"그냥 주무시지 그래요. 나는 아무 소리도 안 들리는데……."

불면증에 시달리던 중이라서인지 내 목소리는 곱지 않다.

"넌 저렇게 방정을 떨면서 울어 대는 소리가 들리지 않는다는 거냐? 나는 골이 다 욱신거린다."

잠을 자기는 글렀다고, 나는 짜증을 숨기며 일어나 방 스위치를 올렸다. 어머니가 시키는 대로 작대기로 누렁이를 한 대 때리고 들어왔다. 조금도 아프지 않았을 것이다. 나는 그저 때리는 시늉만 했을 뿐이다. 발광을 해 대는 누렁이를 박스 속에 넣어 내다 버리는 일에 비하면 조금도 어렵지 않았다.

박스에 넣어 돌아올 길을 봉쇄해 버렸는데도 우리 곁으로 돌아온다면 그거야말로 어쩔 수 없는 일 아니겠냐고, 나는 말끔히 달아나 버린 잠을 부르며 생각했다.

나는 며칠 전에 럭키슈퍼에서 맥주 두 병을 사 오면서 빈 라면 박스를 살짝 집어 왔다. 개나 소는 아무리 멀리 데려다 놓아도 제가 가면서 싸 놓은 오줌 냄새를 맡고 집을 찾아온다는 말이 불현듯 떠올라서였다.

철로 근처에 누렁이를 내려놓고 녀석이 잠시 한눈을 파는 사이에 집으로 달려온 지 한 시간도 안 돼 아랫집 여자가 전화를 해 왔다. 대문 밖에서 개가 깨갱대는데 누렁이가 아니냐고 했다. 설마설마 하면서 내려갔더니 정말로 누렁이였다. 나를 보자마자 달려드는 누렁이를 안고 집으로 들어왔을 때 녀석은 노란 물을 있는 대로 다 토해 내었다. 내가 사 먹인 쌕쌕오렌지였다.

"어째 이렇게 몸이 쑤시는지 모르겠다."

"침이라도 맞으러 가지 그래요."

"침 한 번 맞았다고 다 좋아질 몸이면 이 세상에 환자가 어딨겠냐."

어머니는 내 말투에서 무성의함을 느꼈는지 이내 돌아서며 말했다.

나는 어머니가 내지르는 "저놈의 개새끼를 내일은 정말 내다 버리든지 해야지 안 되겠다." 소리를 들으며 이불을 확 뒤집어썼다. 쉽게 잠이 올 것 같지 않았다.

아버지는 죽어서도 자유롭지 못하다고, 나는 100퍼센트 확신했다. 아버지가 누렁이로 다시 태어난 거라고 우기는 어머니의 억지 못지않았기에 입 밖에 낸 적은 없었다. '명인아, 너무 갑갑하구나. 갑갑해.' 아버지는 내 잠 너머에서 소리치곤 했다. 식은땀으로 푹 절은 몸이 으스스 떨려 올 때까지 나는 꿈이라는 걸 알지 못 했다.

"아버지를 뿌려 주는 건데 그랬어요. 화장까지 했는데 관속에 넣어 무덤을 만든 건 좀 그렇잖아요." 그런 날 다음이면 나는 식탁에 앉아 혼잣말처럼 중얼댔다. 아버지의 시신을 화장하자고 한 건 어머니였다. 깔끔해서 요즈음은 다들 그렇게 한다는 말에 큰집 식구들은 별다른 토를 달지 않았다. 선산이 있으니까 시신만은 그곳에 안치해야 한다는 것에도 모두들 동의했다. 고조부, 고조모, 증조부, 증조모들까지 다 누운 선산에 한줌 재로 변한 아버지를 모시고 가면서도 나는 마음이 편치 않았다. 아버지를 몇 평 안 되는 땅속에 가둔다는 게 내키지 않아 삼우제를 지내고 돌아서는 발길이 떼이지 않았다. 조상들 시신이 다 그곳에 모여 있다는 게, 몇 대째 보존하며 내려오는 선산이라는 게, 화장까지 시킨 아버지를 가둬 두는 이유가 될 수 있단 말인가? "엄마, 우리 이곳에 내려서 아버지를 뿌려 주면 어때요. 죽어서만이라도 훨훨 날아다닐 수 있게요." 선산으로 가는 자가용 안에서부터 나는 몇 번이나 그렇게 말하고 싶은 충동을 느꼈다. 입만 근질근질한 게 아니라 몸도 근질근질했다. 아버지의 몸이 불 속에 들어간 후에야 간신히 화장터에 도착한 명석이 꾸벅꾸벅 졸아 가며 들고 있는 유골함을 빼앗아 그 당장에 뛰어내리고 싶었다.

"얘 명인아, 저놈의 개새끼 좀 때려 주고 와라. 정말 잠을 잘 수가 없다."

크게 들려온 어머니의 말을 나는 무시했다. 대신 소리 없이 일어나 장롱을 열어 보았다. 라면 박스는 장롱 한쪽에 얌전히 접혀 있었다. 나는 헌옷도 하나 찾아내었다. 어머니가 누렁이를 들먹이며 불면증까지 호소하는 날이 또 온다면 과감히 박스 밑에 그것을 깔고 누렁이를 집어넣을 작정이었다.

오늘이 일요일인가? 아침 8시까지 청량리 시계탑 앞으로 가려면 이젠 정말 자야 한다.

갑자기 차가 도로 한가운데 서 버리는 바람에 엉망이 된 장거리 여행 대신 춘천 소양강에 가자고 남자가 말했을 때, 나는 시덥잖다는 표정만 지었다. 마곡사행이 불발로 끝난 것을 놓고, 서로 고생을 해 보라고 신이 특별한 기회를 준 거라는 거창한 해석까지 일삼는 남자를 보며 참 대책 없는 사람이라고 생각했다. 그러나 견인차가 오기까지, 한참을 도로에 서서 남자가 "당신과 나, 그러니까 우리 두 사람은 행복한 가정을 이루어야 한다는 일념을 지금 이 순간에도 떨쳐 버리지 못하는 사람들 아닙니까? 우리가 그렇게 같은 목적을 지녔다는 것, 그것만이 유일한 진실 아니오?" 했을 때 나는 마지못한 듯 "형님 차마저 고장났으니 뭘 타고 가죠?"라고 했다. 내 목소리는 의외로 밝고 경쾌했지만, 사정없이 올라오는 지열 속에서 듣는 '행복'이 낯설었던 기억만은 지금도 또렷하다.

"명인아, 너 내일은 누렁이 줄 과자 좀 사 와라. 입이 고급이어서 당최 뭘 먹으려 들지를 않더라."

어머니는 잠이 오지 않는지 다시 마루로 나왔다. 나는 우유라도 한 잔 마셔 보라는 말을 할까말까 망설이며 자는 척 가만히 있었다.

"그나저나 어느 구석에서 돈을 빼서, 위아래층 화분 값을 물어 줘야 할지 모르겠다. 그 병신 다리로도 할 짓은 다 하고 다니니 원."

어머니가 마룻바닥에 퍼질러 앉으며 한숨을 쉬었다.

누렁이에 대한 성토를 그치려면 어머니는 아마 밤을 새워야 하리라. 누렁이는 어제도 위아래층으로 오르락내리락하며 계단에 놓인 화분을 다섯 개나 깨뜨렸다. 아침에 개 줄을 풀어 준 게 나라는 말을 할 수 없어 나는 "개 줄을 감아 둔 철사가 헐거워서 빠졌나 봐요. 길길이 뛰니까 풀어졌나 보죠, 뭐." 했다. 베란다가 꺼져 나가게 발을 구르고 몸을 비틀어 대는 누렁이를 보다 못 해 슬그머니 철사를 풀어놓으면서도 그런 염려는 안 했던 게 잘못이었다.

아버지는 동업자의 사기로 돈을 몽땅 탕진하고 들어와서도 며칠을 못 버티는 사람이었다. "내가 지금 이러고 있을 사람이 아니다. 하루가 금쪽 같은데 시간을 놀려서야 안 되지." 해 가며 무작정 밖으로 나가고 보았다.

부황기를 아편 삼아 힘든 세상을 그럭저럭 살다 갈 수도 있는 것 아니겠냐고, 아버지에 관해 너그러운 기억을 갖고 싶은 나였다. '다들 얼마나 힘들게 사는데…….' 길을 가다가 문득 문득 중얼거리곤 하면서도 아버지를 원망하지는 않았다. 대학 진학은 꿈도 꾸지 말라는 어머니의 말을 들으면서도 내 안의 아버지는 살아나지 않았다. 핸드백을 사러 가서도 손님들을 상대하느라 힘들었을 판매원 아가씨의 종아리를 먼저 보게 되는 습관이 절로 생기기까지 숱하게 죽여 온 아버지였다.

"미련한 양반, 겨우 국문이나 뗀 수준으로 출세를 하면 얼마나 하겠다고……. 사람이 배운 게 없으면 지혜롭기라도 해야지. 무식하면 무식한 대로 나 죽었소, 하면 그래도 다 살길이 나오는 게 세상살이다."

나는 주방으로 가 우유를 두 잔이나 마시고 들어왔다. 모시 이불을 목까지 끌어올리고 눈을 감았지만 잠은 오지 않았다.

썩 내키지 않는 외출을 위해서도 억지로 잠을 부를 수 있다는 것, 인생 중반기에 들어서면서 나는 그것을 거부하지 않기로 했다. 활시위가 내 의지를 떠나는 일도 더러는 있는 법이다. 어머니가 "집안 어른들끼리 소개한 건데 마음에 들고말고가 없었다. 외모도 볼품없고, 힘도 패기도 없어 보이는데도 어째 꼭 내 남편이 될 것만 같더라."로 아버지에 대한 첫 느낌을 설명했던 대로 말이다. 그때 어머니는 조금은 무겁고 허허로워 보이는 웃음을 지었던가.

행복이든 불행이든 누구에게나 할당된 제 몫이 있는 게 아닐까? 나는 그것에 관한 한 철저하게 질량불변의 법칙이 존재한다고 믿는다. 더더구나 타인이 개입된 것이라면 더더욱 말이다.

우유가 진가를 발휘하기는 아직 이른 모양이다. 나는 장롱문을 열어 박스를 꺼냈다. 접선대로 이리저리 맞춰 본다면 큰

사각 틀이 만들어질 것이다. '그냥 그래 보는 것뿐이야. 내 힘으로 되는 거니까.' 주워다 놓은 박스 하나로 이렇게 홀가분할 수 있다는 게 믿기지 않아 나는 푸푸 웃었다.

나는 그날 새벽 깊은 잠 속에서 누렁이가 박스를 나와 길고도 검은 강을 훠이훠이 건너가는 것을 보았다.

# 겨울 나들이

진초록빛 한복을 입은 덕분인지 어머니의 어디에서도 더부살이를 떠나는 사람의 흔적은 찾을 수 없었다. 4년 전, 종영 오빠에게 아파트를 넘겨주고 우리 집으로 옮겼을 때도 어머니는 흘러내릴 듯 우아한 숄을 걸쳐 파티에라도 초대된 사람 같았다.

"엄마가 마음먹기 달렸어. 지금이라도 늦지 않았으니까 마음 변하면 언제든지 말해. 방 하나 더 얻는 게 뭐 그리 어렵겠어."

3호선 전철이 옥수역을 지날 때 나는 싸늘하게 말했다. 어머니는 시퍼런 물줄기를 처연히 드러낸 강을 바라봤다. 능력 없는 딸이 속죄의 기분으로 지껄여 보는 말임을 어머니도 알

것이다. 레일 위를 굴러가는 쇠 바퀴 소리만 규칙적으로 들려왔다. 송곳으로 후벼 파는 듯 명치 끝이 저려 왔다.

간밤 내내 내가 어머니를 위해 할 수 있었던 일이란 눈물만 뽑아낸 것이었다. 그것도 내 감정의 복받침 때문이었으니, 순전히 어머니를 위한 것이라고는 할 수 없었다.

"학교 그만두지 않는 건데 그랬어. 지금 생각하면 여자한테 교사 자리란 천직이야. 어쨌든 꼬박꼬박 돈 나오고."

괜한 말이라는 것을 몰라서가 아니었다. 며칠 내내 가슴 언저리를 훱쓸고 간 회한이었다. 시골 외삼촌 댁으로 가겠다는 결정을 한 건 어머니였지만 다른 대안이 없었다는 걸 누구도 모르지 않았다.

외삼촌과는 일찍부터 통화가 되었던 듯했다. 전화를 했을 때 외삼촌은 "안 그래도 착찹한 네 마음 안다."로 운을 뗐다. 나를 편하게 해 주기 위해서인지 어머니의 문제와는 관계 없는 것만을 물어 대서 면목 없다는 말은 끝내 하지 않아도 되었다. 빈방을 청소해 놨으니 언제든지 내려오라는 말을 들으면서 기어가는 목소리로 "네." 했을 뿐이다.

어머니가 외삼촌에게 자신의 상황을 어떻게 전했을까를 생각해 보는 일은 유쾌하지 않았다. 같이 늙어 가는 마당이니 어머니의 갑작스러운 출현이 외숙모에게 특별히 짐이 될 리 없을 거라는 단정도 내 마음 편하자는 것이었다.

어머니가 외삼촌 댁으로 가시길 원한다고 했을 때 남편은 말없이 담배를 꺼내 물었다. 그것은 자신의 능력이 미치지 못하거나, 귀찮은 일에 부딪혔을 때 남편이 보이는 반응이었다. 무관심의 표시, 그 경우에 남편이 할 수 있는 건 그것밖에 없는지도 몰랐다.

그동안 여러 번 부도를 낸 사실을 실토한 남편은 부산으로의 이사를 결정했다. 부산에서 소규모 의류 업체를 경영하는 친구 밑에 들어가 일을 하겠다고 했다. 집을 팔아 빚을 갚고, 직원들의 밀린 급료를 계산해 주고 나자, 부산에 내려가 월세 방이나 얻을 수 있는 돈이 남았다. 어머니의 문제는 그 시점에서야 심각하게 대두되었다.

10분 후면 출발하는 고속버스에 올랐을 때, 차내는 후텁지근했다. 어머니는 한복을 추스르며 뒤쪽으로 들어가 창가에 자리를 잡았다. 몇몇의 승객이 드문드문 앉아 있을 뿐, 거의 빈자리였다.

어머니는 보따리를 가슴에 안고 의자 등받이에 몸을 기댔다. 보따리를 짐칸에 올리자고 해도 막무가내로 고개를 저었다. 집에서 나오면서도 내가 들겠다는 것을 한사코 뿌리쳤던 것을 떠올리며, 나는 그쯤에서 포기했다. 그래 봤자 보따리 안에는 옷 몇 벌과 쓰다 만 화장품 나부랭이가 들었을 터였다.

내가 잠든 틈을 이용한 배려에도, 나는 어젯밤 늦게 어머니가 보따리 꾸리는 것을 보고 말았다. “낮에 했어야 했는데……." 방에서 새어 나오는 불빛을 보고 문을 연 나를 어머니는 황황히 맞이했다. 나는 놓칠세라 어머니의 손에 있는 사진을 보았다. 아버지가 어머니의 어깨에 팔을 두르고 다정하게 웃고 있었다. 베레모를 쓴, 사진 속의 젊은 아버지를 외면하며 나는 "영영 가는 것도 아닌데 당장 필요한 게 아니면 다 두고 가요." 했다. 내가 들어도 공허한 목소리였다.

고속도로로 접어들자 차는 날렵하게 달려 나갔다. 나는 창밖으로 시선을 던진 어머니를 바라보다가 가방 속에서 휴대폰을 꺼냈다. 차표를 끊고 차를 타는 동안에 혹 남편이 전화라도 했을까 싶었지만, 그런 흔적은 없었다.

아침 식탁에서 나는 남편에게 기어이 포악을 부리고 말았다. "일 한 건 들어오지 않는 사무실을 6개월씩이나 차고 있는 사람이 정상이야? 나라면 그런 미친짓은 안 해. 다시 연탄을 때야 하네 마네, 옛날에 입던 빨간 내복이 다시 나오네 마네 어수선한 판국이야. 손해를 줄여 보겠다고 기를 썼다면 늦게까지 직원들을 데리고 있는 실수는 저지르지 않지. 한솥밥 먹은 정이라니? 살던 집을 팔아서 주는 돈인데, 월급 한 푼이라도 떼일까 봐 눈들이 벌겠잖아. 내가 미친년이야. 일이 그 지경인지도 모르고 교육 보험까지 해약해서 쓰면서, 남편이 생활비 가져다 주기를 기다렸으니." 남편이 고생스럽더라도 어머니를 부산으로 모시고 가자고 할지도 모른다고, 나는 아침 식사를 준비하는 내내 그 말을 기다렸다. 부부라는 관계를 유지하는 은밀한 규칙들, 남편과 나 사이에도 그런 것들이 무성하게 존재했지만, 빈말이라도 해 준다면 시종 우울한 마음이 좀 가라앉을 것도 같았다.

아버지 없이 남겨진 3남매를 위해 젊어서부터 생존 경쟁에 뛰어든 자신의 어머니와는 다르게 살아 온 장모를, 남편은 처음부터 살갑게 대하지 않았다. "어머님도 참 우매하셔." 어머니가 전처 자식인 종영 오빠에게 하나 남은 아파트마저 넘겨주고 우리 집으로 왔을 때, 남편은 딱 그 한마디로 어머니를 맞았다.

"엄마, 가방 줘요. 짐칸에 올리자고요."

"싫다. 무겁지도 않은데."

"한참 가야 되잖아요."

"무겁지 않다니까."

온종일이라도 씨름할 준비가 되었다는 듯 어머니는 완강했다. 나는 새 가방 하나 준비해 놓지 못한 내 무성의를 책망했다.

"쓸데없이 왜 고집을 피우고 그래? 뭐 대단한 게 들은 것도 아닐 텐데……."

말실수를 해도 옴팍지게 한 꼴이다. 이럴 때는 내 입을 바늘로 꾹꾹 꿰매 버리고 싶다.

어머니는 두 팔을 꽉 오므려 보따리를 감싸 안았다. 일흔을 넘길 때까지도 모진 구석이라고는 없는 얼굴에 고집이 꽉 들어차 앉았다.

작고 갸름한 얼굴 가득 웃음을 피웠던 어머니. 어머니는 의무감처럼 아버지 앞에서 웃음을 발산했다. 아버지를 기쁘게 하기 위해서라면 밤낮이 없는 어머니에게 미움이 솟구쳐, 나는 부질없는 반항을 일삼았다. 이내가 내리는 창가에 서서 아버지가 그리워하는 게 종영 오빠라는 걸 어머니에게 어떻게 전해야 될까를 고심하는 일로 내 사춘기는 마감되었다.

아버지에게 이혼한 부인과 아들이 있다는 사실을 안 것은 중학교에 들어가던 해 봄이었다. 입학식을 이틀 앞둔 날, 명동에서 교복을 찾고 아버지와 점심을 먹기로 했다. 약속 시간보다 일찍 나가 자리를 찾는 내 눈에 아버지가 들어왔다. 나를 보고 놀란 건 아버지만이 아니었다. 테이블 위의 두툼한 흰 봉투를 청년에게 어물어물 밀어 주며 가라고 손짓하는 아버지 앞에서 나는 눈만 끔벅거렸다.

어머니는 처음부터 종영 오빠를 알았다는 사실에 나는 또 한 번 충격을 받았다. 사업 자금이 필요하다는 종영 오빠에게 아버지가 빌딩의 소유권을 넘겨줄 의사를 비쳤을 때, 어머니는 순순히 고개를 끄덕였다. 시내 중심가에 있는 3층짜리 건물에서 생기는 수입이 알짜배기여서, 아버지가 양복점에서 가져 오는 돈이 아니라도 충분히 풍족할 때였다.

빌딩을 종영 오빠에게 주는 것을 내가 반대했을 때, 어머니는 그래야만 되는 이유를 털어놓았다. 가정 있는 남자를 사랑하게 된 여자의 죄 닦음이 빌딩 하나로 끝난다면 다행이라고 했다. 나는 아버지와 어머니가 치열하게 벌였을 연애 행각까지 참견하고 싶지는 않았다. 내가 태어나기도 전의 일이었다. 내 반대와 아버지의 미적거림으로 일단 보류가 되었지만, 그 후로 어머니는 빌딩에 대한 미련을 깨끗하게 던져 버린 듯했다.

아버지가 뇌졸중으로 쓰러진 게 내가 대학을 졸업하던 해였다. 종영 오빠는 아버지를 자신의 집으로 모셔 가겠다고 했다. 건물에 대한 추악한 욕심이 깔렸지만, 누구도 그것을 들추지 않았다. 성치 않은 몸으로 보낼 수 없다고 어머니가 맞섰지만, 종영 오빠는 요지부동이었다. 종합병원에서 간호사로 일했던 종영 오빠 부인이 아버지를 위해 직장을 그만두기로 했다는 말에 어머니는 주춤했다. 옆에서 성심껏 돌보면서 죽음을 기다리겠다는 어머니보다는 희망적인 제안이었다. 어머니는 버티다 못 해 아버지의 뜻에 따르기로 결심했다. 몸까지 불편하게 된 마당에 아버지가 어머니를 떠나지 않을 거라고 확신했을 것이다. 그러나 어머니의 믿음은 여지없이 무너졌다. 아버지는 세심한 식이요법과 특별 간호라는 말에 매달리는 듯했다. 몸도 실하지 못한 어머니에게 병간호까지 떠맡기고 싶지 않다는 변명을 남기고 아버지는 종영 오빠의 집으로 옮겨 갔다.

어머니는 헐벗고 메마른 들판에 시선을 던져두고 있었다. 나는 어머니의 보따리에 눈이 가는 것을 막으려고 반대편 차창 쪽으로 시선을 옮겼다. 오랜 침묵이 어색하지는 않았다. 착

참함이 묻어 나오지 않게 하고 싶은 말도 삼가야 할 판국이었다.

"엄마, 엄마는 정말 아버지가 밉지 않아?"

나는 급기야 묻고 말았다. 심술 사납게 나를 건드리는 충동을 막을 수 없었다.

어머니는 아버지를 원망하는 말을 입에 담은 적이 없었다. 병 앞에서 비굴하리만큼 파렴치하게 변한 모습을 확인하고서도, 몸도 성치 않은 사람이 정도 들지 않은 며느리 밑에서 얼마나 가시 방석이겠냐며 눈물을 훔쳤다.

우리를 보고 싶어 한다는 전갈을 받고 종영 오빠의 집을 찾아간 날 아버지는 눈물부터 쏟아 냈다. 금방이라도 뼈가 튀어나올 듯 앙상한 몸으로 병상의 갑갑함을 호소해 오는 아버지를 보며 나는 한껏 냉정했다. 병원에서 아들의 집으로 가기를 소망하던 모습이 떠올랐다. 한쪽에서 눈물을 찍어 내는 어머니를 그 당장에 데리고 나오지 못한 게 두고두고 후회가 되었다. 3층짜리 빌딩이 은행에 들어갔다는 걸 알게 된 건 그날 아버지의 입을 통해서였다. "종영이 말로는 일이 잘 되면 그 건물을 다시 찾을 수 있다는구려." 아버지의 말에 미안함이 묻어났지만, 어머니는 그것에 대해서는 개의치 않았다. 아버지의 회복을 위해서가 아니라 종영 오빠의 사업 자금으로 쓰였다는 것에 대해서도 마찬가지였다. "다른 의사들이 두 손 든 중풍 환자를 고친 명의가 있다는 구려. 며늘 아이가 알아보고 있으니, 나도 치료를 받으러 갈 작정이야. 한방 병원인데 확실한 곳이래." 그 말을 할 때 아버지의 눈이 강렬한 희망으로 번득였다. "당신이 사는 아파트를 팔아 아쉬운 대로 치료비로 씁시다. 종영이가 어디 변통할 만한 데가 없는가 보던데……." 아버지는 종영 오빠를 대신해서 어머니에게 유일하게 남은 집을 요구했다. 종영 오빠가 사람 얼굴을 하고는 도저히 할 수 없는 말을 아버지가 맡은 셈이었다.

"옆집 현진이 엄마, 오늘 아침에도 그 일로 온 거냐?"

어머니가 불쑥 물었다. 얼굴에 못마땅한 기색이 완연했다.

"무슨 일요?"

나는 퉁명스럽게 물었다.

"너 보험회사 데려가려고 온 거 아니냐? 다음에는 그런 말 하려거든 오지도 말라고 해. 현진이 엄마 보험회사 나다닌 지 여러 달 됐지? 사람이 그전과는 아주 딴판이더라."

굳게 다문 입을 뗄 생각을 않던 어머니가 한 말이 잠잠해져 가는 내 신경을 건드렸다. 나는 금방이라도 튀어나오려는 '어떻게요?'를 안으로 삼키며 "부산으로 가면 따라가고 싶어도 못 가요." 했다.

"따라가고 싶어 할 곳이 따로 있지. 여자가 돈맛 알아서 밖으로 설치고 다니면 그 집안은 그길로 망조 난다."

"난 집에 얌전히 있었는데도 우리 집은 망조 났잖아요."

내 말은 별 수 없이 가시가 돋고 말았다. 오늘만은 어머니에게 불손하게 굴지 말자고 다짐했다. 이젠 그러고 싶어도 어머니가 옆에 없어 못 하는 일이라고…….

"여자가 설치면 남자는 기가 죽어 큰일을 못하는 법이다. 지 여편네한테도 휘둘리는 사람이 밖에 나가 뭘 하겠어? 행여라도 니 남편 의기소침하게 만드는 일은 하지 마라. 가뜩이나 심란할 텐데 힘이 되지는 못할 망정."

어떤 일이 있어도 그 말은 하겠다는 듯 어머니의 얼굴은 결의에 차 있었다.

현진 엄마가 보험회사에 나가자고 한 건 남편 회사가 부도난 것을 알고 나서였다. 갑자기 당한 일에 당황해 하소연을 했다. 그녀가 "이제 소영 엄마라도 팔 걷어 붙이고 나서야 되겠다. 남자가 힘들 때는 여자가 나서서 힘이 돼야지." 했을 때는 더럭 겁이 났다. 그녀가 보험회사에서 들고 온 고무장갑이며 위생 팩 등을 심심찮게 던져 주면서 쌓인 친근감마저 팽개치고 싶었다. 그녀가 나를 설득하기 위해 "텔레비전 광고만 봐도 일하는 여자가 얼마나 대접받는 세상인지 알 수 있잖아. 화장품 선전하는 여자들은 거의 다 직업 여성으로 나와. 주부는 시대에 뒤처진 것 같은 이미지거든. 보험회사에 돈만 벌러 나간다고 생각하면 오산이야. 그곳에 가면 세상 돌아가는 게 보여." 했을 때는 그동안의 안일함을 질책당하는 기분이었다.

휴게소에서 한사코 손을 내두르는 어머니를 끌다시피해서

식당에 들어갔다. 아침에 특별히 신경을 쓴 식탁에서도 어머니는 몇 숟가락 뜨지 않았다. 암암리에 서먹해진 사위와 마주 앉은 자리기도 했지만, 고향으로 내려갈 결정을 내린 후부터 어머니는 통 먹지 못 했다.

유부 조각이 둥둥 뜬 굵은 면발의 우동을 어머니 앞으로 밀어 주었다. 따끈한 국물을 마시고 싶을 뿐, 나 역시 내키지 않는 늦은 점심이었다. 을씨년스러운 바람이 넘실대는 휴게소 안에서 억지로 밀어 넣는 엉성한 맛의 우동 한 그릇, 어머니는 앞으로 몇 해나 더 초라한 오늘의 식사를 기억할 수 있을까? 국물이나 마시겠다고 생각했던 나는 퉁퉁 불은 면발만 입 속에 꾸역꾸역 몰아넣었다.

아버지와의 겨울을 위해 모과를 저미고, 봄이면 진달래주를 담그기 위해 산에 올랐던 어머니. 어머니가 가진 것이란 그것들밖에 없었다. 아버지를 즐겁게 해 주기 위해서라면 산골짝 어디라도 후비고 들어가 꽃을 따 오고, 싱싱한 모과를 사기 위해 시장 구석구석을 돌고도 지치지 않을 열정. 어머니는 나이든 여자가 지니기엔 무색한 사랑을 아버지가 떠날 때까지도 악착같이 붙잡고 있었다.

"아버지가 지금 저승에서 엄마를 본다면 뭐라고 할까?"

마지못해 몇 젓가락 뜨는 어머니를 보면서 심술이 또 발동했다. 재채기처럼 참을 수가 없었다. 스무 살에 탯줄 자른 집을 나와 아버지를 만났고, 그 남자에 얽매여 50 평생을 보낸 어머니. 그녀가 자신의 둥지를 만들기 위해 떠나왔던 곳으로 다시 돌아가는 마당에 남겨진 게 옷 보따리 하나라는 사실이 내 오장육부를 긁어 대었다.

"부산 내려가 살게 되거든 정 서방과 잘 상의해서 아들 하나 낳아라."

준비라도 한 듯 차에 들어가 앉자마자 어머니가 입을 열었다.

"내 나이 마흔이 넘었어요."

나는 싸늘히 대꾸했다.

"50에도 늦둥이를 낳더라."

어머니가 딸의 미래를 위해 밤잠을 설쳐 가며 강구한 묘안이 틀림없었다. 부모가 자식에게 바라는 무엇이 있다는 것, 자식이 부모에게 바라는 무엇이 있다는 것, 그런 것들이 삶을 이끌어 나가는 데 의미가 있는 것일까? 때로는 자기 자신조차도 제 인생을 어쩌지 못해 흘러가는 대로 방치할 수밖에 없지 않은가?

"기억나냐? 내가 애를 가졌던 거 말이다."

어머니는 들릴 듯 말 듯 작은 소리로 물어 왔다.

"그럼요."

나는 속에서 울컥 올라오는 비릿함을 느끼며 짧게 대답했다.

몸이 약해서 딸 하나로 만족했던 어머니가 마흔이 넘은 나이에 자행한 일이었다. 태아가 커지는 걸 방지하기 위해 만삭의 배를 안고 어슬렁거리며 걷던 어머니의 모습은 희극적이었다. 아이를 처음 갖는 여자라도 그 정도의 애착은 유별났다. 어머니는 옆에서 보기 민망할 정도로 평온하고 행복해 보였다.

"그때 내가 무사히 아들을 낳았더라면 지금쯤 어땠겠니?"

어머니는 혼자인 듯 무심히 중얼거렸다.

산날이 오기 한 달 전부터 병원에 입원했던 어머니가 아버지의 부축을 받으며 돌아왔다. 호박만 한 아이가 나오겠다고 놀림을 받았던 어머니의 배가 홀쭉해져 있었다. 돌아오자마자 식음을 전폐하고 누운 어머니 때문에 집 안은 흉흉했다.

"자궁이 약하니까 일찍 수술을 하자고 의사가 여러 번 권했다. 그런데 그 즈음에 꿈만 꾸면 하얀 병 속에서 밖으로 나가겠다고 몸부림치는 아이가 보였어. 아랫배가 갑갑하게 조여오는 데도 이를 악물고 버텼는데 결국 그렇게 되고 말았구나."

"지난 얘긴 자꾸 뭐 하러 해. 좋은 기억도 아니잖아."

볼멘 소리가 튀어 나갔다. 나쁜 기억들은 간직해서 이로울게 없다는 걸 진리나 되는 듯이 스스로에게 주입하는 나날이었다.

"그 아이 말이다. 아들이었단다. 수술을 도왔던 간호사한테 들었다. 이제 와서 이런 말 하면 뭐 하겠냐."

태연함을 가장하기 위해서인지 어머니의 목소리는 필요 이상으로 낮았다.

"네 아버지가 괜찮다며 내 손을 꽉 잡아 주는데 눈물이 핑

돌더라. 나보다 아버지가 더 기다렸던 아기였단다. 딸이어도 좋다고 하셨어. 갓난애를 다시 안아 볼 수만 있어도 여한이 없다고. 그래도 사내애를 원했겠지. 남자들이 아들 녀석 손잡고 사우나탕 다니는 걸 얼마나 좋아하는지 넌 모를 거다. 너희 아버지 말이다. 너 학교 들어가고 나서도 목욕탕에 데리고 다녔다. 내가 그렇게 말려도 듣질 않았어."

어머니는 아직도 아버지의 품 안에서 행복했던 과거 속을 유영하는 것일까? 축축이 젖은 음성으로 아버지를 끄집어 내는 어머니를 보자 울컥 울화가 치밀었다.

어머니 말대로 그때 무사히 아들을 낳았더라면 어머니 인생이 다른 국면으로 펼쳐졌을까?

어머니는 남자의 품 안에서만 생을 영위하지 못하는 여자들에 대한 동정을 관 속에 들어갈 때까지 끌고 갈 사람이었다. 그래서 어머니는 정 떠난 남편 따위에 연연해하지 않고 자식과 장사 밑천만을 받아 낸 종영 오빠의 어머니를 마음껏 비웃었는지도 모른다. 그런 점에서 보자면 어머니는 승리자였다. 어머니는 아버지 집안 사람들의 홀대에도, 아버지의 마지막 가는 길까지 지켜보았다.

허수아비가 들판 한가운데 지친 듯 널브러진 게 차창으로 들어왔다. 잠이라도 한바탕 실컷 자고 일어난다면 영 다스려지지 않을 것 같은 참패와 무기력과 열등감이 시름에 지쳐 고개를 숙일 것도 같았다.

—무능한 것까지는 참겠는데, 예의 없는 것까지는 못 참겠어. 적어도 엄마한테 이해해 달라는 말은 해야 하는 것 아냐?

휴대폰 메시지 창을 열자 봇물 터지듯 불만이 쏟아졌다. 나는 남편을 향해 망설임 없이 문자 메시지를 날렸다. 어머니는 차치하고라도 최소한 내게는 입에 발린 말이라도 해 줘야 되는 것 아닌가?

한 남자의 아내가 된다는 것에 아기자기한 꿈을 꾸지 않는 여자도 있을까? 세상을 천착하는 데 있어 날카롭지 못했을까? 남편이 동굴 속에 거하는 아내와 자식을 위해서라면 맹목적인 용맹을 떨치던 혈거시대의 남성이 아님을 간파해야 했을까?

시어머니는 이사 비용으로 100만 원을 던져 주면서 시종일관 못마땅한 빛이었다. 큰동서가 인사말로 "부산에 아는 사람도 없을 텐데 동서 너무 외롭겠다." 하기 무섭게 집구석만 지키는 년이 고생스러울 게 뭐 있냐며 노기를 띠었다. 자신의 억척이 닿을 수 있는 것이면 막노동도 마다하지 않은 시어머니 앞에서, 사람은 이리 뒹굴고 저리 뒹굴어도 다 타고 난 팔자대로 살게 되어 있다고 태평할 수는 없었다. 사람 사는 속내가 어디 그리 간단한 것이던가? 살아간다는 일이 알고 보면 지나칠 만큼 치사하고 던적스러웠다.

"너는 남편한테 왜 그렇게 쌀쌀맞니? 남자가 바깥으로 도는 건 큰 문제 때문이 아니다. 앞으로는 조심해라. 내 말 허투로 듣지 말고."

자지 않았던가? 어머니가 칼날처럼 날카로운 목소리로 말했다.

사위의 사업이 실패하지만 않았다면 남자를 신적 존재로 추앙해 오던 어머니의 믿음은 영원히 보호받을 수 있었을까? 근 몇 년 동안 두서없이 내리막길을 치달아 온 생이 아내의 탓이기나 한 것처럼 공박하던 남편을 지켜보면서 나는 그동안 딛고 섰던 땅이 와르르 무너지는 아찔함을 맛보았다. 남편은 스스로도 인정이 안 되는 참패와 무기력 속에서 중학교 교사 자리를 미련 없이 내던진 아내에 대한 불만을 드러냈다. "자꾸만 가치 운운하는데 도대체 당신에게 가치 있는 건 뭐야? 아무런 불만도 욕구도 없는 삶 속에 당신이 찾는 가치가 있나?" 가슴을 뿌듯하게 하는 팽팽한 충일감은 없어도 하루하루가 안일하게 흘러갔던, 매일 여느 집 창가에 불이 켜졌다 꺼지는 걸 자각 없이 보아 온 것에 대한 가차 없는 반격이었다.

남편의 사업 실패 후 나는 늙고 병들어 스스로 마당 한 귀퉁이로 물러난 개처럼 시름시름 잠을 청하는 일로만 시간을 보냈다. 신경은 극도로 예민해져 미세한 소리에도 놀라 파닥파닥 몸을 떨었다. 몸은 끝없이 깊은 나락 속으로 빨려 들어가는 듯했다. 금방이라도 숨통을 조일 듯 암담한 심연의 구렁텅이에서 가끔씩 지나간 시간들을 반추했다. 결혼 전에 남편과 함께 플라톤의 시인추방론이 옳다 그르다를 놓고 침 튀겨 가며 싸우다 밤을 꼬박 새운 일, 꽃다운 나이에 자살한 어느 여류 명사의 지치도록 열정적이었던 삶과 그녀를 견디지 못하게 한 무미건조한 생을 논하며 캠퍼스 언덕배기를 오르내리던 일. 한 켜 한 켜 생활의 압박에 덮여 묻히는 것들, 남편은 오래 전에 우리의 좋은 시절을 그 속에 묻어 버린 듯했다.

차가 고흥 시내로 들어섰을 때 해가 수굿수굿 누그러지고 있었다.

어머니는 도착 시간 10분 전을 알리는 차내의 안내 방송을 들으며 엉덩이를 들썩거렸다. 소풍 나온 아이처럼 빨리 내리지 못 해 안달하는 행동은 한눈에도 위장된 것처럼 보였다. 가능하다면, 어머니 역시 그 차가 멈추지 않고 달려가 주기를 바라는 심정이 아닐까? 그런데도 어머니는 칠이 벗긴 대합실을 나와 시내버스 정류장으로 향할 때까지 위장을 고수했다.

한 시간에 한 대씩 오간다는 시내버스는 좀처럼 오지 않았다. 어머니는 택시를 잡으려는 나를 한사코 만류했다.

"이곳도 많이 변했어. 재작년에 외할아버지 제사 지내러 왔을 때는 과일 가게 자리에 신발 가게가 있었잖아."

어머니의 눈가에 어른거리는 피로를 외면하며 나는 무연히 지껄였다. 찬 바람을 맞으며 언제 올지도 모르는 버스를 기다리기 위해 무슨 말이든 해야만 했다.

"너는 별걸 다 기억한다."

어머니는 내가 가리키는 터미널 건너편을 바라보며 멀뚱히 대꾸했다.

오일장이라도 섰는지 여자들이 태반인 차 안에서는 큰 목소리들이 왕왕 날아다녔다. 쿠션이 빠져나간 좌석이 덩그러니 놓였고, 창문이 떨어져 나가 쉴 새 없이 바람이 들이쳤다. 과속방지턱에 걸릴 때마다 엉덩방아를 찧으면서도 어머니는 잠속에 빠져 있었다.

"엄마, 5분만 더 가면 내려야 돼."

나는 어머니의 단잠 속에 대고 주의를 주었다.

남편에 대한 원망이 분수처럼 솟구쳤다. 차고에서 노는 차로 어머니를 모셔다 주면 팔이라도 부러진단 말인가? 아니, 다 차치하고라도 내가 보낸 메시지에 해명이나 변명이라도 해야 되지 않겠는가?

길은 끝없이 길게 이어졌다. 멀리 산들이 보일 뿐, 주위는 온통 논이었다. 사방에서 바람이 몰아쳤다. 외삼촌 댁이 있는 봉림리까지는 시간을 잊고 걸어야 했다. 나는 뼛속까지 스며드는 바람의 줄기를 잡아 보려고 멈춰 서서 숨을 골랐다. 좁은 논길을 한복 차림으로 걷는 어머니의 얼굴은 붉게 일그러졌다.

아버지 한 사람에게 그토록 열중했던 어머니의 미래가 이것이었을까? 어머니도 두툼한 요를 깔고 앉아 얼굴 가득 인자한 미소를 띠며 손자 손녀에게 용돈이나 던져 주는 노후를 꿈꾸지 않았을까? 아니, 인생에는 그런 게 빛나 보이는 단계도 있다는 걸 어머니는 정녕 몰랐단 말인가? 따스한 봄 햇살을 받으며 꾸벅꾸벅 졸았던 양지바른 어느 담벼락 밑, 쇠죽을 쑤어 뜨끈뜨끈해진 방 아랫목에서 고구마를 벗겨 먹던 겨울 어느 날, 나는 어머니가 그런 해묵은 기억이라도 안고 가길 간절히 바랐다.

"난 아버지가 그렇게 미울 수가 없어요."

나는 뒤돌아가 어머니에게서 보따리를 낚아챘다. 동요 없는 얼굴로 어머니가 나를 보았다.

'엄마 혹시 나한테도 연극하는 거 아냐? 어떻게 아버지가 밉지 않을 수가 있어? 아니면 평생을 아버지한테 속고 살아온 게 억울하고 창피해서 엄마 자신한테도 숨기고 싶은 거 아냐?' 나는 울컥 쏟아지려는 말을 꾹 눌렀다.

한복 치맛자락을 추켜올리며 굼뜨게 걷는 어머니를 뒤에서 바라보다가 나는 또 휴대폰을 꺼냈다. 전원이 켜져 있었다. 잘 작동되니 염려하지 말라고, 약이라도 올리듯 또렷했다. 지금은 어렵지만 꼭 재기해서 어머니를 다시 모셔 올 테니 상심 말라는 남편의 빈말이라도 좀 듣고 싶었다. 그렇다면 어머니를 두고 혼자서 이 길을 걸어 나올 일이 한결 수월할 것 같았다. 나는 노려보듯 처절하게 휴대폰을 바라보았다.

앞서 가는 어머니의 치맛자락을 바람이 사정없이 헝클어트렸다. 어머니는 급기야 걸음을 멈추고 나를 돌아보았다. 멀리서 보아도 어머니의 표정은 울상이었다.

"한 번 추켜서 잘 여며 봐요."

나는 크게 소리를 질렀다. 바람이 내 말을 사방으로 흐트러뜨렸다.

"한 번 야물딱지게 여며 보라고요."

그런 야무짐도 없으면서 한겨울에 한복을 차려입고 나온 어머니가 미워 나는 금방이라도 울음이 쏟아질 것 같았다. 무엇보다도 그때까지 휴대폰을 쥐고 있는 나 자신이 견딜 수 없었다.

# 여덟 색깔 무지개

아슬아슬하게 이어지던 잠 속을 뚫고 초인종 소리가 들려왔다. 새가 지저귀는 벨 소리가 희미해 나는 환청을 들었는지도 모른다고 생각하며 눈을 떴다. 진흙을 뿌려 놓은 듯 온몸이 찌뿌드드했다. 벨이 또 울리면 일어나겠다고 찌무룩이 앉았는데, 방 안을 감돌던 정적이 기다렸다는 듯 모습을 드러냈다.

—정민아, 왜 소식이 없는 거야? 지금 산책 허락받고 나와서 전화하는 거야. 내일 면회 날인 거 알지? 꼭 와야 돼. 기다릴게. 꼭 와야…….

손을 헛짚어 전화기의 재생 버튼을 건드린 듯했다. 나는 황급히 정지 버튼을 눌렀다. 애원과 힐난이 담긴 그의 생생한 음성이 칼날처럼 섬뜩했다. 메모리가 남아서 지난 메시지를 지우지 않은 탓이었다. 전화할 사람이 없다는 걸 알면서도 전화기를 방바닥에 내려놓고 자는 건 오랜 습관이었다.

한 달 전쯤에 녹음된 메시지였다. 내일이 면회 날이라고 한 것으로 미루어 화요일이라는 것을 알았을 뿐, 보름이 지나서야 듣게 되었다. 그 보름 동안 나는 경포대를, 낙산을 공중에 붕 뜬 채 거닐면서 그를 떠나야 한다는 결심만 흔들림 없이 쥐었다.

가끔씩 낯선 남자의 목소리가 전화기에 녹음되었다. 그가 간절하게 면회를 원한다는 내용이었다. 밤늦게 전화기에서 흘러나오는 익명의 음성은 나를 질책하는 것도 그를 동정하는 것도 아니었지만, 그것을 피해 떠났던 여행이었다. 그런데 돌아오자마자 나를 맞은 건, 빈집을 지킨 그의 목소리였다.

환자복 속에 앙상한 몸을 감추고 화단가를 서성였을 성마른 그의 모습이 선했다. 그가 병원 밖으로 뛰쳐나갈지도 모를 불상사를 대비해 장정 두 명이 따라붙었다는 걸 모르지 않는 그에게는, 전화박스로 들어가는 것부터가 모험이었을 것이다.

뼈까지 말려 죽이는 곳이라며 그는 퇴원하기를 원했지만, 그의 어머니는 생떼로 치부했다. 사람 만들어 보겠다고 자식놈을 병원에 가두었을 때는 없던 독기까지 만들어 낸 것 아니겠냐고. 그는 다들 자신을 죽이려고 환장을 했다고, 나를 향해서도 사납게 눈알을 부라렸다.

간호사들이 주도면밀하게 환자와 면회자들을 살피고 가는

면회실에서 그는 내게 열렬히 키스를 퍼부었다. 등받이도 없는 나무 의자에서 다른 사람들이 보건 말건 필사적이었다.

마지막으로 만났던 날 그가 여느 때와 다르다는 걸 알아채지 못한 건 내 부주의였다. 그가 내 혀를 물었을 때 내가 비명을 내지르며 본 것은, 분노로 타오르는 그의 눈빛이었다. 그에게서 가까스로 풀려났을 때, 눈앞에 늙은 간호사가 있었다. 면회올 때마다 '늙은 구렁이'라는 별명을 알려 주며 그가 욕을 해 대던 여자였다. 환자가 규칙을 지키지 않으면 그녀는 언제든 장정들을 부른다고 했다. 부드럽게 웃어 보이던 그녀를 보고 나서야 나는, 간호사의 노련한 염탐이 아니었으면 그의 억센 팔을 풀 수 없었다는 것을 알아차렸다.

그를 떠나기로 결심한 게 난폭함 때문이었을까?

뙤약볕, 바로 그 뙤약볕이었다. 우람하게 버티고 선 서울국립정신병원을 찾아갈 때마다 내리쬐던 그것은 어김없이 내 가슴 밑바닥의 신작로를 사방팔방 펼쳐놓았다.

바람 한 점 불지 않는 마른 흙 길을 걸으며 어머니는 "아빠 집에서 학교도 보내 주고 예쁜 옷도 사 줄 거야. 아빠네 집이 동네에서 제일 큰 부자란다."라는 말만 했다. 나는 더위 때문에 일곱 살 나이에 처음 들어 보는 아빠라는 말이 생소하다는 것도, 엄마와 내가 주인집의 눈치를 보면서 키웠던 뽀삐에 대해서도 생각하지 못했다. 빨간 구두가 먼지 때문에 볼품없어진 것을 투덜거릴 일마저 없다면 금방 울음이라도 쏟아야 할

판이었다. 입을 삐죽거리며 내 신발을 가리켜 보이면 어머니는 "아빠 집으로 가면 다 끝나는 일이야." 했다.

하루에 두 번 오간다는 버스를 기다릴 수 없어 걷게 된 그 길이, 어머니가 서른 살 꽃다운 나이를 주체할 수 없어 감행한 것이었음을 뒤늦게 알았을 때도 나는 발광하던 햇빛에만 진저리를 쳤다. 그날 어머니가 입었던, 벚꽃들 속에 부리를 맞댄 원앙 한 쌍이 수놓인 하늘하늘한 연분홍 빛깔 한복이 서글펐다는 사실도 그 따가운 기억을 없애지 못했다.

훗날, 목재를 취급하던 사업이 망해 나를 어머니에게 보내야 했던 아버지와 걸었을 때는 그 길에 아스팔트가 깔려 있었다. 온몸으로 기어오르던 지열 속에서 아버지는 무겁게 입을 다물었다. 리본이 달린 빨간 구두도 신지 않았고, 신발을 더럽히던 먼지조차 없어서, 아니 아버지의 손을 오래 잡을 수 있다는 게 벅차서 나도 생합처럼 입을 꽉 다물었다.

양송이 수프라도 끓여 꺼칠한 속을 달래야겠다고 몸을 일으켰을 때, 초인종이 울렸다. 제법 크고 길어서 요란스럽기까지 했다. 아침부터 나를 찾아올 사람은 없었다. 우유 배달 주머니는 우편함 옆에 매달렸고, 부탁에 못 이겨 억지로 보게 된 신문도 세 달은 서비스 기간이라고 했으니 수금하러 오려면 한 달이나 남았다.

느릿느릿 현관으로 걸어갔다. 인터폰을 귀에 대면서도 1층이나 3층 손님일지도 모른다고 생각했다.

"혹시 우리 아이 못 보셨어요? 잠깐 한눈파는 사이에 밖으로 나갔는데……."

다짜고짜 흘러나온 여자의 목소리였다.

"아침부터 미안해요. 전부터 우리 아이를 예뻐하시길래 혹시나 하고……."

전부터 내가 예뻐했던 아이라는 말이 없었다면 나는 여자가 누구인지 모를 뻔했다. 나는 여자가 아이를 찾는 것만 아니라면 들어와서 차라도 마시자 하고 싶다고, 그렇지만 오늘은 상황이 좋지 않다고, 이런저런 생각을 두서없이 해 댔다.

"안 왔지요? 미안해요, 아침부터. 너무 놀라서요……."

여자가 간 것일까? 더 이상 아무 소리도 들려오지 않아 나는 수화기를 내려놓았다.

양 갈래로 묶은 머리에 꽃 핀을 꽂고 나오는 아이였다. 해가 중천에 떠올라서야 꽃집으로 나가는 내게 여자가 먼저 눈인사를 해 왔다. 아이의 손을 잡고 길에 선 여자와 말을 나눈 건, 가게 문을 닫고 일찍 귀가하던 날이었다. 그날도 아이와 함께였다. 여자는 길에 내놓은 의자에 엉덩이를 걸치고, 아장거리며 걷는 아이를 눈으로 좇았다. 두 돌이 되어 간다는 아이는 엉덩이를 실룩거리며 쉬지 않고 걸었다. "또래 아이들보다 걸음이 느려서 걱정했어요. 그런데 어느 날 오래 서 있더니 발하나를 앞으로 쭉 뻗는 거예요. 나도 모르게 박수를 쳐 주었더니 또 한 발을 내밀더라고요. 그러더니 털썩 주저앉아 울음을 터트리는 거예요. 내가 너무 감격해서 크게 박수를 쳐 대니까 놀랐던가 봐요. 보세요. 지금은 저렇게 끝도 없이 걸어요." 4월 나른한 오후에 여자는 내게 참 많은 말들을 했다. "남편은 내가 하는 말은 다 투정이라고 생각해요. 붕어빵을 손에 들고 입 부분부터 먹을까, 꼬리부터 먹을까, 지느러미부터 먹을까 고민하는 철부지 같대요. 졸업하던 해에 면사포 썼어요. 스물넷. 사람들은 큰 건물을 몇 채씩 가진 남자한테 시집가는 게 행운이라고 했어요. 우리 남편은 경매 들어간 건물을 사 두었다가 수리해서 파는 회사를 시아버지로부터 물려받았거든요. 난 결혼하면 남편과 주말마다 여행을 다니며 마음껏 인생을 즐기고 싶었는데. 짜릿한 연애 한 번 못 해 보고 이 나이 먹었어요. 결혼하고 5년이 지나서야 아이를 얻었지요. 아이 키우느라 내 정신 아니게 살면서 행복했는데, 그것도 허무한 거 같아요. 아이는 벌써 저렇게 내 손을 잡지 않고도 잘 걷는 걸요. 그래도 이 세상에서 내가 얻은 건 저 아이밖에 없지 싶어요." 여자는 자신의 집에 꼭 놀러오라고 했다. 남편은 매일 댓바람에 나가 오밤중에나 돌아온다고.

대추나무가 담장을 무성하게 덮은 양옥에 찾아간 적은 없었다. 넓은 정원에 선 아름드리 나무와 연못이 빗살 대문 사이로 내비칠 때마다, 의자에 반쯤만 몸을 부리던 여자를 떠올리긴 했다.

창밖에는 여느 때의 아침이 펼쳐졌다. 출근 준비로 번잡한 집을 피해 나온 노인들은 벌써부터 긴 의자를 차지했고, 털이 북실북실한 강아지를 끌고 나온 계집아이는 내복만 입고 뛰어다녔다.

책가방을 든 학생들과 출근길에 들어선 자가용들이 늘어나려면 좀 더 시간이 흘러야 했다. 집에 남겨진 여자들이 청소를 끝내고 커피 한 잔과 마주할 시간쯤이면 "싱싱한 생갈치가 왔습니다. 감자, 마늘도 무지무지 싸게 드립니다……."를 외치는 장사꾼의 호객 소리가 잡음이 심한 스피커를 타고 흘러나올 것이다.

부엌으로 가 냉장고를 열면서, 오늘 같은 날은 만사를 잊고 잠에 빠져도 좋겠다고 생각했다. 오늘 면회를 가기로 한, 그와의 약속을 잊은 건 아니었다.

어젯밤 12시에 그의 전화를 받았을 때, 나는 놀랄 만큼 침착했다. 언젠가는 오리라 예상했던 순간이었다. 그 시간에 그가 무슨 수로 전화를 걸었을까는 궁금하지도 않았다. 규정상 서너 가치만 피울 수 있는 담배를 몇 갑씩 지닌 것만 봐도 알코올중독자 병동 안에서 불문율처럼 거래가 통용됨을 알 수 있었다.

그는 성마르게 보채지도 않았다. 오래 소식을 끊은 이유를 밝히라고 채근하지도 않았다. 내일이 퇴원하는 날이라고, 오후 3시쯤에나 퇴원 수속이 시작될 것 같다고, 어머니가 오겠지만 내가 보고 싶다고 말했다. 내가 소식을 끊었던 지난 두 달은 전연 염두에 두지 않은 목소리였다. 가겠다고 말하는 내게 그는 삼계탕이 먹고 싶다고 했다. 어차피 점심은 병동 안에서 먹어야 되는데, 인삼을 넣고 푹 곤 삼계탕이 먹고 싶었다고.

간밤에 그의 전화를 받기 전까지 내 삶은 쓸쓸했지만 그런대로 평온했다. 꽃 가게를 향해 아침엔 집을 나섰으며 저녁이면 집으로 오는 길목으로 휘청거림 없이 발길을 옮겼다. 다음날 아침에 일어나기가 힘들 것을 염려해 입맛 없는 빈속에 억지로라도 빵 조각을 밀어 넣었으며, 뒤늦게 배운 담배를 끊겠다고 박하사탕을 쉴 새 없이 먹어 대는 밤들이 큰 불만 없이 이어졌다. 때때로 집으로 돌아오는 골목 어디쯤에선가 느닷없이 그가 떠올랐던 것을 부인하고 싶지는 않지만, 그게 다였다. 밋밋한 일상 어디에도 이제 그가 낼 수 있는 균열은 예비되지 않았다고, 나는 이를 물었다.

그가 불문에 부친 그 두 달에 대해서 해명하는 대신, 확실하게 이별을 선언해야 한다고 작정한 마당에 삼계탕은 생뚱맞고 부담스러웠다. 하필 음식을 들먹이고 나온 그의 의도도 알 수 없었다.

그는 내가 면회갈 때마다 사 들고 간 음식을 거부했다. 병원에서 나오는 밥도 먹는 시늉만 한다고, 간호사가 심각하게 상담을 신청한 적도 있었다. “내가 왜 이런 곳에 처박혀서까지 꼬박꼬박 시간을 지켜 밥을 먹어야 하는지 모르겠어.” 그는 애처로운 눈으로 나를 바라봤다. 그를 위해 음식점에서 산 홍어찜과 옥돔 구이 앞에서였다. 나는 그가 어리광을 부린다고 생각했다.

삼계탕이라니……. 그가 지금 내게 희망 찬 제안을 해 온 것일까? 강자로 살아남기 위해 힘을 기르고 삶의 의지를 키우겠노라고?

그는 인간이 생명 있는 것들을 잡아먹는 건 힘의 과시고, 계속 육식을 즐기고자 하는 것은 영원히 이 땅에서 최고 지배자의 위치를 내놓지 않겠다는 욕구의 표현이라고 했다. 병원에 입원하기 전의 주장이었다.

막 떼어 온 물오징어를 1000원에 두 마리 준다며, 스피커가 요란했다. 트럭이 한곳에 자리를 잡고 박스를 푼 모양이었다.

손수건으로 머리를 달랑 묶은 동네 여자가 검은 봉지를 들고 총총총 뛰어가는 게 창으로 들어왔다.

골목 넓은 주택가를 그냥 지나칠 수 없다는 심산인지 장사꾼들은 하루도 빠짐없이 찾아들었다. 살이 뭉실뭉실한 꽁치를 1000원에 다섯 마리 준다고도 했고, 고랭지 감자를 한 박스에 만 원만 받겠다고도 했다.

나는 부엌으로 가 냉장고 문을 열어젖혔다. 문 칸에 하이트 다섯 병이 질서 있게 진열되어 있었다. 한 병을 꺼내 힘껏 뚜껑을 땄다. 지난달에 맥심 커피를 사면서 사은품으로 받은 길고

통통한 유리컵에 보글보글 거품을 일으키며 맥주가 차올랐다.

맥주병 표면에는 640밀리리터라고 용량을 표기했지만 숫자 개념이 희박한 나는 늘 하던 대로 '두 잔+한 뼘'으로 주량을 쟀다. 사은품 잔으로 술을 따라 마시면 검지 반 분량의 술이 남았다.

나는 두 병째의 술은 초호화급 배우들의 얼굴을 떠올리며 마셨다. "하이트요? 확실히 달라요."를 외치며 술을 강권하던 이들.

배를 두드려도 될 만큼 만족스러웠다. 빈 병을 치우러 베란다까지 나가는 동안 다리가 휘청거렸고 몸뚱어리는 헤실헤실 풀어져 내렸다. 발걸음이 사뿐하고 가벼워 바람 한 점만 불어도 금방 하늘에라도 오를 수 있을 것 같았다. 그 기분으로라면 기꺼이 오래 계획해 온 이별식을 거행할 수 있을 것 같았다. 그가 원하는 삼계탕과는 거리가 멀 수도 있는, 순전히 나만을 위한 의식이었다. 나는 술기운이 달아날까 봐 조급해하며 방으로 들어갔다.

일기장은 책장 맨 아래 귀퉁이에 숨 듯이 꽂혀 있었다. 내 가슴 한복판에 엄청난 부피로 앉은 물건의 자리로 어울리지도 합당하지도 않았다. 나는 단호한 손길로 일기장을 빼 들었다. 오늘이 아니면, 아니 술기운이 바람만 조금 쐬어도 늦을 일이었다.

얌전히 제자리를 지켰을 뿐이라며, 검은 비닐 커버의 일기장이 새초롬히 나를 올려다보았다. 아직은 벌건 불꽃을 훨훨 날리며 사그라들 준비가 되지 않았다는 듯 태평스러웠다.

발악도 예상했다는 듯 나는 무자비하게 일기장을 펼쳤다. 손이 떨리고 가슴이 뛰었다. 작고 동글동글한 글씨들, 마지막이라는 단서를 붙이고서라도 그것들을 읽어 본다는 것은 반란이다. 예정에 없었던.

나는 예행연습을 하듯 거칠게 한 장을 찢어 보았다. 의식인 만큼 수월하게 치르고 싶었다. 활활 타오르는 불길에 미련없이 던지겠다는 다짐 외에 무엇도 중요하지 않았다. 경건하게 치르든, 건성으로 치르든 내 흘러간 시절이 돌아오는 건 아니었다.

1989년 1월 10일

유랑하는 집시들은 길 표시를 하기 위해 시든 풀이나 잎으로 흔적을 남긴단다. 돌아오는 길을 위해서일까, 자신들의 발자취를 남기기 위해서일까.

정희석, 그가 내게 와 말을 건 순간 왜 일기장을 사야겠다는 생각이 들었는지 모르겠다. 시무식이 끝난 지 일주일이 넘었는데 아직도 유치원에 갓 입학한 아이처럼 주위를 두리번거리는 내 모습이 그의 눈에 띈 것일까? 회사는 4년을 홍보부에서 일한 나를 무슨 이유로 해외영업부에 발령했을까?

시애틀 지사로 텔렉스 넣는 법을 가르쳐 주면서 그가 "힘들죠?" 했다. 은근하고 부드러운 목소리. 그때 녹아들 듯 감미롭던 그 순간을 포착하고 싶다는 생각을 했던 건 아닐까?

난생 처음 느껴 본 가슴 떨림, 은근하고 부드럽던 그 목소리가 아버지를 떠올리게 했다는 것을 깨달은 건 내 자리로 와서였다. 내 사춘기가 그 목소리를 몸살나도록 그리워하는 것에서 시작되고 마감되었다는 걸 누가 알까.

물 밖으로 나오면 금방 아름다움을 잃고 마는 황새치처럼 순간에 사라져 버리고 마는 것들. 오랫동안 눈에서 부재했던 사람에 대한 마음은 그런 게 아닐까?

1989년 1월 11일

—땅에서 넘어진 자 땅을 짚고 일어나라.

그의 책상 위에 놓인 액자에 그런 글귀가 있었다. 작고 앙증맞은 액자였다. 영어와 아랍어여서 도무지 알 수 없는 책들이 그의 책상에 가득했다.

그의 책상을 훔쳐보기 위해 9시가 넘어 가는 시간까지 회사에 남았다는 생각이 든 순간 외로움이 확 밀려들었다. 불빛을 받을 때마다 빛을 발하던 묵직하고 단단한 유리 액자. 혹 애인이 선물해 준 것은 아닐까?

1989년 1월 20일

"홍보부에서 근무했다면서요?"

보름 만이다. 보름 만에 그가 말을 붙여 왔다. 숨이 멎는 것만 같았다. 그의 말 붙임을 접근이라고 표현하기는 힘들겠지? 그는 팩스를 쓰려고 내 쪽을 봤던 것뿐이니까. 지난 해에 로스앤젤레스로 판매했던 텔레비전 실적표를 보내느라고 나는 온종일 팩스 옆에 붙어 있었다. 관심의 표시라고 단정짓기 힘든 말 한마디 때문에 나는 오후 내내 들떠 있었다.

그런데 그는 누구에게 내 이야기를 들은 것일까? 같은 사무실을 쓰지만 그는 중앙아프리카 부서고, 나는 미국 쪽이다. 그에 관해 알기 위해 내가 중앙아프리카 부서 여직원과 친하게 지낸다는 것을 그는 알기나 할까?

1989년 1월 30일

'우리 엄만 스물이 갓 넘었을 때 처자가 있는 남자를 사랑했대요. 부잣집 아들이었는데 아이와 부인은 시골집에 두고 올라와 사업을 했다나 봐요. 종갓집 맏며느리를 도시에서 살게 할 수 없다고 집안 사람들이 부부를 떼어 놓은 거죠. 아버지는 나이 어린 여직원과 정이 들었고, 집안에서 그것을 알게 되기까지 둘은 행복한 보금자리를 꾸렸나 봐요. 꼭 영화에 나오는 이야기 같죠? 어머니는 내가 학교 들어가기 직전에 날 그 종갓집에 맡겼어요. 어머니에게 좋은 혼처가 생겼거든요. 걸을 때마다 옷깃 스치는 소리가 사각사각 들리는 여자를 어머니라고 불렀어요. 차갑고 정갈해서 늘 초승달 같은 여자였죠. 내게 잘

해 주려고 노력했지만 그래서 더욱 불편하고 어려웠어요. 일주일에 한 번 집에 오는 아버지를 눈이 빠지게 기다렸지요. 그렇지만 아빠라고 부르며 달려가 안겨 본 적이 없어요. 나를 볼 때마다 늘 웃어 주었지만 그 가슴으로 달려가는 건 나보다 다섯 살이나 많았던 효아 언니였지요. 나는 쏜살같이 달려드는 효아 언니를 감싼 아버지의 깊고 단단한 가슴팍을 언제나 멀리서 바라봐야만 했어요.'

거울 앞에서 그 말을 몇 번이나 연습했다. 성장 배경 따위에 조금도 주눅들지 않았고 지금도 초연하다는 것을 보이려면 표정도 밝아야 한다. 그가 관심을 드러낼 때를 대비해 그 정도 준비는 해야 된다.

1989년 2월 5일

팩스 앞에서 내가 전에 홍보부에서 근무했다는 것을 어떻게 알았냐고 물었을 때 그는 나를 빤히 바라보았다. 마치 자신이 언제 그런 말을 한 적이 있었는가를 되레 물을 듯한 표정이었다.

용기가 무색해지는 순간이었다. 제대로 된 말 한마디 나누지 못하고 한 달이 지났다는 초조감이 불러온 용기였는데.

"홍보부에서는 텔렉스 칠 일이 많지 않았다고 우리 부서 여직원한테 말하는 걸 우연히 들었어요."

그는 무슨 말인지 겨우 알았다는 듯 설명했다. 나는 무모하게 써 버린 용기를 다시 주워 담고 싶었다. 하루 종일 기분이 안 좋아 점심도 굶었다.

1989년 10월 11일

퇴근 후에 볼링장에 가자는 회람이 돌았다. 참석 여부를 표기하라고 온 A4 용지에서 그의 이름을 찾았지만 없었다.

그가 볼링이나 테니스를 무척 즐길 거라고 생각했다. 그의 몸 곳곳에 흐르는 방만한 기질을 어떻게든 풀어 내야 하지 않을까? 스물아홉의 미혼 남자가 스포츠가 아니면 무엇으로 발산할까?

1990년 3월 5일

그와 '호반'에서 생맥주를 마셨다. 회사에서 몇 구역 떨어진 곳이라 부서 직원들의 눈에 발각될 일은 없었다.

먼저 나와 그를 기다리는 동안 가슴이 쿵쿵쿵 뛰었다. 단둘이 만난 게 처음도 아닌데.

그는 약속한 지 두 시간이나 지나서 왔지만, 화가 나지는 않았다. 그는 아랍 지사에 자료를 보내고 왔다고 했다. 두 시간씩이나 보낸 자료가 무엇이냐고 묻지 않았다. 그가 늦게라도 약속 장속에 올 것을 믿었기 때문에 중간에 전화도 해 보지 않았으니까.

그는 저녁 생각이 없어서 맥주만 마시겠다고 했다. 9시가 넘고 있었다. 배가 고팠지만 나도 맥주만 마시겠다고 했다. 그가 곶감 이야기를 한 것은 술기운으로 얼굴이 벌개졌을 때였다.

"「곶감이 무서운 호랑이」라는 전래 동화 알지? 아기와 엄마만 사는 집에 호랑이가 어슬렁어슬렁 기어 들지. 문 밖에선 아기의 울음소리와 엄마가 달래는 소리가 들려. 엄마는 아이를 달래다가 안 되니까 온갖 짐승들을 다 동원해 협박까지 하지. 계속 울면 늑대가 와서 잡아먹는다, 곰이 내려온다, 호랑이가 와서 잡아먹는다. 그런데도 아이는 더욱 악을 쓰며 바락바락 울어 대지. 그때 엄마가 곶감이라고 말해. 그러자 아이가 울음을 뚝 그쳤대. 호랑이는 자기도 무서워하지 않는 아이가 곶감이라는 말에 울음을 멈추자 그놈이 엄청 무서운 놈인가 보다며 도망을 가는 거야."

나는 그의 단정한 입매를 사랑에 빠진 여자의 표정으로 바라보았다. 그가 하는 말이라면 언제든 눈을 빛낼 준비가 되어 있었다.

아름답고 감미로운 소설이나 영화 얘기라면 좋았을 거라는 생각은 했다. 「초원의 빛」이거나 「바람과 함께 사라지다」였다면 나도 그를 감동시킬 몇 마디 말쯤은 했을 것이다. 육체적 사랑과 정신적 사랑의 함수관계에 대해. 혹은 관념적인 사랑과 진정한 사랑의 실체에 관해…….

10시가 넘은 벽시계를 가리키며 그가 가 봐야 하지 않느냐고 했을 때, 나는 본심과 달리 고개를 끄덕였다.

1990년 10월 6일

오전에 박 대리가 퇴근 후에 볼링을 하러 가자고 했다. 볼링을 하고 나서 분위기 좋은 레스토랑에 가서 스테이크를 사 주고 싶단다. 벌써 세 번째다. 이번에도 거절한다면 박 대리의 기분이 상할까 봐 걱정했지만, 할 수 없이 선약이 있다고 했다.

오후 내내 박 대리의 끈끈한 눈빛이 뒤통수에 따라붙었다. 머리가 아파서 자판기 쪽으로 갔다가 그와 마주쳤을 때, 나는 화들짝 놀랐다. 그는 계단 벽에 몸을 비스듬히 기대고 서 있었다. 커피 한 잔을 손에 든 채였다. 막 몸을 돌리려는데 그가 나를 불렀다.

"선약이 뭔지 물어도 되나?"

그는 나를 만날 것을 알았던 사람처럼 따지고 들었다. 조심스럽게 "오늘 문화 센터에 수강하러 가는 날이어서요." 했다. 그는 "역시 오늘도군. 그렇단 말이지?" 했다.

나를 위해서나 박 대리를 위해서도 그런 식의 대화는 없었으면 좋겠다. 앞으로는 그 정도에서 끝나지 않을 거라는 생각도 들었다.

박 대리는 손에 넣고 싶어 하는 것을 쉽게 포기하는 사람이 아니었다. 입사 2년 만에 다른 사람들을 제치고 대리가 된 것만 보아도 알 수 있다. 그는 승부욕이 강한 사람이었다.

언젠가 회식 자리에서도 그는 사람이 누군가와, 혹은 무언가와 경쟁하면서 살지 않는다면, 긴 생을 무엇으로 채울지 끔찍하다고 했다. 누구도 그 말에 반박하지 않았다. 그러나 나는 그 순간 정희석 씨의 얼굴에 면면히 흐르는 비웃음을 놓치지 않았다.

박 대리가 나를 끔찍이 좋아해서 두 번씩이나 거절을 당하고도 또 데이트 신청을 하지는 않았을 것이다. 그는 일변 가소롭다는 생각을 품었을지도 모른다. '주제도 모르고'를 이미 몇 번이나 되씹었을 수도 있다. 얼마 전에는 집안의 소개로 선을 본 여자가 학벌, 외모, 집안 등이 다 마음에 드는데 쓸데없이 드세 보여서 애프터 신청을 하지 않았다고 자랑스럽게 떠벌였다.

박 대리는 조만간 또 다른 건으로 데이트 신청을 해 올 것이다. 세 번씩이나 상한 자존심을 만회하기 위해서라도.

1990년 12월 10일

박 대리가 영화를 보러 가자고 했다. 예상했던 일이었다. 데이트 신청 방법이 뜻밖이어서 허둥거리긴 했다. 무엇보다 정희석 씨가 그 사실을 알아 버렸다는 것에.

박 대리가 던진 종이비행기가 내 책상이 아니라 그의 책상에 떨어진 건 의도했던 것일 수도 있다. 틈날 때마다 테니스를 즐기는 박 대리가 종이비행기 하나를 날릴 힘이 부족해 그의 책상에 적중했을 리가 없다.

"어, 저런. 정민 씨한테 보내는 메시지였는데……."

박 대리가 뒤통수까지 긁적이며 서 있을 때 그가 종이비행기를 가지고 와서 내 책상 위에 올려놓았다.

박 대리가 여러 사람 앞에서 '메시지'라고 떠들었기 때문에 나는 그것을 펴 볼 수밖에 없었다.

—영화표 두 장이 생겼는데 같이 갑시다. 승낙 여부는 인터폰으로 해도 좋고, 이 종이비행기를 그대로 접어 날려도 좋고.

나는 인터폰을 치지도, 종이비행기를 날리지도 않았다. 그건 그가 종이비행기를 내 책상 위에 놓고 갈 때부터 결정된 일이었다. 퇴근 시간이 되기 무섭게 핸드백을 꽉 쥐고 사무실을 빠져나왔다. 차장이 내일 오전까지 결재받아야 한다며 던져 준 서류도 처리하지 않았고, 오후에 쓰고 서랍 속에 넣어둔 콤팩트도 꺼내 오지 않았다는 걸 뒤늦게 알았다.

처음부터 박 대리는 내가 영화를 보러 가지 않을 것임을 알았을 것이다. 도대체 왜?

머릿속이 혼란스럽다. 박 대리, 과연 그가 원하는 건 뭘까? 정희석 씨에 대한 질투? 터무니없지 않은가? 그는 박 대리에게 관심조차 두지 않는데. 한마디 말도 없이 내 책상에 종이비행기를 두고 가던 그는 뭔가를 알까?

종이비행기가 자신의 책상에 떨어지던 순간에도, 박 대리가 허둥거림을 가장하며 내게 던진 메시지라고 능청을 떨 때도, 내 책상 위에 종이비행기를 놓고 갈 때도 시종 묵묵했던 그의 표정이 떠나지 않는다. 혹 이 혼란스러움의 정체도 박 대리가 아니라 그의 행동 때문이 아닐까?

종이비행기가 하필 그의 책상에 떨어진 건 그야말로 우연인데, 내가 지나치게 비약하는 건 아닐까?

1991년 1월 4일

또 다른 한 해가 시작되었다. 책상 배치를 다시 해 그의 자리와 내 자리가 훨씬 멀어졌다는 것 외에 다른 변화는 없다. 시무식을 마치고 일찍 돌아왔지만 쓸쓸하다.

그는 어디로 갔을까? 퇴근 준비를 끝내고 화장실에 다녀오니 그가 보이지 않았다. 그는 며칠 전부터 학원에 등록해 토플을 공부해야 한다고 했다. 부담스러운 표정이었는데, 아직 실행에 옮기지는 않은 듯하다.

박 대리가 스쿠버다이빙 강습을 시켜 주는 레저 스쿨에 함께 다니지 않겠냐고 내게 물었다. 하필 그의 책상 옆에서였다. 그의 표정이 일그러졌던가? 그는 내가 자신의 일거수일투족을 주시한다는 걸 알까?

점심시간에 그는 요즈음 자꾸 힘이 빠진다고 호소했다. 해야 할 일은 산더미인데 자꾸 힘이 빠진다고.

1991년 1월 7일

중앙아프리카 팀 여직원들과 한 테이블에서 점심을 먹었다.

그가 입사한 지 5년째인데 대리 직함을 달지 못했다는 얘기가 주 화제였다. 이번에 대리가 된 사람은 그보다 두 살이나 어렸다. 나는 조용히 젓가락질만 해 댔다.

그와 일주일 넘게 제대로 말 한마디 나누지 못했다. 그는 퇴근 후에 보자는 내 메시지를 받고도 답장이 없었다. 퇴근하려고 화장실에 들어가 화장을 고치고 오면 그의 자리는 번번이 비어 있었다.

그의 축 처진 어깨가 눈에 선하다.

1991년 3월 9일

그가 울고 있었다. 눈물이 가득 고인 눈을 내게 들켰을 때 놀란 건 그가 아니라 나였다. 미스 민이 던져 온 메모지를 보고 정 차장과 박 대리를 보려고 고개를 반쯤 돌렸을 때였다.

— 재미있는 얘기 해 줄까? 아까 왼쪽 벽다방 밑에선 박 대리가 승선 씨와 함께 정 차장을 놓고 '천하에 인간 같지 않은 놈'이라며 씹었어. 오른쪽 벽다방 밑에선 정 차장이 영민 씨와 함께 박 대리를 놓고 '상종 못할 놈'이라고 욕했고. 그런데 지금 저 두 사람 좀 봐. 서로 엄청 친한 척 웃잖아. 혼자 보기 아까워. 빨리 봐 봐.

미스 민이 말한 장면을 보겠다고 자리에서 몸을 일으킨 내

자박스러움이 밉다. 그게 뭐 새삼스럽다고…….

자판기 앞이 상사나 부하 직원을 험담하는 장소라는 걸 아는 것만큼이나 진부한 사실 아닌가. 오죽하면 커피 자판기 앞을 '벽다방' 대신에 '아방가르드'로 바꾸어 부르겠는가?

그는 왜 울었을까? 내가 놀란 표정을 수습하는 사이에 그는 밖으로 나갔고, 20여 분 후에 돌아왔을 때는 방금 전 내가 본 일이 착시가 아니었을까 싶을 만큼 멀쩡한 얼굴이었다.

그는 안에 쌓이는 게 있을 때마다 그렇게 소리 없이 눈물로 해결하는 것일까? 건장하고 듬직한 그의 체격과도 어울리지 않는 그 여린 눈물로 말이다.

그는 왜 울었을까? 너도나도 애용하는 비상구 계단도 아닌 사무실에서. 여느 때처럼 사람들이 분주히 움직이고 여기저기에서 전화벨과 인터폰이 쉬지 않고 울려 대질 않았던가.

1991년 3월 22일

이제야말로 그가 내게 마음을 연 것일까?

"서울에 이사온 게 아홉 살 때였어. 완행버스를 타고 여섯 시간을 달려왔지. 이삿짐은 보따리 두 개가 전부였어. 이불, 솥단지, 옷가지 몇 벌……. 어머니는 몇 번이고 말씀하셨지. "논밭뙈기 하나 없는 우리 같은 사람들에게는 새 세상을 약속하는 곳이야. 엄마와 아빠는 이제 허리띠 졸라매고 너희만 보고 살기로 했다. 너희는 공부만 열심히 하면 돼. 새마을운동인지 뭔지 한답시고 멀쩡한 지붕 부숴 내고 기와 올려야 하는 시골에서 안 살면 그만이지. 그까짓 집 한 채에 기왓장 올려놓고 산다고 삼시 세끼 풀칠이나 하는 신세를 면하는 것도 아니고. 어차피 사지 늘어뜨리고 살지 못할 바에야 자식들 교육이나 버젓하게 시키는 게 낫지." 가도가도 끝이 없던 논밭을 지나고 거대한 빌딩들이 보일 때까지 어머니는 서울행을 정당화했어. 손바닥만 한 논밭뙈기 팔아 치우고, 월세 방으로 가는 길이 왜 쓰리고 불안하지 않았겠어. 나는 동갑인 주인집 아이와 툭하면 싸웠는데, 어머니는 날 기죽이지 않기 위해 야단 한 번 치지 않았어. 그 당시 내 유일한 낙은 호스를 하늘 높이 쳐들어 무지개를 만들어 내는 것이었어. 마당 한가운데 수도가 있었는데, 호스가 길었지. 세들어 사는 사람들이 많다 보니, 샤워라도 할 때는 부엌으로 호스를 끌어 가서 쓰라고 주인이 짜낸 묘안이었어.

아이들이 놀이를 찾아 요령껏 시간을 보내는 골목까지 끌고 나올 수 있을 만큼 호스는 길었어.

쨍쨍 햇빛이 내리쬐는 하늘을 향해 호스를 쳐들고 수돗물을 세게 틀어 놓았지. 물줄기가 뻗어 나오는 구멍을 조금 터 주면, 내내 막혔던 물줄기가 햇볕에 반사되면서 쫙쫙 퍼지지. 쫙쫙…… 그 순간을 포착하면 무지개가, 그 화려한 무지개가 허한 공중을 가르고 찬연히 피어올라. 내가 만든 무지개가 하늘을 수놓고, 부모가 일 나가 골목을 서성대는 동네 아이들의 무료를 달래 주었지. 나는 온몸이 타들어 갈 듯 환희에 불타며 그 놀이에 탐닉했어. 이불 공장에서 미싱을 돌리는 어머니에게 가겠다고 툭하면 떼를 써 대는 두 동생을 달래기에도 그만이었지.

언젠가 내가 곶감을 무서워한 호랑이 얘기를 들려줬지. 사실은 내게도 호랑이가 무서워한 곶감만큼이나 무서운 게 있지. 우리 집 문패야. 빼 갈 만큼 값진 물건도 없어 잠글 필요도 없는 전셋집 대문 옆에 제법 그럴 듯하게 붙은 대리석 문패였지. 어머니는 진짜 우리 집을 구해 그 문패를 달아야 한다고 했어. 초등학교를 졸업하던 즈음이었나 봐. 어머니가 나를 대문간으로 데리고 가더니, 그 문패를 제대로 쓰려면 이를 악물고 공부해야 한다고 하더라고. 아버지는 서울 올라와서 하루도 쉬지 않고 공사판에서 일하다가 돌아가셨지. 실수로 발을 헛디뎌 공사 현장에서 떨어졌는데, 어머니는 아버지의 몸이 곯아서였다고 주장했지. 나는 공부하기 위해 그 호사스러운 놀이를 집어치웠어. 무지개가 하늘 높이 높이 올라가다가 제가 가진 빛보다 더 곱고 환상적인 색감 하나를 분명히 창출해 낼 것이라는, 언젠가는 그것을 보고야 말겠다는 꿈을 보류하기로 했지. 찬란한 햇살을 향해 힘찬 물줄기를 쏘아 올리며 황홀감에 도취했던 순간들이 지독하게 그리우면 대문간에 나가 그 문패를 보곤 했어."

그는 진토닉 한 잔을 비워 내며 수많은 말과 세월을 늘어놓았다. '호반'의 주인 여자가 주문하지 않은 얼음과 토닉 워터를 가져오는 동안에도 말을 끊지 않았다.

새벽 3시다. 잠이 오지 않는다. 그래서 곶감이 어쨌다는 것일까?

1992년 3월 30일

혹 그가 우울증에 빠진 건 아닐까?

막연한 짐작이 확신으로 굳을 것만 같다. 젊은 총각 사원들이 이상적인 신부감에 대해 열변을 토하는 자리에서도, 자동차 신제품에 대한 구매 욕구를 피력하는 자리에서도 그는 흥미를 드러내지 않았다. 토요일엔 주말을 즐기러 나가는 동료들을 피해 슬그머니 없어지기도 했다.

오늘도 그가 빠져나간 사무실에서 그의 부재를 안고 허한 마음을 달랬다. 언젠가는 그가 나와 함께 낚시를 가고 싶다고 말해 줄 날이 올까?

퇴근길 내내 이어지는 공상은 즐거웠다. 그와 둘이서 주말에는 등산을 가고, 낚시를 가고. 좀 더 시간을 내어 스쿠버다이빙 강습을 받으러 다니기도 하고……. 이번 주말에는 눈부시게 흰 티와 청바지를 새로 장만해 두어야겠다. 빨간 운동화를 하나 사 두는 것도 괜찮겠지.

1992년 5월 9일

그의 대학 캠퍼스에서는 많은 연인들이 거닐고 있었다. 아름다운 젊음. 학생들에 비하면 그와 나에게서는 원숙미가 느껴졌다. 양복 상의를 한 손에 들고 언덕바지 동산으로 앞서 걷는 그의 뒷모습이 이유 없이 쓸쓸해 보였다.

아름다운 밤이라고 행복에 겨운 탄성을 지르려던 나는 숨을 훅 들이마셨다. 캔 맥주를 내려놓고 잔디밭에 앉은 그의 얼굴이 슬퍼 보였다. 멀리 학생 회관 쪽에서 비쳐 오는 불빛 속에서 그의 눈물이라도 보게 될까 봐 순간 긴장했다. 어둠 속에서 그가 입을 연 것은 빈 캔을 소리 내어 구긴 후였다.

"4년 동안 난 이곳에서 다른 학생들과 달라야 했어. 입학할 때부터 우수한 성적으로 사회에 나가 좋은 곳에 자리 잡아야 한다는 생각 뿐이었지. 동생들 보살피는 것은 그만두고라도 당장 전셋집을 벗어나야 한다고 생각했으니까. 내 문패를 당당하게 달 수 있는 집 말이야. 내 삶은 늘 미래만이 존재해. 언제나 현재의 삶은 없었다니까. 지금도 그렇고. 인간이 시간을 알고 역사를 갖게 된 것은 억압하는 동물이기 때문이라는 말에 나도 동감하지. 사자는 본능을 억압하지 않는대. 식욕을 만족시키느냐 굶어 죽느냐 어느 한쪽이야. 토끼를 앞에 놓고 배는 고프지만 이번은 참자고 체념하는 법이 없지. 동물의 본능은 현실에 밀착했고 본능의 만족은 개체의 보존이나 종족의 보존을 위해 필요 불가결하지. 거꾸로 말하면, 동물은 필요 불가결한 본능밖에 없다는 말이 돼."

돌아오는 길에 그는 비틀거렸고 사는 게 지랄같다고 했다.

그가 그리는 미래 따위는 없는데, 사방에서 그에게 미래를 강요한다던가……. 술기운을 빌렸던 것일까?

새벽 2시가 넘었다. 잠을 이룰 수 없다. 아직까지도 슬퍼 보이던 그의 표정이 떠나지 않는다. 그가 자신의 모교에 가자고 했을 때 상상했던 데이트는 그런 게 아니었다. 다른 연인들은 꽃향기 속에서 밤을 만끽하며 즐거워 보였는데.

내일 그를 보면 무슨 말을 해 줘야 할까?

1992년 10월 13일

박 대리가 꼭 해 줄 말이 있다고 비상구 쪽 커피 자판기 앞에서 보자고 했다. 잠깐이면 된다고. 오후 3시가 넘은 데다가 급한 일도 없어서 알았다고 했다. 박 대리가 내 자리까지 와서 정중하게 말했기 때문에 거절할 수도 없었다.

박 대리가 커피 두 잔을 들고 앉아 있었다.

"순전히 내가 정민 씨를 생각해서 사심 없이 하는 얘긴데, 정희석 그 친구랑 가까이 지내지 마. 정말 이롭지 않다니까. 그 친구 알코올중독자야. 이틀에 한 번 꼴로 술집을 드나들더라고. 어떻게 사귀었는지 몰라도 청소부 아줌마 방에서 술 마시고 나오는 거 봤다는 사람도 있어. 낮에 회사 와서 술을 마시는 놈이 정상이야? 이번 달 들어서 큰 실수를 두 건이나 저질렀다고. 잘못하면 모가지 날아갈 판국이야. 지금까지는 그래도 다들 쉬쉬하고 넘어가 주어서 괜찮았지. 이번 달 중동 지역에 물건 판 보고서를 작성하라고 했더니, 텔레비전을 100대나 줄여서 올렸더라고. 잘못하면 회사 물건 빼돌린 걸로 오해받아. 그런 실수가 가당하기나 해? 누가 봐도 그놈은 앞길이 보장된 유능한 사원이 아니야."

박 대리가 커피 한 잔을 내게 넘겨주고 나서 다짜고짜 쏟아낸 말이었다.

내가 발끈해서 "그 말을 하려고 저를 불러낸 건가요?" 하지 않았다면 그의 입에서 더 많은 말들이 나왔을지도 모르겠다.

사무실로 돌아오는 내내 그가 청소부 아줌마들과 친하게 지낸다는 말이 떠올랐다.

그가 자판기 앞에서 부서 사람들과 있는 건 보지 못했지만 청소부 아줌마들에게 커피를 빼 주는 건 나도 여러 번 봤다.

그렇지만 알코올중독이라니…….

1992년 10월 30일

"욕망이 욕망을 낳고, 그 욕망이 분노를 낳는 거지. 우리 인간은 채우지 못한 욕구로 숨차게 달리다가 그 바통을 넘겨줄 또 다른 욕망 덩어리를 이 세상에 던져놓고 가는 거야."

맥주 세 잔이 들어갔을 때, 또 그의 표정이 낯설게 변했다.

"바통을 받은 자는 이유를 불문하고 달리고 또 달려야 해. 처음엔 엉겁결에 받았기 때문에 달려야 하고, 나중엔 바통을 물려줄 수밖에 없었던 선임자에 대한 연민 때문에 달리는 거야."

그가 든 술잔을 빼앗고 싶었다. 그가 생맥주를 마시러 가자고 했을 때, 저녁으로 전골을 먹자고 우기지 못한 게 후회되었다. 빈속에 맥주만 들이붓는 게 벌써 몇 날째인가?

"자신의 욕망을, 분노를 그럴 듯하게 포장해 줄 후임자를 찾게 되는 순간도 오지. 그래, 그래서 이 밤에도 숱한 욕망이, 분노가 새로운 씨앗을 잉태하기 위해 은밀한 곳에서 부끄러운 알몸을 드러낼 거야."

내 침울한 안색과는 상관없이 그는 제 말에 취해 있었다. 생뚱맞게 욕구불만이 낳은 욕망과 분노의 윤회라니…… 내가 한 시간이나 먼저 나와 자신을 기다렸다는 것을 알고나 있는 걸까?

빨간 원피스 차림의 내가 수치스럽게 느껴져 얼굴이 달아올랐다. 그와의 좋은 저녁 시간을 위해 드라이까지 맡겼던 옷이다. 오늘 아침에도 거울 앞에서 열 번도 넘게 비춰 보았다.

내 치장 따위에는 지금껏 눈길 한 번 주지 않는 그가 서운해, 가슴 한구석이 허물어져 내렸다. 그와의 시간을 위해 문화 센터 문학 강좌 수강도 제쳐 놓았고, 아침잠을 줄여 드라이까지 했는데.

이제 그와 함께 '호반'에 가는 일은 그만둬야겠다. 분위기 있다고 믿었던 자줏빛 레이스 커튼은 너무 무겁고 칙칙하다. 그에게 알게 모르게 영향을 미칠 수도 있다.

1992년 12월 4일

그가 12층 청소부 아줌마 방에서 술을 마시고 사무실에 들어와 태연하게 일을 한다는 소문이 며칠째 떠돌았다.

12층 청소부 아줌마는 자주 여직원들의 입에 오르내렸다. 마흔이 넘었는데, 20대인 줄 착각하고 있다던가.

입술을 새빨갛게 칠하고 분홍색 실크 블라우스에 미니스커트까지 입고 다닌다고 했다. 12층에 있는 사무실 남자들에게 한 번씩은 추파를 던졌을 거라고도 했다. 왕년에 몸뚱어리 굴리며 살았을 거라고 다른 청소부 아줌마들도 쑤군댄다던가.

오후에는 내 눈으로 직접 확인해 보고 싶어 12층으로 올라갔다. 청소부 아줌마들의 방을 엿보고, 화장실 출입구 근처를 맴돌았지만 그런 여자를 만날 수는 없었다. 내가 무슨 짓을 하나 싶었을 때는 엘리베이터도 타지 못 하고, 뛰듯이 비상구 계단을 내려왔다.

그에게서 술 냄새를 맡았을 때는 그 자리에 쓰러지고 싶을 만큼 충격을 받았다. 타이핑한 서류를 부장에게 넘겨주러 가던 길이었다. 책상에 앉은 그의 몸에서 술 냄새가 퍼져나왔다. 심장이 벌렁벌렁 떨렸다.

일이 손에 안 잡혀 오후가 어떻게 지나갔는지도 모르겠다. 어떻게 그는 술 냄새를 풍기며 태연히 일을 할 수 있을까?

1993년 1월 6일

그가 인사 조치에서 또 패배감을 맛보았다. 한 부서에서 6년째 근무하는데 아직도 평사원이라니. 그는 낙심한 표정을 숨기지 않았다. 나는 어떤 표정을 지어야 그에게 위로가 될까를 생각했다.

마음이 무겁다. 앞으로도 그는 계속 패잔병 같은 모습을 떨궈 내지 못할 것 같다.

1993년 6월 17일

"뭐? 140킬로미터로 달리다가 사고가 나? 그 친구 평소에도 자주 그런다며? 왜 뒈지지 않고 팔만 다쳤대? 오른팔도 아니고 왼팔이 다친 걸 보면 그놈이 제멋대로여도 복은 있는 모양이야. 다 좋은데 하필 회사 일로 나간 놈이 그게 말이나 되느냔 말야. 무슨 일 나기 전에 상부에 보고해서 처리를 해야지. 정말 이거 잘못하다간 나까지 뒤집어쓰게 생겼어."

유달리 그를 미워하는 정 부장이 펄펄 뛰었다.

아침부터 사고라니. 안 그래도 출근했을 때 그가 보이지 않아 무슨 일인가 했다. 언젠가 그가 "스피드의 쾌감에 취해 본 적 있어? 여자라 그런 거 모르나?" 했던 것을 떠올렸다.

아침에 그의 전화를 받았다는 윤 과장의 말에 의하면 그가 서울 외곽 도로에서 속도를 140으로 올리고 차를 몰다가 전봇대를 들이받으며 논으로 굴러 떨어졌다는 것이다.

오후에 면회를 갔던 윤 과장은 차가 다 망가졌는데 사람은 이마와 왼팔만 좀 다친 게 신기하다고 했다. "그 친구 또 술을 마셨던가 봐." 한참 후에 윤 과장이 조심스럽게 내뱉은 말이었다.

과연 그는 스피드의 쾌감을 마음껏 누렸을까? 놀랄 만한 속도감으로 대체 그는 어디까지 가고자 했을까? 출근하는 날 두고 보자며 정 부장은 종일 별렀다. 불안하다.

지금이라도 그가 누워 있다는 병원에 가 봐야 할까? 마음이야 사고 소식을 듣던 그 당장에 달려가고 싶었다.

1993년 6월 30일

그의 난동에 의해 사무실은 난장판이었다. 사무 집기들이 여기저기 나뒹굴었고, 전화기 몇 대는 선이 끊긴 채 내동댕이쳐졌다.

"정희석 씨한테는 미안한 말이지만 정희석 씨가 부장한테 쥐새끼 같은 놈이라고 욕하며 책을 던질 때는 가슴이 다 뚫리더라. 차장님 봤어? 부장 눈치 보이니까 안 말릴 수도 없고, 자기도 모처럼 통쾌한데 말리자니 내키지 않고. 그 심정 동감하는 사람 많았겠지? 그래도 차장님 너무 웃겼어. 자기 전화기 망가졌다고 실컷 딴전 피우면서도 정희석 씨가 던지는 책을 족족 맞는 부장을 보고 싶어 안달이더라고. 그 와중에도 윤 대리는 농담까지 하더라고. 글쎄 큰소리로 "그래, 부수게 두자고. 어차피 막판인데 뭔 짓인들 못하겠어. 이 기회에 사무실

물품들이나 새것으로 바꾸지 뭐." 상황 파악 잘 하고 빠져나갈 구멍 잘 만드는 건 윤 대리의 천성이야. 그치? 우리 엄만 그런 남자가 으뜸 신랑감이라고 하더라. 그나저나 정희석 씨는 정말 뭐 믿고 그렇게 용감하게 나왔지? 말버릇처럼 부장놈 가만두지 않겠다고 했지만 우리 부서에 지금까지 그런 말 한 번 안 해 본 사람 있어? 다들 말릴 생각을 않더라고. 미친개 뛰듯 하는 정희석 씨에게 무슨 봉변을 당할지 몰라 움직일 수도 없었어."

남자들이 우글거리는 사무실에서 그의 난동이 어떻게 가능했는지 알 수 있었다. 평소 부하 직원을 대하는 부장의 태도가 지나치다고, 언제 한 번 '본때'를 보여 줘야 한다고, 직원들 두세 명만 모이면 성토를 한다는 건 나도 알았다.

부장은 퇴근 시간이 지나도록 모습을 드러내지 않았다. 면상으로 쏟아지는 책들을 대책 없이 맞으면서 "어어, 저거, 저 사람 정말 미쳤어." 소리만 정신 없이 내뱉으며 얼굴을 가리다가 직원들 누구도 그를 말리지 않자 나중에는 책상 밑으로 숨기까지 했다고 들었다.

"땅에서 넘어진 자 땅을 짚고 일어나라."가 든 액자도 깨졌다.

"징계위원회에 회부해서 해고하겠다고 부장이 난리를 치지만 그러지 않아도 될 거야. 정희석 씨 내일부터 자기 발로 나오지 않을 텐데 뭐."

그의 옆 자리 사원이 딱히 누구에게랄 것도 없이 말했다.

그렇구나! 해고를 당하든 그가 제 발로 나오지 않든 이제는 그를 볼 수 없는 거구나.

사무실에 들여놓을 새 물품들을 체크하는 일에 박 대리가 나를 데려가지만 않았어도…… 그랬더라면 그 많은 사람들 속을 뚫고 나가 그를 진정시키는 용기를 발휘했을지도 모른다.

1993년 7월 2일

그가 부서를 옮기게 될지도 모른다는 소문이 돌았다. 자재관리과라고. 그날 일어났던 소동에 비하면 참으로 운 좋은 판결인가?

하지만 이틀째 그는 무단결근하는 실수를 벌였다.

일기장 속의 내 인생에도 정사가 있고 야사가 있었다. 나조차도 해석하기 모호한 기호들과 몇 개의 단어들이 이룬 교묘한 문장들. 상처+상처=달관, 달관+달관=무기력, 무기력+무기력=파멸, 가슴앓이, 환상, 해바라기, 견우와 직녀…….

그의 마음을 알 수 없어 애탔던 날의 흔적들일까?

두서없이 일기장을 뒤적이다 내 눈은 또 하나의 야사에 붙들렸다. 긴 화살이 하트를 날카롭게 뚫는 그림. 그것은 일기 후반부, 16절지 한 장에 덩그러니 있었다. 나는 그 일기가 이틀이나 지난 다음에 기록된 것임을 기억해 냈다. 일기장조차도 열 수 없었던 그 이틀 동안에 나는 허깨비처럼 하얗게 빈 머리로 컴퓨터 자판을 두드리고 텔렉스를 쳐 댔다.

여관방에서 난생 처음으로 남자에게 몸을 열어 보인 게 엄청난 일이었을까? 내가 거부했다면 충분히 일어나지 않을 수도 있었던 일이다. 그가 붉은 간판의 여관을 가리켰지만, 간절한 눈빛은 아니었다. 숙박계를 쓴 것도 나였고 몸을 가누지 못하는 그를 보며 돈을 지불한 것도 나였다. 그가 서투르게 내 옷을 벗기고 열정도 없이 내 몸 깊숙이 침범하고 났을 때, 물을 따라 내민 것도 나였다. 난도질당한 듯 쓰라리기 시작한 아랫도리에 더 이상의 충격을 주지 않으려고 무릎을 세운 채 누워 밤을 밝히면서도 나는 그의 숙면을 염려했다. 그가 회사를 떠나기 열흘 전쯤에 이루어진, 그를 둘러싼 소문들이 사실로 드러날 즈음에 벌어졌던 일인 만큼 회한도 원망도 없었다.

다만 모래알같이 숱한 날들이 버티고 있었다고, 약간의 변명을 해 볼 수는 있을까?

—나리 나리 개나리 입에 따다 물고요, 병아리 떼 종종종 봄나들이 갑니다.

계집아이들이 불러 대는 노랫소리가 창문을 넘어왔다. 노래는 박자도 음정도 제멋대로였다. 여남은 살 계집아이는 제 키보다 높은 고무줄을 오른발로 끌어내리더니 박자에 맞춰 콕콕콕 밟았다. 정말 나들이를 떠나는 것처럼 쭉쭉 뻗어 올라가는 경쾌한 동작이었다.

나는 창가에 우두망찰 서 있었다. 일기장을 태우려면 라이터도 찾아 오고, 베란다를 쓸어 낼 빗자루와 쓰레받기도 가져

와야 한다고 마음만 부산했다. 술기운이 빠져나가면서 훨훨 타오르다가 멀리멀리 사라져 가는 불꽃의 환영도 사그라졌다.

여수에서 과수원을 한다는 남자의 집으로 어머니가 들어가기로 한 전날 밤, 내 잠을 깨운 건 산란한 불빛이었다. 남자를 찾아 길을 떠나는 어머니에게 손을 흔드는 데는 이골이 났던 스무 살이었다. 마흔 고개를 넘기더니 주눅이 들었다고, 왜 달랑 과수원 하나 있는 남자냐고, 제 딸도 버리고 본처 자식이 셋인 집에 들어가는 여자가 얼마나 잘살겠냐는 수근거림에 어머니는 개의치 않았다. 어머니가 옷들을 불꽃 속에 던지는 건 처음이었다. 어머니는 꿈에 부풀어 손수건 한 장까지도 챙기곤 했다. "큰 갑부라더라. 이름만 대면 그 도시에서는 누구나  알 만큼 크게 사업을 했대. 여기저기서 달라붙는 젊은것들도 많을 텐데 나라면 사족을 못 써. 나이 많은 게 흠이라면 흠이지만 그깟 걸 뭐 흠이랄 수 있겠니? 막내 아들 하나 남고 다 출가시켰대. 부인과는 오래 전에 헤어졌다고 하는데 꼬치꼬치 묻지 않았어. 서로 이혼할 만하니까 한 것 아니겠어? 둔하고 매력도 없는 아내였나 봐. 이이는 아주 핸섬하거든." 어머니는 짐 싸는 일이 끝나면 주위 사람들에게 자신이 찾아낸 행운을 떠벌렸고, 그들에게 자신의 행복한 미래를 확인받고 싶어 했다.

어머니가 미동도 없이 앉아 타오르는 불꽃 속에서 본 것은 무엇이었을까? 어머니의 화려한 시절을 말해 주는 옷가지와 색색가지 양산들이 처형을 당하듯 끌려 나왔다. "저 모자 예쁘지? 저기 저 챙 넓은 연보랏빛 모자 말이다. 저런 건 여자가 사는 게 아니란다. 자기 지갑 열어서 저런 걸 사는 여자에게 멋진 남자가 따라붙을 리 있겠니?" 어머니는 예쁜 것들을 보면 자주 들뜨곤 했다. 나는 방문을 빠끔 열어 어머니가 혼자서 치르는 혼전의 의식을 오래오래 훔쳐봤다. 불꽃이 대거리라도 하는 듯 사납게 몸부림쳤다.

시장에 나가 삼계탕거리를 사 들고 오는데 골목에 사람들이 모여 웅성거렸다.

"내복 입은 채 나갔다면서요. 이 근방 파출소는 다 돌아다닌 모양이던데. 혹시 부잣집 아이인 줄 알고 누가 유괴해 간 거 아닐까요?"

"부잣집이래요. 집 장사해서 떼돈을 벌었대. 강남에 빌딩이 몇 채라던데. 할아버지가 살았던 집이라 이 동네를 뜨지 않고 사는 거라던데."

"그나저나 남자가 알면……."

"그러잖아도 집에서 뭐 하는 사람이냐고 소리소리 지르는 걸 들은 사람이 있대요."

여자의 집은 골목 중간쯤에 성처럼 솟아 있어 한눈에 들어왔다. 나는 시선을 내리깔고 빠른 걸음으로 그 집을 지나쳐 왔다. "대체 집에서 뭘 했기에 아이가 나가는지도 몰랐을까요?"

하는 말이 등뒤에서 들려왔다.

여자는 집에서 줄곧 비디오만 본다고 했다. "영화를 보지 않을 때라도 비디오를 켜 놓아요. 우두커니 있을 때 비디오 속에서 배우들이 내뱉는 대사라도 흘러나와야 마음이 편하거든요. 우리 남편은 내가 비디오 중독자래요. 비디오를 보면 시간이 그렇게 빨리 갈 수가 없어요. 불면증에 시달릴 때도 비디오만큼 좋은 게 없어요. 약을 먹어 봤자 내 몸만 망가지고. 요즈음엔 옛날 영화를 봐요. 「셰르부르의 우산」 보셨어요? 나는 눈을 감고도 영화 대사를 훤하게 외워요. 보고 싶으면 우리 집에 녹화해 둔 게 있으니 언제든 와요. 전쟁도 없는데 우리 시대의 사랑은 왜 이렇게 맥 빠지고 싱겁기만 할까요? 아, 그렇군요. 바로 그 전쟁이라는 장벽이 없기 때문일 거예요. 또다시 전쟁이 나서 남자들이 사랑하는 여자를 남겨 두고 전쟁터로 가야 한다고 생각해 봐요. 이 세상에서 귀한 건 사랑밖에 없다는 걸 절로 깨닫겠죠. 그렇다고 일에 미친 남편을 미워하는 건 아니에요. 「흐르는 강물처럼」이라는 영화에 그런 말이 나오더군요. 완전한 이해가 없이도 우리는 완벽하게 사랑할 수 있다고요. 어쨌거나 남편은 나를 많이 사랑한다고 말했어요. 참, 「적과의 동침」이라는 영화 아세요? 의처증이 심한 남편에게 학대를 받아 오던 아내가 남편의 손아귀에서 벗어나 새 삶을 찾는 이야기죠. 3년 7개월 6일, 아내는 그 끔찍한 날들을 하루하루 헤아리며 탈출할 날만 꿈꾼 거예요. 줄리아 로버츠가 주인공으로 나오는데 그녀는 자신을 진정으로 사랑해 주는 남자에게 베를리오즈의 심포니를 끔찍하게 싫어한다고 말해요. 남편이 성교 때마다 그 음악을 틀어 놓곤 했거든요. 죽음을 무릅쓰고 바다를 헤엄쳐 자유를 찾은 아내를 남편은 집요하게 찾아내어 자신의 품으로 돌아오길 권유하죠. 남편이 들고 온 총을 뺏어 들고 남편의 얼굴을 향해 겨눈 채 공포에 떠는 아내의 얼굴이 선해요. 실내에는 은근하고 감미로운 베를리오즈의 음악이 부드럽게 깔리죠. 자신이 왔음을 알리기 위해 남편이 몰래 틀어 놓은 거예요. 영화는 해피엔딩이에요. 남편은 아내가 쏜 세 방의 총알에 피를 흘려요. 그 장면이 얼마나 통쾌하고 후련한지……. 난 그 영화를 열 번도 넘게 봤어요. 경관 좋은 바닷가가 사방에서 내다보이는 근사한 집을 뛰쳐나오는 로라에게 시종일관 박수를 보냈죠. 그녀가 남편과 함께 쏜 건 음악이었을 거예요. 은근하고 감미롭고 부드럽고…… 그 나른한 봄날 같은 베를리오즈의 선율 말이에요." 며칠 전, 퇴근길에 우연히 만났을 때도 여자는 영화에 취해 있었다. 혼자서 뛰어다니며 놀던 아이가 달려가서 안길 때에야 내게 웃어 보이며 "언제 한번 놀러와요." 했다.

—너 보러 간다 간다 하면서도 쉽지가 않다. 좋은 전화기가 있어서 그나마 다행이다. 내일이 네 생일이잖니. 그래서라도 가려고 했는데 모레가 시댁 증조모님 제삿날이다. 이 집안에

들어온 지 10년이 넘었는데 아직도 제삿날을 못 외워. 저녁에 너 들어왔을 때 전화해도 되겠지만 네 목소리 들으면 엄마가 눈물이 나올 것 같아서 지금 했어. 이해할 수 있지? 내일 미역국 챙겨 먹어라.

혹여 그가 또 전화했을지 몰라 집에 들어서자마자 메모리 버튼을 눌렀더니, 어머니였다.

어머니는 전화기에 대고 옆집 사는 여자에게 하듯 많은 얘기들을 줄줄줄 늘어놓았다. 나는 푹 삶은 면발처럼 퍼지고 푸실푸실해진 어머니의 목소리를 전화기에서 꺼내 들으며, 어머니는 이제 확실히 내가 알지도 못하는 집안의 여자가 되었다고 느꼈다. 산 넘고 물 넘고 몇 개의 도시를 넘어야 나오는 남쪽의 바닷가 마을, 그 아득한 거리감이 지친 어머니를 유혹했던 건 아닐까? 만취해서 내 방문을 열 때마다 "내가 너 때문에 산다."를 외쳐 대곤 했던 어머니의 마음을 손바닥만 한 과수원 땅덩이가 움직였다고 볼 수 있겠는가?

어머니는 아침에 긁어 둔 누룽지를 노르스름하게 끓여 텃밭에서 오이 몇 개 고추 몇 개 따다가 점심을 때운 얘기, 바닷가에 나가 생선 몇 마리 잡아다가 내장을 들어내고 살을 갈라 그 자리에서 초고추장 찍어 먹은 얘기를 구수하게 늘어놓을 만큼의 시골 여자가 되었다.

전화벨이 울려서 수화기를 들 때마다 힘없이 툭 끊어지는 전화……. 나는 그렇게 수화기를 놓는 상대가 어머니일지도 모른다는 생각을 뜬금없이 했다. 어머니는 나보다 "지금은 부재중이라 전화를 받을 수가 없습니다."가 울려 나오는 자동 응답기가 더 편한지도 모른다.

어머니의 생일에 함께 사는 남자가 구두를 선물해 줬다는 얘기, 재가한 집 둘째 아들 결혼식 문제로 서울에 올 일이 있는데 나를 만날 시간은 없고 잠깐 집에 들러 굴비 상자나 밀어 두고 가겠다는 얘기…….

나는 어머니가 나를 보고 가지 못하는 이유가 함께 사는 남자 때문일 거라고 막연히 짐작했다. 사람 만나는 걸 어려워한다는 남자였다.

전화기가 있어 불만은 없었다. 심지어 아버지 소식까지 그 안에서 튀어나왔으니까. 한 달 전쯤이었던가? 그때는 희한하게 어머니의 예전 목소리가 흘러나왔다.

—정민아, 고창 네 아버지 집에 한 번 내려갔다 와라. 내가 어찌어찌해서 소식을 들었는데 네 아버지가 아프다더라. 그 동네 들어가서 네 아버지 이름 석 자 대면 금방 찾을 수 있을 거야. 다녀오게 되거든 나한테도 꼭 알리고.

어찌어찌해서라니……. 도대체 어떻게 어머니가 그런 소식을 들을 수 있었단 말인가? 정작 중요한 '어찌어찌'는 그 누구의 제지도 받지 않고 자연스럽게 생략된 채 돌아가는 테이프를 보며 나는 어머니가 지금까지도 아버지를 곁에 뒀는지 모른다고 생각했다.

새삼 아버지의 안부가 궁금하지는 않았다. 아버지가 들어와 앉았어야 할 빈자리 때문에 가슴이 허허롭지도 않고, 아버지의 그 듬직한 가슴에 내 몸을 부려 본 적 없음이 안타깝던 나이도 훌쩍 넘어섰다. 그런데 어머니는 훗날 내게 아버지 없는 결혼식을 치르게 하느니, 오랜 세월의 공백을 메우는 게 낫겠다고 계산한 것일까?

닭살 익어 가는 냄새가 마루로 퍼져 나왔다. 아침부터 빈속에 맥주를 마셔서인지 속이 울렁거리고 메슥거렸다. 그 와중에도 인삼을 넣지 않았다는 생각이 들었다. 어머니가 작년 겨울에 보내 준 것을 찾으려고 찬장 문을 열었다.

부엌에 들어가 활활 김이 오르는 압력 밥솥 뚜껑을 열었다. 닭의 배를 가르고 채워 넣은 찹쌀이 터져 나와 있었다. 한껏 불어 터진 찹쌀 사이사이로 뻣뻣하게 버티는 닭살이 보였다. 갈기갈기 찢기고 푹 무르려면 좀 더 많은 시간이 걸릴 터였다.

급하게 씻어 넣은 인삼은 독불장군처럼 저 혼자 둥둥 떠다녔다. 닭 날개를 들춰 끼워 넣었는데 금방 풀려나와 먼산바라기를 했다. 대추 몇 개가 한곳에 몰려 있어 젓가락으로 분산시켜 놓고 압력밥솥 뚜껑을 닫았다.

삶아서 바구니에 내놓은 감자는 김이 솔솔 빠져 껍질을 벗기기에 좋았다. 주먹만 한 감자 껍질을 하나씩 벗겨 프라이팬에 담았다. 버터를 녹여 감자를 굴리면 겉이 노릇하게 구워질 것이다. 감자는 알코올 병동에 있는 그의 친구들에게 돌아갈 간식이었다. 6개월이 차서 퇴원하게 되면 부탁 받은 대로 애인에게 혹은 가족에게 전화를 걸어 주고, 우정이 좀 더 농밀하면 집까지 찾아가 편지를 전해 주고 가는 이들……. 감자를 사면서도 나는 실하고 통통한 놈을 고르려고 몇 군데의 야채 가게를 들락거렸다.

삼계탕과 감자를 담아갈 그릇을 찾으려고 찬장 문을 열어젖히며 나는 금방 활기가 넘쳤다. 내 머릿속에는 햇빛 충만한 들판에서 시커멓게 그을린 몸뚱어리를 내놓고 허리춤에 수건을 찔러 넣은 건장한 사내가 들어 있었다. '담배와 술로도 살 수 없는 환상이야.' 목과 가슴으로 쏟아지는 땀을 닦으며 말갛게 웃는 사내가 사라질까 봐 나는 갑자기 조급하고 불안해졌다.

노르스름한 감자를 스테인리스 찬합에 고루 담아 뚜껑을 덮자 몸에서 열기가 뻗쳤다. 압력 밥솥에서 폭폭폭 소리를 내지르며 고이는 삼계탕 냄새에 머리가 어질거린 지 오래였다.

마루로 나와 창문을 활짝 활짝 열어젖히고, 화장실로 달려가 두 다리에 물을 거푸 뿌려 댔다. 집 안이 거대한 열기에 휩싸여 서서히 녹아들어 가는 듯했다. '겨우 삼계탕 한 마리 끓이는 거라고…….' 나는 불만스럽게 중얼거리며 방으로 들어가 라디오 볼륨을 크게 높였다.

당초 우려와는 달리 우리나라에 상륙할 줄 알았던 태풍이 일본 규슈 지방을 거쳐 내일 오후 늦게 울릉도 동쪽 해상으로 빠져나갈 것으로 보인다는 보도가 흘러나왔다.

즐겨 듣는 고정 프로가 있는 게 아니어서 아무 곳에나 주파수를 맞추었다. 가끔씩 취향에 맞는 음악이 흘러나오기도 했고, 졸음을 쏟아 내는 듯한 목소리로 진행을 해 대는 아나운서를 만날 때도 있었다.

오늘은 어느 프로에서나 주로 태풍 보도였다. 간밤에도 태풍 '이브'의 예상 진로도 앞에서 기상 캐스터가 지휘대를 들고 시간별 예상 위치를 짚어 대는 뉴스를 보았다. 며칠째 그 지경이지만 '이브'라는 매혹적인 이름 때문인지 나는 느긋했다. 부산과는 멀리 떨어진 서울의 다세대주택 2층에서 스스로 생활반경을 좁히고 살아가는 내게 닥칠 위험 따위는 없었다. 간밤에 그가 느닷없이 목소리를 보내오지 않았다면 오늘도 창문까지 꽁꽁 닫은 방에서 얌전히, 힘없는 일상을 누렸을 것이다. 이대로 내가 자멸해 가는지 모르겠다는 두려움도 없어진 아늑함이었다. 그대로라면 언제까지라도 작신작신 녹아들 의향이 있었다.

가끔씩 허한 배를 니코틴으로 채우며, 길게 늘어진 생에 대한 막막함이나, 엉뚱한 방향으로 물꼬를 틀어 버린 정체 모를 삶에 대해 천착해 본 적은 있었다.

물살처럼 휘돌다 흩어지는 담배 연기 속에서 무엇이 어디서부터 어떻게 잘못된 것일까를 생각하는 마음 저편으로 어김없이 끼어드는 건 생생한 빛으로 살아나는 무지갯빛 꿈이었다.

그랬다. 여덟 색깔의 무지개, 나 역시 그것을 꿈꾸었다. 바라고 또 바라면 욕구의 저 끝에서 나만의 빛이 찬연히 모습을 드러낼 것이라고.

간절한 담배 생각을 막기 위해 지금은 빈속이라고 되뇌어 보았다. 지금 이 순간 담배 한 개비를 소진한다고 해서 가슴 한복판에 늪처럼 퍼진 이 갑갑함이 사라지는 건 아니었다.

방으로 달려가 푸른 유리 보석함 속에서 박하사탕 세 개를 집어 냈다. 비닐을 벗겨 한꺼번에 세 개를 입에 몰아넣었다. 입 안을 꽉 채운 사탕을 묘기를 부리듯 하나하나 굴려 보았다. 어떻게든 담배 맛을 누를 수 있으면 그만이었다.

처음부터 담배가 좋았던 건 아니었다. 그가 없는 회사에 사직서를 내고 나서 차린 게 꽃집이었다. 번화가도 아닌 골목이었지만, 300미터 근방에 여자고등학교가 있는 것 하나를 믿고 차린 가게였다. 간혹 주문이 들어오는 화환 바구니를 직접 배달하고 돌아와도 오후는 길게 혀를 빼고 있었다.

어느날 오후에 장미 60송이로 화환을 만들어 달라던 여자가 소파에 몸을 부리자마자 핸드백에서 담배를 꺼냈다. 언젠가는 이런 날이 올 줄 알았다고, 그래도 최소한의 양심은 있는 늙은이인 줄 알았다고, 복수하는 심정으로 생일 꽃을 보내는 것이라고…… 담배 연기에 꽃들이 시들까 봐 염려하는 나와는 상관없이 여자는 함께 온 친구에게 떠들어 대며 담배 연기를 날렸다.

"아휴, 내가 정말 이것 때문에 산다." 화환이 다 되었다고 말했을 때 여자가 세 대째의 담배를 눌러 끄며 말했다. 여자들이 나간 뒤 나는 담배 때문에 살 수도 있을까 싶은 호기심으로 담뱃갑 속에 손을 넣었다.

'씨앙눔의 가시나'가 되어 참으로 맛나게 담배를 피우게 되는 데에는 많은 시간이 걸리지 않았다.

변기에 앉아 쓰레기통에 던지려다 실패한 게 분명한 꽁초가 눈에 띄면 회사의 몸집 큰 청소부 아줌마는 대번에 "씨앙눔의 가시나, 누군지 내 손에 잡히기만 해 봐라. 가시나년이 남세스럽게 담배 피우는 것도 꼴같잖은데." 했다. 화장실에서 예사로 발견되는 게 담배꽁초인데 매번 그렇게 '가시나년'을 들먹이며 흥분하는 청소부 아줌마가 별스럽다는 생각을 하면서도 나는 몰래 나와 담배를 피우는 여자가 누구일까 궁금했다.

라디오에서는 다가올 21세기에 대한 예측과 논쟁으로 뜨거웠다. 21세기는 감성과 인성이 풍부한 사람들이 주도해 나가는 세상일 것이라는 전망이 우세하고 있단다. 그동안 팽배했던, 첨단 과학 설비와 장비들을 유능하게 다룰 줄 아는 자만이 살아남을 수 있을 거라던 예측보다 가슴 훈훈한 얘기라고 아나운서가 결론을 내렸다.

사탕 세 개가 다 녹아들 즈음 라디오를 끄고, 테이프를 꽂았다. '미시즈 오'가 자애로운 웃음과 함께 건네준 테이프는 한 달 넘게 장식장 밑에서 먼지를 뒤집어쓰고 있었다. 버릴 마음까지 생기지는 않아 처박아 둔 것이었다.

'미시즈 오'는 알코올중독자 가족 모임에 참석하기 꺼려하는 나를 위해 특별히 마련한 테이프라고 했다. 이제는 필요없는 물건이었다. 불행히도 생각보다 일찍 술기운이 달아나 아직껏 태우지 못한 일기장과 함께 불 속에 처넣을 용의도 있었다.

테이프는 지지직거리는 소리로 시작되었다. 그것을 처음 받아 왔던 날에도 나는 잡음이 거슬려 5분을 넘기지 못하고 정지 버튼을 눌렀다.

—남편이 단주 모임을 꺼리는 것만큼이나 저도 이 모임에 나오는 걸 망설였습니다. 다들 이해하시겠지만, 정말로 죽고 싶을 만큼 싫었습니다. 비참했다는 표현이 맞겠군요.

우리 남편은 술이 없으면 하루도 살지 못 해요. 내 눈을 피해서 소주를 사 들고 오는 남편을 보면 살쾡이 같아요. 얼마나 노련한지 몰라요. 내가 대문 앞에서 지키면, 담을 타넘기도 했어요. 소리를 지르고 울고불고 해도 소용없어요.

10년 전까지만 해도 남편은 k건설의 유능한 간부였어요. 회사를 다닐 때도 늘 술에 취해 들어왔지만 저는 불만이 없었어요. 아침마다 남편은 꿀물을 마시며 입버릇처럼 술을 줄이겠다고 말했거든요.

그런데 어느 날 남편이 회사를 그만 다녀야 될 것 같다고 말했어요. 그때 남편은 세상 다 산 것 같은 얼굴이었죠. 뒤늦게 남편이 술 때문에 회사에서 권고사직을 받았다는 것을 알게 되었어요.

남편은 놀면 당장 어떻게 되는 것처럼 집까지 담보 잡아 중장비 대여 회사를 차렸지요. 하루하루 술에 찌들어 가는 남편을 보면서 저는 속수무책이었어요. 그 즈음 남편은 손을 떨었고, 술 없이는 견딜 수 없는 지경이었죠.

남편은 3년째 집에서 술로만 살아요. 중장비 회사는 1년도 못 가 빚만 걸머졌어요.

그 속에서도 아들 둘이 장성해 큰아들은 취직을 했고, 작은아들은 대학에 들어갔어요. 학비 걱정이 만만치 않지만, 남편만 정상으로 돌아온다면 더 바랄 게 없어요. 큰아들은 힘들 때마다 "우린 아버지를 이해해야 돼. 아버진 꽤 오랫동안 열심히 일하셨어. k건설이면 우리나라에서 몇 손가락 안에 드는 회사야. 그곳에서 간부가 되려고 발 벗고 뛰었고, 그러다 보니까 술로 위안을 삼을 수밖에 없었을 거야." 하면서 스스로 위로받는 것 같아요. 작은아들은 아버지 앞에서 물건을 부수고 멱살을 잡는 것으로 불만을 풀고요.

저도 억울하고 분해요. 남편 뒷바라지 잘 하고 아들들 교육 잘 시킨 대가가 이것인가 싶어요. 남편을 이해하고 따뜻하게 보살펴 주자 싶다가, 전생에 무슨 죄를 지었기에 이렇게 많은 벌을 받나 싶다가…….

그렇지만 이 모임에 나오면서부터 분명히 내 중심은 선 것 같아요. 저는 남편에게도 단주 협회에 나갈 것을 권유해 볼 작정이에요. 암처럼 알코올중독도 하나의 병이라는 것을 알았으니까요. 아니, 치료받아도 완치를 보장받을 수 없으니, 더 무서운 병이지요. 그래도 내 노력이 헛되지 않는다면 남편 마음도 움직일 것 같아요.

—알코올중독자를 남편으로 둔 미시즈 임입니다.

처음 보는 얼굴들이 많으니, 제 소개를 다시 하겠습니다. 모두들 이곳에 오면 구체적인 자기 소개를 하지 않으려고들 하는데 저는 그럴 필요 없다고 생각합니다. 알코올중독은 말 그대로 병이고, 알코올중독자는 환자이지 죄인이 아니니까요.

제 남편은 대학 교수였어요. 중증 증세를 보여 5년 전 물러나기까지 죽 강단에 섰지요. 남편이 중독 증세를 보인 건 10년이 넘었어요. 만취해 제자들의 등에 업혀 오는 일이 늘어났지만, 술 때문에 결근하거나 강의를 빼먹지는 않았어요. 고주망태가 되어도 집은 잘 찾아오는데 자주 지갑과 외투를 잃어버렸어요. 다음날 정신이 들면 택시 기사를 욕하곤 했지요.

처음에 남편은 자신이 중독자라는 사실을 완강히 부인했어요. 남편이 연구실에 술병을 놓고 지낸다는 것을 모르는 사람이 없었는데도요. 학교 이사장이 남편 고모부가 아니었다면 남편은 진작에 해고되었을 거예요. 알고 보니 술 마시고 강의실에 들어간 게 한두 번이 아니었어요. 수업 거부를 해야 한다고 주장한 학생들도 있었대요.

그러다가 남편이 죽을 뻔한 일이 발생했지요. 졸업 여행을 따라간 남편이 술에 취해 허적허적 강물 속으로 들어가더래요. 학생들은 모닥불을 피워 놓고 캠프파이어를 했고요.

그 일을 계기로 저는 남편을 강제로 입원시켰어요. 남편을 잃는 것보다 낫겠다 싶었어요. 2년 뒤에 남편은 또 한 번 입원을 했지만, 지금은 스스로 단주 협회를 찾아다녀요. 술의 유혹을 받지 않는 건 아니지만 그때마다 술은 악마라는 것을 떠올린대요.

옳은 게 뭔지 알아도 행동으로 과감히 옮기지 못하는 분들이 이곳에도 많을 거라고 생각해요. 집안에 그런 사람이 생기면 다들 상처입고 마음이 약해지니까요. 그럴 때는 과감하게 알코올중독은 치료받아야 할 병이라는 것을 떠올리세요.

제가 남편의 문제가 해결되었는데도 이곳에 나오는 것은 바로 여러분들을 위해서예요. 심장까지 곪아 가는 그 아픔을 겪지 않은 사람은 모르니까요.

—시아버지가 알코올중독자인 미시즈 최입니다.

저는 어젯밤에도 시아버지와 욕을 하면서 싸웠어요. 술을 끊지 않으면 죽여 버리겠다고 협박도 했어요. 시아버지는 교활한 짐승 같아요. 어제 외출했다 돌아와 보니 시아버지가 마루 벽에 제 욕을 써 놓고 술을 마셨어요. 빨간 색연필로요. 다른 날보다 많은 술병들이 나뒹굴어서 비상금을 넣어 두는 서랍을 열어 보니 돈이 없었어요.

나쁜 년, 죽일 년, 지 애비와 붙어먹은 년……. 그런 낙서들을 보자 눈에서 불이 튀었어요. 시어머니 돌아가시고 결혼 2년 만에 그 지경인 시아버지를 떠맡은 게 지금까지도 감당이 안 돼요. 결혼한 지 5년이 지났는데도 아이가 들어서지 않는 게 다 시아버지 때문인 것 같아요. 주위에서는 어떻게 지옥 같은 곳에서 사느냐고 이혼을 하래요. 그렇지만 남편이 무슨 죄가 있어요?

어느 때는 정말 시아버지 앞에서 콱 죽어 버리고 싶어요. 오늘 아침에도 마룻바닥을 쳐 대면서 한바탕 울었더니, 머리가 띵해요.

이곳에서 배운 대로, 흥분하지 말았어야 했어요. 하루에도 몇 번씩 저는 천사가 되었다, 악마가 되었다 해요. 정상적인 시아버지라면 내게 이러지 않겠지 하는 생각을 그 상황에서 한 번만 했어도 어제 같은 일은 일어나지 않았을 거예요.

테이프 한 면이 다 돌아가고 '툭' 소리가 들려 왔지만 나는 B면으로 돌려 끼우지 않았다. 내 마음 깊이에서도 무언가 툭 끊어지는 소리가 들려왔다.

카세트 속에서 흘러나오는 여자들의 얘기에 나는 감동하지 않았다. 미시즈 오는 어느 날의 모임을 녹음해 놓은 것이라고 했지만 그것이 여러 편을 편집한 테이프란 것쯤은 대번에 알 수 있었다. 테이프 속의 여자들은 비교적 말도 조리있게 하고 호흡도 조절할 줄 알았으며, 자신의 감정을 제어하는 능력도 갖췄다.

몇 번의 망설임 끝에 참석했던 두 번의 모임에서 나는 차분히 제 얘기를 늘어놓는 여자들보다는 흥분으로 말을 더듬거나 더 이상 말을 잇지 못하는 여자들을 더 많이 보았다. 그녀들 중 대부분은 남편이나 아들, 혹은 사위가 알코올중독자이기 때문에 저지르게 되는 폭력과 비상식적인 일을 끝내 받아들이지 못했으며, 모임을 마치고 나가는 뒷모습은 패잔병처럼 주눅들어 보였다.

길게 늘어진 절망스러운 날들에 대해 한 점 희망을 갖자고 그동안 겪은 일들을 힘겹게 풀어놓는 그들 속에서 나는 감히 내 얘기를 시작할 수 없었다. "저는 알코올중독자를 애인으로 둔 미스 최입니다."라고 속으로 몇 번 되뇌어 보긴 했지만 병원에서 치료 중인 이를 애인으로 둔 여자의 고달픔이 사치라면 사치일 수도 있었다.

무엇보다도 내 입을 다물게 한 건 내가 선택하지 않은 불운을 인정하고 들어가는 발언에 동참하지 않겠다는 오기였다.

다행히 그들은 처음 본 사람과 마음을 열어 보일 준비가 되지 않은 사람을 위해서인지 "오늘은 그냥 듣기만 하겠습니다."

라는 말도 통용어처럼 준비해 놓았다. '미시즈 임입니다.'만으로 이름을 대신하는 것을 다행스러워 할 만큼 주저했던 자리였다.

겉에선 누가 봐도 일반 가정집처럼 보이는 그 아파트가 알코올중독자 가족 모임을 위해 꾸민 장소라는 걸 알고, 비밀스럽게 닫힌 문 앞에서 벨을 눌러야 하나 말아야 하나를 망설이던 순간부터 나는 내 인생이 거대한 소용돌이에 빠졌음을 알았다. 생의 한중턱에 무력해진 몸을 부려 놓는 기분이었다.

"어쩔 수 없는 것을 받아들이는 평온함을 주시고 어쩔 수 있는 것을 바꾸는 용기를 주시고 그리고 이를 구별하는 지혜를 주소서." 모임 참석자들이 모임을 마치는 기도문을 읊을 때 나도 간절한 마음으로 눈을 감았지만, 날 옥죄던 열패감까지 무화하지는 못했다.

세 달 전쯤 그의 면회를 마치고 알코올중독자 병동을 나설 때였다. "남편이유? 금슬이 좋은 모양이던데 어쩌다 그리 됐수?" 내 앞으로 얼굴을 쑥 드민 여자가 고갯짓으로 내가 빠져나온 병동을 가리켰다. 한 테이블 건너에 앉아 그와 내가 안고 있는 것을 구경하면서도, 스테인리스 밥통 속에서 삶은 닭의 살점들을 죽죽 찢어 남편인 듯한 남자에게 권하던 여자였다. "애는 있수? 젊은 색시한테 이런 말 해서 안됐지만 아직 자식 없으면 갈라서는 것도 생각해 봐. 이런 곳까지 출입할 정도면 알 만큼은 알겠지만 이게 어디 보통 병이유. 어느 땐 천벌도 이런 천벌이 없다 싶다우. 난 10년 넘게 저 인간 면회 다니며 살고 있수. 병원에 입원했다고 낫는 병 아니라우. 나오면 하두 지랄을 해 대니까 병원 있을 때나 편히 살자고 이 수 저 수 다 써서 악착같이 입원시킨 거라우. 술값이니 병원비니 모두 내 뼛골 녹여 가며 번 돈이야. 그래도 병원에 있으면 식구들이 편히 살아. 내가 저 인간 예뻐서 이렇게 닭 삶아 나르는 거 아니라우. 퇴원해서 집에 오면 면회 자주 오지 않았다고 들볶아. 남편 가둬 놓고 다른 놈 보고 산 년이 달랑 도시락 하나 싸서 들고 왔다고 지랄 발광을 한다니까." 누렇게 변색된 보자기에 싼 스테인리스 밥통을 향해 분풀이라도 하듯 흔들어 대는 그녀를 상대하고 싶지 않아 나는 땅만 보고 걸었다. "한때는 나도 내가 노력하면 저 인간 사람 만들 수 있지 않을까 해서 그 가족 모임이라는 곳에도 나갔다우. 내게도 좋다고 해서 한 달에 두어 번씩은 꼭꼭 찾아댕겼어. 참, 색시도 아직 모르고 있으면 한 번 가볼라우? 나 나갔던 데 말고도 몇 군데 더 있다고 들었는데. 저 인간이 여전하니까 다 부질없다 싶지만 거기 갔다오면 그래도 마음이 좀 편하기는 했수." 그때까지 나는 한낮도 아닌데 뱅볕이 따가워서 견딜 수가 없다고, 진작에 택시를 탔어야 했다고 후회했다. "내가 전화번호랑 가르쳐 줄 테니까 남편 때문에 울적하면 한 번 가 보구려. 아까 그 훤한 인물 보니까 안됐더라고. 부인을 끔찍이 좋아하니까 우리 저 인간과는 다를 수도 있지 뭐. 아직 젊잖우." '아직 젊잖우'의 주체가 그인지 나인지 확실하지 않았지만 나는 고개를 끄덕였다. 그녀의 얼굴에 자리 잡고 앉은 기미가 밝은 햇빛 아래 이물스러웠다.

벽시계는 오후 1시를 넘어서고 있었다. 나는 집을 나서서 병원까지 가는 시간을 어림잡아 보았다. 3시부터 퇴원 수속을 밟는 거라면 지금 나가도 빠듯했다. 조급하고 초조해지자 담배 생각이 몽실몽실 올라왔다.

보자기는 쉽게 눈에 띄지 않았다. 나는 마루나 방 안의 서랍들을 일일이 열어젖혔다. 시간이 흐를수록 갑갑해져 손길이 거칠어졌다. 부엌으로 달려가 찬장과 싱크대 문들도 활짝활짝 열어 보았다.

석 달 전에 분명히 내 손으로 풀어 어딘가에 둔 기억이 있다. 집중력 둔화, 기억력 감퇴, 불현듯 그런 말들이 떠올랐다. 알코올중독자 가족들에게서 나타나는 증세라고 미시즈 오가 말했다. 가족 모임에 처음 나간 날이었다. 처음이라는 말에 그녀는 고개를 끄덕이더니 마음을 비우고 '알코올중독자 동반자병'을 받아들이라고 했다. 그걸 인정할 수 있어야만 모임의 의미를 찾을 거라고.

아무리 그렇더라도 보자기를 못 찾는 이유가 그래서라고 생각하고 싶지는 않다. 설마 그럴 리가…….

나는 냉장고 문까지 열어 야채통을 뒤져 보았다. 어디든 보자기 하나가 들어갈 만한 곳이면 모두 뒤질 작정이었다. 굴비

상자를 싼 미색 보자기를 풀며 나는 어머니를 원망하지 않았던가. 얼마나 바쁘면 보자기 풀 시간도 없이 현관문 밀고 물건만 놓고 갈 수가 있느냐고, 그깟 굴비짝 하나 들이밀고 가려고 내가 사는 집 열쇠를 지니겠다고 한 모양이라고…….

나는 서른을 에누리 없이 넘긴 여자라고, 서운한 마음을 겨우 눙칠 수 있었을 때 꼬깃꼬깃 접은 보자기를 어디에 꼭 끼워 넣었다. 언젠가 반드시 찾을 날이 올 거라는 생각까지 하면서. 그런데 대체 그곳이 어디였단 말인가?

'혹 우리 집에도 난쟁이가 사는 건 아닐까?' 나는 장롱 서랍을 다 열어 놓고 찾다가 지쳐, 어릴 때 읽은 동화 한 토막을 떠올렸다.

런던에 사는 꿈 많은 열 살 소녀 게이트에게 손바닥만 한 난쟁이들에 대해 이야기해 주는 사람은 메이 할머니였다. 난쟁이들은 낡고 한적한 집의 마루 밑이나 벽판자 뒤, 혹은 벽시계 속에서 인간들 모르게 숨어 산다는 것이었다.

게이트는 메이 할머니가 난쟁이 얘기를 해 주기 전에도 혹시 그런 게 있는 건 아닐까 하는 생각을 해 보았던 소녀였다. 그렇지 않고서야 집 안 여기저기서 하트 모양의 붉은 구슬, 바늘, 몽당연필, 휴지 조각, 손수건 성냥갑 같은 것이 종종 없어지는 것뿐만 아니라, 얼마 동안 열지 않았던 서랍을 열어 보면 반드시 예전 상태가 아니라는 것을 설명할 방법이 없지 않느냐고.

찬장 속에 든 밀가루, 차 가루, 각설탕 등이 지난밤에 보았을 때보다 줄어든 것도 확실히 난쟁이들 짓이라고 생각하는 게이트가 바로 내 눈앞에 있는 것만 같다.

술기운 탓일까? 난 호기롭게 외쳤다. "분명 난쟁이 짓이야."

마루의 장식장 서랍까지 죄다 열어 둔 채 나는 방으로 달려갔다. 담배는 화장대 미니 서랍만 열어도 나왔다.

망설임 없이 붉은빛 담배 케이스를 열었다. 금방 담배 냄새가 흘러나왔다. 그렇게 오래 감금해 놓을 수 있는 거냐고 항의라도 하듯 일순간에.

담배가 하루 한 갑으로도 부족하다는 것을 알았을 때 나는 습관적인 흡연 행위에 제동을 걸었다. 내 몸 망가뜨리는 일이라고, 무모하게는 살고 싶지 않다고. 은단 대신 박하사탕을 애용한 건 입에 여러 개를 넣고 굴리는 동안 잡념이 사라지기 때문이었다. 입에 일곱 개를 집어넣고 녹이면서 내가 지금 무엇을 하는가를 골똘히 생각해 본 적도 있었다. 그러다 보면 어느새 흡연 욕구가 사라졌다.

무의식 중에 일어난 일이었을까? 왼손으로 능숙하게 깐 박하사탕이 어느새 담배를 피우는 입 속으로 들어왔다. 나는 양손에 사탕과 담배를 든 거울 속의 나를 피하기 위해 후다닥 고개를 돌렸다.

보자기를 찾겠다고 집 안 서랍들을 다 빼 놓고, 반짇고리까지 열어 놓은 실내가 한눈에 들어왔다.

'꼭 미친년이 발광해 놓은 것 같군.' 방바닥에 담뱃재가 떨어지는 것도 개의치 않고 나는 담배를 거푸 빨아 댔다. 그대로 앉아 또 한 개비의 담배를 피워 없앨 때까지 나는 계속 "미친년이 발광해 놓은 것 같다니까."만 중얼거렸다. 주위를 둘러볼수록 한심하고 심란스러워지는 게 꼭 지난 몇 년간 내가 걸어온 길을 보는 것만 같았다.

방 한가운데 우두커니 앉아 또 다른 담배를 빨아 대면서 나는 지그시 눈을 감고 나직이 읊조렸다. "알코올중독자를 애인으로 둔 미스 최입니다. 사랑에 최고의 가치를 두지도 않으며 그것이 영원하다고도 생각지 않는, 서른하나의 여름을 그저 풍파 없이 넘기고 싶어 하는 여자지요. 오늘은 한때 제가 연모의 정을 태웠던 남자가 6개월간의 감금 생활을 마치고 집에 돌아가는 날입니다. 근육이 금방이라도 튀어나올 듯 불끈거리는 30대 중반의 남자가 창문을 통해서 밖을 보는 곳이라면 감옥보다 나을 게 없지 않겠습니까? 어쩌면 저는 그를 보는 게 두려워 숱한 핑계를 만들어 가며 이렇게 시간을 죽이는지도 모르겠습니다. 그가 원래부터 이 세상과는 맞지 않는 사람이었을까요? 우리들 인간은 들짐승처럼 강인하지 못하기에 무엇인가에 매달려 살지 않을 수 없겠지요. 자신의 존재가 아무런 가치도 없다는 허망함을 무엇으로 견딜 수 있겠어요. 제2차 세계대전 때 일본군 특별공격대원들은 '대일본제국'의 '유구한 대의'인지 뭔지를 위해 몸을 깃털처럼 날리며 죽어 갔대요. 그들을 죽음으로 몰아 보낸 사령관들은 그런 대의의 가치를 믿었을까요?

나치스 독일군은 아리아 민족의 순수 혈통을 위해 600만 명의 유대인을 살해했다지요. 베트남 전쟁에서는 '아메리카적 자유와 민주주의'를 위해 싸우다가 현지 민간인들에게도 살상 행위를 한 것으로 알려져 세계 여론의 비난을 면치 못했다지요. 어떤 가치를 믿지 않고서야 일어날 수 없는 일이겠지요. 제2차 세계대전 때 '대일본제국'의 가치를 믿었던 군국주의자들은 패전하자 배를 갈라서 자살했다지요. 잔인한 짓들을 일삼으며 얻고자 했던 게 모두 환상이었음이 폭로되자 견딜 수 없었겠지요. 자신의 배를 가르고 죽는 게 대단한 애국이라고 생각했다면 그것 역시 지독한 환상이었을 텐데요. 저 말인가요? 왜 아직 일기장을 버리지 못하느냐고요? 그래도 아직까지 믿고 싶은 건 아닐까요? 사랑이었다고요. 비록 이렇게 서른을 넘기고 혼자 쓸쓸히, 활기차고 밝은 가정을 이루겠다는 꿈도 없이 살아가지만, 어떤 한 남자로 인해 충만했던 시절이 있었다고요. 증거로라도 남겨 두고 싶어서가 아닐까요? 그것도 다 우리네 인생이 너무 덧없기 때문이라는 것을 몰라서가 아니예요. 그를 사랑했다고 믿는 내 마음도 환상이었는지 모르겠어요. 퇴원하는 그를 맞으러 가야 할지 말지는 이 오랜 환상을 태운 후에 생각해 봐야겠어요. 그 후에라야 그가 그토록 찾았던 여덟 색깔 무지개를 함께 타 볼 수 있을 것 같아요."

벨이 울린 건 필터까지 타들어 간 담배를 손에 들고, 세 번씩이나 '오늘은 그냥 듣기만 하겠습니다.'로 덮어 두었던 말을 쏟아 낼 때였다.

참새 울음소리는 급박하게 울렸다. 방바닥에 떨어진 담뱃재를 후후 불고 현관으로 나갔다.

"우리 아이, 혹시 우리 아이 못 봤어요? 온동네를 다 뒤졌는데…… 흑흑…… 아, 어쩌면 좋아요."

인터폰을 들기 무섭게 튀어나온 여자의 울음소리는 비명에 가까운 탄식이었다. 여자를 위해 뭐라고 한마디쯤 해 주고 싶지만 입이 떨어지지 않았다.

"우리 아이가 아침부터 심심하다고, 심심하다고 했어요……."

여자의 목소리는 울음소리와 섞여 실신할 것처럼 잦아들었다. 나는 인터폰만 꼭 쥐었다.

"우리 아이가 어디로 갔을까요? 나…… 난 「적과의 동침」을 보느라고, 여주인공이 남편을 권총으로 쏘는…… 그 장면을 숨 가쁘게 기다리느라고 아이가 칭얼거리는 걸 모른 척했어요. 아, 아 어쩌면 좋아요. 어쩌면……."

여자가 간 것일까? 10분 넘게 인터폰을 내려놓지 못하는데 여자의 울음소리는 더 이상 들리지 않았다. 그제서야 나는 갑자기 생각난 것처럼 중얼거렸다. "권태 때문일 거야. 권태 때문에 난쟁이들이 집 안의 물건을 이리저리 옮겨놓고 숨겨 보고 하는 거라고."

나는 소리나지 않게 인터폰을 내려놓고 방으로 들어왔다. 담배 케이스를 열려는 순간 화장대 위에 흩어진 박하사탕이 눈에 띄었다. 무언가 간절히 필요했지만 나는 담배도 박하사탕도 잡지 못하고 쓰러지듯 바닥으로 내려앉았다. 천장이 빙빙 돌고 방바닥이 눈앞으로 올라왔다. 보자기를 찾겠다고 들쑤셔 놓은 서랍 속에서 온갖 물건들이 일제히 튀어나와 내 몸을 에워싸고 빙글빙글 춤을 추었다. 하나밖에 없는 예쁜 손수건, 비밀스럽게 간직해 온 엽서 한 장, 태우지 못하고 책장 위에 다시 꽂아 놓은 지난 시절의 일기장…….

나는 그들이 벌이는 춤 속에 몸을 부리며 꿈결처럼 아득하게 중얼거렸다. 난쟁이가 나 몰래 감춰 둔 보자기를 제자리에 돌려놓기만 한다면 지금 당장이라도 나사가 풀려 버린 이 몸을 일으키겠다고. 그래야 어떤 이별식이든 치를 수 있는 게 아니겠냐고.

'쉽진 않을 거야. 그것이 부질없고 허망하고 또 다른 갈증을 불러오는 행위라는 걸 알기엔 쉼 없이 째깍거리는 저 시계의 초침 소리 또한 만만치 않거든…….'

밑으로 밑으로 축축 처지는 몸을 가까스로 일으키며 나는 시계를 보기 위해 벽 쪽으로 고개를 돌렸다.

## 수록 작품 발표 지면

붉은 도마뱀 · · ·《세계의문학》 2006년 겨울호

상사화 · · ·《문예중앙》 2004년 겨울호

눈의 침묵 · · ·《문학사상》 2004년 8월호

길고 검은 강 · · ·《라뺄륨》 1999년 가을호

겨울 나들이 · · ·《문예중앙》 1999년 봄호

여덟 색깔 무지개 · · ·《문예중앙》 1996년 겨울호

# 작가의 말

2년 전에 루게릭 병 판정을 받고 병실 침대에 누운 어머니는 하루에도 몇 번씩 말한다. "어서 죽었으면 좋겠다." 거짓말. 나는 내 앞으로 날아온 탁구공을 날리듯 대번에 속으로 받아친다. 물론 겉으로는 "엄마가 이렇게라도 살아 있으니, 얼마나 좋아. 미국에 있는 막내 생각을 해 봐. 타지에 혼자 뚝 떨어졌는데, 고국에 엄마마저 없다면 얼마나 힘이 빠지겠어." 한다. 그러면 어머니는 금방 "이제 다 괜찮은데, 막내가 나 아프다고 슬퍼할까 봐 가슴이 아파." 한다. 언제 울었더냐 싶게 맑은 얼굴이다. 그것도 거짓말이야. 나는 또다시 속이 불편해진다.

어머니는 3남 2녀를 억척스럽게 키우다 자식들 걱정에서 벗어난 시점에서 불치병 판정을 받았다. 나이 70도 안 됐고, 한 참 인생이 즐거워지려던 즈음이었다. 시간이 갈수록 몸이 마비되어 가는데 원인도 모르고, 치료약도 알 수 없단다. 그런 판국에 어떻게 막내아들 때문에 슬플 수 있단 말인가? 거대하고 지독한 거짓말이다.

막내는 넓은 미국 땅이 좋다고 처자식 데리고 들어가 잘 살고 있고, 둘째 아이를 낳았다는 소식도 전해 왔다. 눈앞에 없는 늙은 어머니 때문에 받는 괴로움이 어린 자식들 재롱 보는 즐거움보다 크겠는가?

편하면 부당한 호사라도 누리는 듯 평생 자신을 혹사해 온 어머니가 산소호흡기를 이용해 숨을 쉬고 다른 사람의 도움 없이는 식사조차 못 하는 것을 보며, 나 역시 내 몸 꺾듯이 위하면서 살자고 이를 문다. 누워서 꼼짝 못 하는 어머니를 보는 게 괴로워 일부러 병원에 가지 않을 때도 있다. 그런데 내 몸의 고통보다 품 떠난 지 오래인 자식들 때문에 아프다는 어머니의 말이 온전하게 다가오겠는가?

생각해 보면 참 많은 거짓말을 하면서 살아왔다. 타인만이 아니라 나조차도 속이는 거짓말 속에서 내가 얻는 게 무엇인지 모를 때도 많다. 그러나 거짓말이 없었다면 지금쯤 내 몸이 공중분해되어 사방팔방 날아가 버리지나 않았을까 싶다.

거짓말이 썩 환영받을 만한 것은 아닐지라도 우리들 생의 한 축을 떠받쳐 왔음을 모르지 않을 만큼 살아 버린 지금, 거짓 속에서 건져 올린 투명한 진실을 부레처럼 띄울 줄 아는 작가가 될 수 있을까?

2007년 여름
윤순례

# 도덕과 의견의 드라마

백지은

## 1. 맞선 보는 사람들

두 사람이 만난다. "집안에 든든한 돛대처럼 아내만 있어 준다면 못 할 일이 없을 것 같"은 남자와 "한 남자의 아내가 된다는 것에 대해 아기자기한 꿈을 꾸"는 여자. 남편과 아내를 갖지 못해서 이들은 아직 행복하지 못하다. 그러나 "행복한 가정을 이루어야 한다는 일념"을 "공통의 목적"으로 가진 이들에게 행복이란 원대하고 화려한 곳에 있지 않다. 금슬 좋은 부부가 되어 누리는 일상의 평화, 맞선 보는 두 사람에게 "유일한 진실"은 이것이다. 여기에 적당한 남자 캐릭터라면, "내 사지가 떨어져 나가는 한이 있어도 여자 밥 굶길 놈은 아니"라고 큰소리치고 "겨울 내내 난로 옆에서 뜨개질을 하는 아내를 꿈꾼 적이 있"는 든든한 가장. 그의 "영원한 반려자"라면 "끊임없이 남자의 따뜻한 손길을 요구하고 남자의 넓은 가슴이나 갈구하"면서 "처음부터 끝까지 그가 하는 대로 따라가며 슬그머니 팔자 좋은 여자가 되어 보고 싶"은 온순한 아내. 결혼과 가정과 행복을 하나의 등식에 동석시키는 것을 세상의 일반 질서가 아니라고 말할 수 없다면, 둘의 만남은 보장된 행복을 약속하는 첫걸음이다.

윤순례의 첫 소설집 『붉은 도마뱀』에 수록된 거의 모든 이야기에는 '결혼' 혹은 '결혼 생활'의 모티브가 중심에 자리한다. 그리고 그것은 긍정적으로든 부정적으로든 반드시 '행복'과 결부된 사건으로 나타난다. 국제결혼 사이트에 가입하여 베트남에 다녀오고(「붉은 도마뱀」), 산사에 며칠씩 묵으며 결혼 생활의 상처를 다독이고(「상사화」), 재혼 전문 소개소에서 비밀 아르바이트를 하고(「눈의 침묵」), 중매쟁이를 통해 사진을 주고받아 맞선을 보는(「길고 검은 강」) 등의 사건이 주요 서사를 만들고, 사업 실패에 따른 이혼 요구, 바깥으로 도는 남편이나 아내, 미워하든 사랑하든 "평생 한 남자에 얽매여" 살아온 어머니나 시어머니 등의 곁이야기가 또한 결혼으로부터 비롯한 다기한 생활의 면모들을 드러내며 삽입되었다. 중매나 맞선, 부부와 가족, 이혼이나 재혼에 이르기까지, 결혼에서 비롯했거나 결혼의 관점에서 이야기되는 것들이 저 남녀들이 영유하는 거의 모든 생활과 정서를 대신한다. 이들에게 '결혼'은 하나의 의례나 절차로서의 인간사가 아니라 한 인간의 삶 일체가 결부된 인생 최대의 관건이다.

결혼이 그토록 불가결한 것은, 그것이 행복한 인생에 필수적임을 그들이 의심하지 않기 때문이다. 결혼은 필연적으로 한 가정을 생성하므로 결혼 생활의 성패는 행복한 가정 형성의 유무에 달린다. 이들에게 '행복'이 '행복한 가정'과 동의어인 것은 당연한 이치다. 행복한 가정을 원한다는 것은 사실상 평범한 사람들의 진솔한 욕망이다. 세속적으로 보편화된 욕망이기는 하지만 무조건 세상의 진부한 통념으로 치부해 버릴 수 없는 요소가 거기엔 있다. 관습과 풍속의 보호 아래 누릴 수 있는 안정에 대한 욕망은 그 부패 가능성의 여부를 떠나 근대적 일상에 무수히 존재하는 경험의 한 유형을 드러낸다.

윤순례의 소설에서 천착되는, 결혼이라는 사회적 계약과 그로 인한 관계들에 대한 사연도, 그것의 인습성이나 허위성 혹은 타성이나 상투성을 지적하기에 앞서 존재하는 세태의 일면을 소설적으로 드라마화하겠다는 의지의 발현으로 보인다. 때문에 우리가 이 소설집에서 '먼저' 확인하게 되는 것은, 어떤 행위와 담론의 원인이나 메커니즘, 가령 결혼이라는 제도 혹은 풍속에 투사된 입장 혹은 이데올로기의 효과 같은 것이 전혀 아니다. 그보다는 현실의 삶에서 결혼을 둘러싸고 '경험'되는 사태들의 재현 양상이다. 그 사태들을 경험하고 난 후에 만약 이 소설집에 대해 궁극적으로 문제 삼아야 할 것이 있다면, 그때 그것은 아마 여기에 재현된 경험의 면모들을 현실로 느끼게 하는 상상의 구조에 대해서일 것이다.

### 2. "길고 검은 강"을 건너는 일

결혼과 가정과 행복을 동위에서 연결하는 것은 우리 공동체의 오랜 관습이기도 하다. 이 관습의 추수(追隨)에는 몇 가지 필수 항목이 요구된다. 결혼이라는 사회적 약속을 운용하고 유지하는 원동력으로서의 '사랑'도 필요하고, 가난이나 질병과 같은 공동의 재난에 대처할 수 있는 현실적 능력으로서의 '돈'도 필요한 것이다. 윤순례의 소설에서 결혼은, 시간이 지나면 옅어지고 돈이 없으면 사라지는 사랑에 닻을 다는 의식이지, 사랑과 돈의 유동성에도 결코 흔들리지 않을 힘을 지니지는 못한 듯하다. 낭만적 사랑은 도덕 일반의 세계로 정착함과 동시에 구질구질한 현실에 진압된다. 더 이상 "남편이 동굴 속에 거하는 아내와 자식을 위해서라면 맹목적인 용맹을 떨치던 혈거시대"가 아닌 시대에 남자는 "처자식 하나 먹여 살리지 못해 끙끙"대지 않기가 힘들고 여자는 "방 안에 사지 편하게 누워서 걱정 없이 지내게 해 줄 남자를 만나"기가 쉽지 않다.

그러므로 결혼에 기인한 사연들에서 찾아지는 갈등의 결정적 요인은, 결혼 자체의 성사를 방해하는 장애물에 있지 않다. 그것은, 저 세속적 욕망을 향한 첫걸음이 매번 결혼-가정-행복을 잇는 등식을 완성하는 길로 평탄하게 흘러가지 못하고 그 행로를 자꾸만 벗어난다는 데 있다. 그러니까 맞선 보는 남녀의 꿈인 '행복한 가정'의 모습은 실상 이 소설집의 서사들에서 현실로 재현되지 못한다는 것이다. "실없는 사람으로 보이는 것까지는 괜찮아도 실없는 남자로 보이는 건 견딜 수 없을 것 같"았던 남자들은 그마저 자신 없어지면 그녀 곁을 떠나갔고, "빨리 돈 벌어서 집 먼저 사자고 애새끼도 안 낳고 살"던 여자는 연이은 남편의 사업 실패에 "끈질기게 이혼을 요구했"다.

이미 한 번의 결혼 생활을 상처의 경험으로 가진 인물들이 그렇지 않은 경우보다 더 많이 등장하는 것도 동일한 이유에서다. 「붉은 도마뱀」에서는 남자가 잇단 부도로 사업에 실패하자 아내는 다른 남자의 아이를 가졌다는 거짓말까지 하면서 그를 버렸고, 「상사화」의 남자가 이곳저곳을 떠돌다 절에 며칠씩 눌러앉게 된 것은 "집 밖으로 도"는 아내 때문에 "상처난 마음을 눙치"기 위해서였다. 이 남자를 "홀린 사람처럼 따라 나서" 새 가정을 꾸린 여자도 "연애를 했던 때가 가장 행복"했고 "이후의 생은 그 시절이 낳은 부채"라 생각하며 10년째

"억울한 세월"을 보내던 차다. "아들딸 둘이나 낳아 나란히 유치원에 보내고, 가끔씩은 자가용으로 부인을 꽃꽂이 학원에 데려다 주기도" 하는 "아주 잘 사"는 결혼 생활은, 이 소설집에서 주로 등장하는 상황이 아니다.

이런 장면은, 그의 인물들이 모두 이루고 싶었으나 그러지 못했던, 옛 애인 일가의 행복한 외양에 대한 풍문으로만 나타나곤 한다. 그들 자신에게 이곳은 오히려 "하여간 남자 하나 잘못 만난 죄로 내가 이날 이때까지 맘 한 번 편할 날이 없다"는 푸념이 "화려한 결혼 생활의 청사진"을 대신하는 세상이다. 속상하게도, 충만한 사랑과 따뜻한 가정의 추구가 한 번도 포기된 적이 없음에도 이곳에 정작 만연한 것은 행복 아닌 고통이고 사랑 아닌 결핍이다.

결국 이들의 경험이 들려주는 교훈은 "결혼 생활에 대한 환상"은 깨질 수밖에 없다는 것이고, 아직 그것을 모르는 자들을 깨우치는 일은 "늦었어도 최선을 다해 막아 봐야 하는 일"이 된다. "대한민국의 수도 서울에서 이루게 될 결혼 생활에 대한 환상으로 시종 눈을 촉촉이 빛내며 웃던" 베트남 처녀 홍호아에게도 "이곳이 홍호아가 생각하는 것처럼 행복한 곳이 아"님을 한시바삐 알려 주어야 한다.

결혼은 '무지개 타고 가는 눈부신 황금 마차, 하늘 길을 달려 황홀한 꿈나라의 님을 찾아 가는' 환희의 길이 아님을, "길고 검은 강"을 "어느 한 곳 구멍난 채로 달릴 수도 있"는 '얼

음 마차'의 고된 행로를 피할 길 없음을 말이다.[1)]

### 3. 정념의 모럴, 의견의 권리

결국 이들의 고통과 결핍은 혼인 관계의 흔들림으로부터 온 것이다. 그렇다면 결혼의 어떤 양태가 이런 불완전한 관계의 질서를 초래한 것인지 질문하지 않을 수 없다. 이 소설집의 인물들이 먼저 묻는 것은 단연코 '사랑'에 대해서다. 결혼이라는 약속과 괴리된 채 시간과 돈의 변화에 초연하지 못 하고 마침내 변질되고야 마는, 사랑이라는 정념의 행방 말이다. 사랑이라는 감정 혹은 관계의 이름이 결혼과 가정을 통해 일상적 삶의 행복을 유지하는 데 필수적인 항목으로 이야기된다면, 이때 사랑은 가령 '삶의 세속적 면모를 부정하는 초월적 차원에서 불타는 영혼의 정열'과 같이 정의될 수 있는 고양된 감각이 아니다. 그보다 사랑은 세속적 삶의 관계 속에 개인을 보

---

1) 「붉은 도마뱀」이 발표될 당시의 제목이었던 '얼음 마차'는 결혼에 대해 작가가 말하고 싶은 것을 가장 명백히 알려 주는 비유가 아닐까? 광복의 기쁨을 노래한 것으로 알려진 「꽃마차」의 들뜬 가사와 황홀한 꿈나라로 님 찾아 가자고 하는 옛 가요 「하늘의 황금 마차」라는 노래의 환상적인 분위기가 암시하듯 '마차'는 흔히 기쁨을 싣고 가기에 적당하다. '얼음 마차'란 조어는 결혼에 대한 꿈과 실상의 괴리를 압축적으로 표현한다.

다 깊이 정착시키고 그곳에서 더불어 사는 사람들과의 인간적 친화를 위한 일종의 수단적 정서일 것이다. 뒤집어 말해 본다면, 예컨대 결혼에 맞서 싸워야 하는 사랑이 아니라 사랑으로 충만한 결혼을 원하는 것은, 사랑에 빠지는 행운이 세속적 일상의 행복을 누리는 일과 동질의 것이 되기를 바라는, 그 또한 범속한 욕망과 다르지 않다는 것이다.

문제는, 이 인물들이 꿈꾸었던 사랑이 처음부터 현실적인 덕목이었던 것이 아니라 "사랑의 눈빛만 간직하면 성격이 괴팍한 절름발이 남자도 다 아름다"운 "찬란한 사랑"이었다는 데 있다. 또 문제는, 이들이 마침내 "방 안에 사지 편하게 누워서 걱정 없이 지내게 해 줄 남자를 만나는 일보다 더 중요한 게 여자에게 어디 있느냐는 어머니의 말에 (나는) 어떤 반박도 하지 않"게 되기에 이르렀다는 데 있다. 요컨대 이들은 정열적 사랑의 낭만을 꿈꾸었으나 그것이 안락한 결혼 생활과 일치하지 않음을 당위로서 수락한다. 그리고 행복한 결혼 생활을 위해 사랑과 결혼이 일치해야 한다는 또 하나의 당위에 대해서는 당연하게도 괴리감을 느끼게 되는 것이다.

여기서 윤순례 인물들의 특징이 발견된다. 그들은 이 괴리감에 대해 내면적 고투를 벌이는 것이 아니라 "세상에는 제 의지만으로는 안 되는 일이 그렇게도 많다고 아우성치는 현실 한복판에 자신이 두 발을 푹 담갔"음에서 초래된 불가항력의 상황으로 받아들인다. "마음속 깊은 곳의 불온한 충동은 부항을 뜨듯 뽑아내야 삶이 온전히 지탱되는 것이라고" 하는 「상사화」 주인공의 독백은 윤순례 인물들의 도덕을 대변한다. 행복 추구에 실패하는 이들의 반복적 체험을 통해 우리가 되돌아보게 되는 것은, 인간 존재의 불가피한 결핍에서 유래하는 근원적 성격의 고통이 아니라 행복과 불행에 관한 한 "철저하게 질량보존의 법칙이 존재"하며 "타인이 개입된 것이라면 더더욱" 그러하다고 믿고 고통을 감수하는 사람들의 체념이다. 이들의 체념에 까닭은 물론 있다. 행복의 모습을 한 가지로 상정하는 세속의 통념, 그 통념의 절대성이다. 그들에게는 당연히 가부장제 관습의 억압이 그것이겠다. 작가는 이들의 비참한 삶이 세상 일반의 통념과 이해관계 때문임을 누구보다도 잘 안다. 그러나 그 상황을 "누구에게나 할당된 제 몫"의 숙명으로 여기는 인물들과 더불어 작가 역시 그것을 거부하거나, 대항하여 투쟁할 대상으로 여기지는 않는다. 그래서 이들의 괴로움은 "그저 알 수 없는 생의 불가사의에 조금 기대 보는 것뿐이지 않겠냐"는 "서글픔"을 넘지 않는다. 그들이 고난을 맞는 태도는 마침내 "전생에 내가 부처님 전에 올린 쌀을 훔쳐 내오다 땅바닥에 철퍼덕 엎질"러서 "이생에선 그거 일일이 주워 담아 가면서 살아야 한다"는 순응적 긍정으로 화한다.

그러므로 가부장적 결혼 생활의 고난을 알지만, 결혼과 행복을 같이 생각하는 이들의 도덕적 가치관에는 실제적인 변화가 없다. 이들은 자신의 불행 때문에 이미 익숙한 도덕을 문제

삼으려 하지 않는다. 「붉은 도마뱀」, 「상사화」, 「눈의 침묵」의 인물들이 결혼 생활에서 상처받았으나 또 다시 결혼으로 행복을 찾으려 하는 것도 다 이런 태도 때문이다. 이들이 문제 삼는 것은 다시, 오직, 행복한 가정인 것이다.

그래서인지, 예컨대 일상적 삶의 단면이 이야기될 때 윤순례 소설의 한 특징이 두드러진다. 당겨 말하자면 그 특징은 1990년대 여성 소설들에서 흔하게 다뤘던 결혼과 일상의 파삭한 이미지가 이 소설집에는 나타나지 않는다는 점이다. 일상의 메마름과 거기에 매몰된 존재가 느끼는 억압, 부자유, 공허함 등을 파헤치는 응시가 거기에는 없다. 삶에 대한 부박한 환상에서 분리해 낸 일상의 일상성을 이들은 오히려 갈구한다. 가령 "빨고 또 빨아도 너덜너덜한 걸레 같다고 투덜댔던 삶들이 행복이었다고", "남의 일에 일일이 관심을 갖는 것, 일상이 평화롭다는 건 그런 게 아닐까? 남자는 아내가 외박하는 일을 벌이기 전까지 그런저런 것들에 관심을 기울일 여유가 있었다. 분명 호시절이었다.", "아이들에게 들볶이면서도 행복한 비명을 내지르는 것 같은 여동생이 부럽다.", "옆집 아이들에게 숙명처럼 할당된 매질은 행복한 생활을 위한 한 편의 짧은 쇼 같았다."와 같은 진술들은 그(녀)들의 꿈이 반(反)일상이 아니라 오직 일상에 속함을 웅변한다. 그래서 아이러니하게도, 가부장제의 폐해를 절실하게 겪는 이 개인들이 원하는 것은 더욱 철저한 가부장적 가정이다. 개인들을 통합하는 가족 관계의 오랜 전통을 이들은 결코 행복 저해의 주범으로 타파할 수 없는 것이다.

이 소설집에 나타난 이런 가치관이 이 시대에 사실적인가, 합리적인가, 혹은 정치적인가 윤리적인가의 물음들은 일단 유보해 둘 필요가 있어 보인다. 그에 대해서 이 작품들 자체로서는 어떤 확정이나 판단을 내리고 있다고 보기 어렵기 때문이다. 이 소설집의 이야기들은 인간 내면의 신비한 움직임에 대한 관심으로부터 생겨난 것이 아니라 번잡한 생활 세계에서 발생하는 인과(因果)의 외면 묘사로부터 성립되었다. 거기서 우리가 알아차리게 되는 것은, 남녀 양쪽에 가하는 가부장제의 억압과 그로 인해 형성된 성인 남녀들의 도덕에 우선 국한된다.

작가의 의중은 관습의 억압에 길항하는 '욕망'의 근저를 탐색하거나, 어떤 행위가 근본적으로 개인의 자유와 행복을 지지하는가 하는 질문을 던지는 것에 있지 않다. 작가가 귀 기울이고 싶은 것은 관습적 생활과 결별하지 못 하고 사는 평범한 일상인들이 자기의 직 · 간접적 경험을 토대로 형성하게 된 '의견'들이다. 이 의견들이 사실과 윤리의 영역에까지 권리를 확장하려 하지 않는 한에서라면, 의견의 권리를 존중하는 태도 자체는 작가의 자유의지로서 불건전한 것은 아니다.

## 4. 드라마는 지속된다

윤순례의 소설에는, 여성 소설의 주요 내용으로 꼽히는 목록들, 예컨대 공허한 결혼과 가족 체험, 자유와 정열을 향한 충동, 내면적 자아의식의 심화 등에 딱 맞게 귀속되지 않는 간극이 있다. 특히 1990년대 여성 소설들에 주로 나타났던, 사랑의 관점에서 결혼을 조롱하고 배격하거나 도덕과 길항하는 불륜의 사랑을 예찬하는 취향들과 비교하면 윤순례의 소설은 분명 조금은 예외적이다. 그는 도덕적 금기를 밀고 나가는 퇴폐적 정열이나 미학적 금기를 파헤치는 해체적 수사 등에 접근하지 않는다. 대신 그는 개인에게 닥친 상황과 상황을 받아들이는 개별적 사연들을 소설적 드라마로 엮기에 자재로운 언변(言辯)을 발휘한다. 그것에 의해 형태를 드러내는 것은, 사회적 · 문화적으로 진취적이지 않은 현대의 한국인들이 누리는 일상의 누추함과 마음에 품은 사랑의 미망 그리고 도덕적 정형과 같은 것들이다. 윤순례의 소설에서 내밀한 개인의 체험을 일반적 현실의 구조로 전환하는 장치가 바로 이 활달한 능변에 있다. 여기에 부분적으로 인용하면 유창한 줄글을 따라 빠르게 읽히는 장점이 잘 포착되지 않을 수도 있을 것이나, 다음과 같은 문장들이 혹 그것을 드러내 줄지 모르겠다.

형수가 전과 생선찜, 나물 등을 사서 자가용에 싣고 명절날 아침에야 나타난 날, 남동생과 형이 싸움을 벌인 것은 시작에 불과했다. 형이 남동생에게 500만 원을 꾸어 줬던 것이 빌미가 되어 형수와 제수씨가 어머니 앞에서 삿대질과 욕설을 서슴지 않던 날을 끝으로 어머니는 한자리에서 자식들 보는 것을 마감해야 했다.

—「붉은 도마뱀」에서

미친 여자가 없어졌다는 것을 안 건 저녁 먹을 때였다. 공양주는 부엌에서 상을 차리며 버릇처럼 "마마가 납시질 않았으니 나 같은 사람은 입에 밥숟가락 넣긴 글렀네." 해 가며 미친 여자를 부르러 갔었다.

"잡것, 이 추위에 어디로 갔을까요? 나야 밥상 따로 차릴 일도 없고 밤중에 간혹 고함지르는 거 들을 일도 없어 좋지 뭐. 잡것, 그래도 여러 날 한 지붕 밑에서 지냈으면 얼굴이라도 한 번 뵈 주고 떠나야지. 짐 가방을 쥐도 새도 모르게 빼 갔더라니까. 가방이나마나 아무짝에도 쓸모없는 물건들만 넣어 가지고 다니면서……."

공양주는 여자가 떠나서 후련하다는 것인지, 서운하다는 것인지 구분하기 힘든 어투로 한참이나 떠들어 댔다. 주지는 "가방에 옷도 많이 들었던데, 얼어 죽지는 않겠지, 뭐." 했다. 딱 그 한마디뿐이었다.

—「상사화」에서

일상다반사의 문맥을 찾아 현실적인 일화로 구성해 내는 이런 드라마에서는, 싸움과 인정(人情), 질시(嫉視)와 통곡이 공존하는 세상이 들추어진다. 여기에 세상의 외양을 비틀어 보겠다는 삐딱한 시선이나 작가와 인물 사이의 거리감을 노출하여 비판적 사고를 유발하겠다는 야심은 개입되지 않는다. 정립 반영의 서사를 거부하는 요즘 소설들 틈에서 윤순례의 이야기는 수수할 만큼 우직하기도 하다.

그런데 만약 소설이란 양식이 이야기를 통해 이야기 너머에 닿을 수 있는 것이라면, 이 우직한 드라마에서도 그 여지를 찾아 볼 수 있겠다. 물론 그것은 이미 작가의 몫은 아니다. 가령 윤순례의 소설에서 가부장제 관습에 한숨짓는 인물들이 더욱 강력한 가부장적 가정을 원하는 모순을 발견하고 그것을 다시 가부장제 이데올로기의 폐해를 폭로하는, 예컨대 가부장제를 거부하는 자들만이 아니라 그것을 원하는 자들도 고통받는다는 사실로부터 그 폐해를 지적하는 방식에까지 그의 소설에 대한 비평을 추진해도 될까를 결정하는 것은, 이제는 소설가의 손을 떠나 우리 손에 쥐어진 이 책의 운명에 달려 있다.

(필자: 문학평론가)

윤순례

1967년 전북 부안에서 태어나 추계예대 문예창작학과를 졸업했다.
1996년《문예중앙》신인문학상에 「여덟 색깔 무지개」가 당선되며 등단했다.
장편소설『아주 특별한 저녁 밥상』이 있다. 2003년 한국문화예술진흥원
소설 부문 신진예술가상, 2005년 〈오늘의 작가상〉을 수상했다.

1판 1쇄 찍음 · 2007년 7월 5일
1판 1쇄 펴냄 · 2007년 7월10일

지은이 · 윤순례
편집인 · 장은수
발행인 · 박근섭
펴낸곳 · (주) 민음사

출판등록 1966. 5. 19. (제16-490호)
서울 강남구 신사동 506번지 강남출판문화센터 5층 (135-887)
대표전화 515-2000 팩시밀리 515-2007

www.minumsa.com

값 10,000원


ISBN 978-89-374-8128-4 (03810)